Prolog

Das Runde muss ins Eckige. Und damit war nicht sie, Evelyn Hansen, gemeint, die sich ins Bett fallen lassen sollte – sondern der lederne Fußball, den sie schnaufend vor sich hertrieb. Und den sie nun in das Tor der gegnerischen Mannschaft bugsieren sollte. Sie bekam keine Luft mehr ...

»Jaaaa, Evi!!! Go! Go! Gooooo!!!«

Applaus brandete auf, während Evi sich keuchend auf dem Platz voranarbeitete. Sie motivierte ihre letzten Kräfte, zirkelte den Ball vorbei an Biggi und Bine, hatte plötzlich freies Feld vor sich – und: »Tooooooor!!!! Toooooor!!«

CLAUDIA THESENFITZ lebt und schreibt an der Nordseeküste. Bevor sie ihre erfolgreiche Sylter Glücksroman-Reihe ins Leben rief, die mittlerweile zehn Bände umfasst, hat sie als Journalistin gearbeitet und die Autobiografien von und mit Nena (2005, Luebbe), Dieter Wedel (2008, Luebbe) und Uwe Ochsenknecht (2013, Luebbe) geschrieben. Ihre Glücksroman-Reihe hat sich bislang über 400.000 mal verkauft.

Von Claudia Thesenfitz sind bei uns erschienen:
Sylt oder Selters
Meer Liebe auf Sylt
Sylt oder solo
Mit James auf Sylt
Sylt oder Sahne
Sylt auf unserer Haut
Schlaflos auf Sylt
Sylt oder Süßes
Sylt im Getriebe

claudia thesenfitz

die superfrauen von sylt

Ein Glücksroman

Ullstein

Besuchen Sie uns im Internet:
www.ullstein.de

Wir verpflichten uns zu Nachhaltigkeit
• Papiere aus nachhaltiger Waldwirtschaft
und anderen kontrollierten Quellen
• ullstein.de/nachhaltigkeit

MIX
Papier
FSC FSC® C021394

Originalausgabe im Ullstein Taschenbuch
1. Auflage April 2025
© Ullstein Buchverlage GmbH,
Friedrichstraße 126, 10117 Berlin 2025
Wir behalten uns die Nutzung unserer Inhalte für Text und Data
Mining im Sinne von § 44b UrhG ausdrücklich vor.
Bei Fragen zur Produktsicherheit wenden Sie sich bitte
an produktsicherheit@ullstein.de
Umschlaggestaltung: zero-media.net, München
Titelabbildung: © FinePic®, München
Gesetzt aus der Quadraat Pro powered by *pepyrus*
Druck und Bindearbeiten: ScandBook, Litauen
ISBN 978-3-548-06943-2

Für alle Babyboomer-Besties – und alle Claudias

1

Vier Monate früher

»Ich hole mir mal trockene Socken!« Das war zwar nicht das klassische »Ich gehe mal kurz Zigaretten holen« – aber trotzdem war Hartmut nicht wiedergekommen.

Nachdem Evelyn eine Stunde im Strandkorb auf ihn gewartet hatte, machte sie sich verärgert auf den Weg zum Wohnmobil, das sie ganz am Ende des restlos überfüllten Strandparkplatzes geparkt hatten. Wahrscheinlich hatte er sich zum »kurz Sportschau gucken« und »ein kleines Bierchen kippen« auf das Kingsize-Bett im Heck gelegt und war vor dem laufenden Fernseher eingeschlafen, vermutete sie.

Oder auch ohne Fernseher.

Schnaufend schleppte Evelyn die schwere Picknicktasche durch den weichen Sand. Warum hatte er auch unbedingt in Sandalen zum Wasser laufen müssen? Und vor allem diese schrecklichen schwarz-gelben BVB-Vereinssocken dazu tragen! War doch klar, dass die Brandung seine Füße überspülen würde. Und dass dieser Mann sich auch immer so anstellen musste! Anstatt die nassen Socken einfach auszuziehen und barfuß im Strandkorb zu dösen, musste er sich unbedingt neue Socken holen …

Evelyn lief der Schweiß in kleinen Rinnsalen von der Stirn in die Augen. Boah, war das heiß heute! Temperaturen über vierundzwanzig Grad brachten sie, die durch und durch nordische Friesin mit deutlich zu viel Körperfülle, regelmäßig an den Rand des Kreislaufkollapses. Schon als Kind hatte ihr Körper seltsamerweise kein Kühlsystem gehabt. Sie wurde einfach nur stetig röter im Gesicht, und es dauerte Stunden, bis sie wieder abkühlte. Und nun kamen auch noch die Hitzewallungen der Wechseljahre dazu!

Schnaufend ackerte sie sich durch den weichen aufgeheizten Sand. Die Strandtasche schien plötzlich Tonnen zu wiegen, und unter ihrem Busen klebte es unangenehm. Wo war denn jetzt bloß das blöde Wohnmobil? Sie hatten es doch dort hinten am Holzsteg geparkt, oder? Evelyn ließ die Tasche in den Sand fallen, um kurz durchzuatmen und sich umzusehen. Wie sah das verflixte Ding denn noch mal aus? Es war weiß, aber weiße Wohnmobile standen hier zu Hunderten – so weit das Auge reichte. Hatte es nicht irgendeine Bemalung auf der Seite gehabt? War die rot gewesen? Oder blau? Evi, wie Harti sie am Anfang ihrer Ehe verliebt getauft hatte, konnte sich partout nicht erinnern.

Harti hatte sie letztes Jahr auf drei dieser fürchterlichen Caravan-Messen geschleppt. Dort war die Luft stickig, es war viel zu voll, und Evi hatte sich schnell an einem Kaffeestand verschanzt und dort auf ihn gewartet, bis er mit einem dicken Stapel Prospekte und glänzenden Augen nach gefühlten fünf Stunden endlich zurückgekommen war.

Die Idee von einem rollenden Zweithaus hatte sich ihr

von Anfang an nicht erschlossen, da der Innenraum dieser rechteckigen Aluminium-Kästen ja kaum größer war als ihr Badezimmer. Aber Harti war von seiner Faszination nicht abzubringen. Doch bevor er in seinem Rausch einen sechsstelligen Betrag auf den Tisch legen und damit ihre sämtlichen Ersparnisse verbrauchen würde, hatte sie ihn zum Glück dazu überreden können, zunächst mal eines zur Probe zu mieten. Das hatten sie nun getan. Und wo war das blöde Ding jetzt?

Es müsste ein NF-Kennzeichen haben, überlegte Evi, denn sie wohnten ja in Westerland auf Sylt. So ein Quatsch, durchfuhr es sie plötzlich. Sie hatten es ja bei einem Verleih in der Nähe von Hannover gebucht. Und welches Kennzeichen hatte Hannover? Verzweifelt schaute sie sich um. Der Strandparkplatz war eine endlose Wüste voller Wohnmobile, die sie an »weiße Ware« erinnerte. Mit weißer Ware kannte sie sich aus. Harti und sie hatten bis vor acht Jahren einen kleinen Elektrofachhandel in Westerland betrieben. Evi hatte dort als Verkäuferin gearbeitet und die Kundschaft zu Lampen, Fernsehern, Radios und eben auch »weißer Ware« – wie Waschmaschinen, Geschirrspülmaschinen, Kühlschränke und Trockner unter Fachleuten genannt wurden – beraten. Angesichts der Unmengen weißer kastenförmiger Wohnmobile, die sich vor ihren Augen erstreckten, kam es Evi plötzlich vor, als wäre sie in ein Feld von überdimensionierten Waschmaschinen geraten. Und eine sah aus wie die andere ...

Ratlos schaute sie sich um und kam sich in der endlosen Weite des Strandes, die sie vorhin noch so herrlich gefunden hatte, plötzlich vollkommen verloren vor. *Europas größte Sandkiste*, wie die Tourismuszentrale den Strand von Sankt Peter-Ording launig bewarb, war mit zwölf Kilometern Breite eine gigantische Sandwüste. Und Evi kam sich darin so allein vor wie ein einzelner Stern im unendlichen Universum. Wo war ihr Zentralgestirn Hartmut? Die Sonne mit dem dicken Bierbauch und dem inzwischen grauen, aber immer noch vollen Haupthaar? Mit den schrecklichen schwarz-gelben Motivsocken seines Lieblings-Fußballklubs BVB, die er so »witzig« fand, und dem nicht ganz perfekten Zahnersatz?

Bis heute wusste Evi nicht, was der Auslöser gewesen war, aber vor ein paar Jahren hatte Harti die fixe Idee entwickelt, mit einem Wohnmobil durch die Welt zu reisen – der Himmel wusste, warum. Vermutlich eine Art Midlife-Crisis oder verspätete Abenteuerlust, vermutete Evi. Zunächst hatte sie es nicht weiter ernst genommen und als Spleen abgetan, aber als sich zunehmend größere Berge von Caravan-Zeitschriften, Campingplatz-Führern und Touren-Ratgebern auf dem Wohnzimmertisch stapelten und Harti quasi von nichts anderem mehr redete, hatte sie einsehen müssen, dass sich der Traum ihres Mannes wohl nicht einfach wieder verflüchtigen würde.

Also hatte sie sich als gutmütige Gattin der Passion ihres Mannes gefügt und brav das gemietete Roll-Zuhause gepackt – und dann waren sie aufgebrochen. Gestern waren sie zwar nur bis Sankt Peter-Ording gekommen, aber es sollte ja noch weiter bis an den Gardasee gehen. Evelyn war das alles nicht besonders lieb. Sie fand es viel zu eng in dem nur knapp zehn Quadratmeter kleinen Innenraum. Dauernd stieß sie sich irgendwo den Kopf, und kochen konnte man in dem Ding auch nicht richtig. Als sie gestern versucht hatte, sich zu duschen, hatte sie sich komplett eingeklemmt, weil die Dusche nur einen Durchmesser von fünfzig Zentimetern hatte. Und als sie sich endlich überall eingeseift hatte, war das Wasser alle gewesen!

Hartmut hatte von ihren Qualen mal wieder nichts mitbekommen, weil er sowieso die ganze Zeit auf dem Bett lag und auf dem kleinen Flachbildfernseher, der gegenüber dem Bett an die Holzfurnierwand geschraubt war, Fußball guckte.

»TRÖÖÖÖT!!« Ein Auto hupte sie von hinten an, und sie erschrak fürchterlich. Mit Herzrasen und sekündlich verzweifelter werdend, hievte sie die Strandtasche hoch und schleppte sich planlos weiter über den riesigen Strandparkplatz.

Sie war ganz sicher, dass sie das Wohnmobil an dem Holzsteg geparkt hatten, der zu den Strandkörben führte, weil Harti wegen seiner kaputten Hüfte nicht gern durch den weichen Sand lief. Aber vielleicht hatte er das Auto ja auch umgestellt.

Von aufkommender Panik wie gelähmt, kam sie erst jetzt auf die Idee, dass sie ihn ja auch anrufen könnte. Eilig kramte sie ihr Handy hervor und wählte seine Nummer. Sofort ging seine Mailbox dran. Offenbar hatte er das Gerät ausgeschaltet. So eine Scheiße!!

Ihr war inzwischen kochend heiß. Sie hatte nur die Strandtasche und ihre Badesachen dabei und wusste nicht, wo sie übernachten oder wie sie im Zweifelsfall zurück nach Sylt kommen sollte. Was sollte sie denn jetzt bloß machen?

2

Drei Stunden später hatte sie ernüchternde Klarheit: Harti hatte sich – zusammen mit seinen Socken, den zahllosen »kleinen Bierchen«, die fast den ganzen Kühlschrank füllten, und dem Wohnmobil – in Luft aufgelöst! Er war weder auf dem Handy erreichbar, noch hatte er irgendeine Nachricht hinterlassen. Er war einfach weg! Was sie zu diesem Zeitpunkt noch nicht wusste, war, dass das auch erst mal so bleiben würde. Hartmut war abschiedslos aus ihrem Leben verschwunden.

Vollkommen aufgelöst saß Evelyn in der kleinen Kabine der Strandaufsicht Sankt Peter-Ording, die auf einem Pfahlbau in sieben Meter Höhe untergebracht war, und hatte bereits vier Päckchen Taschentücher vollgeheult.

Die DLRG-Mitarbeiterin im roten T-Shirt, die aufmunternd auf sie einredete, war mindestens so verzweifelt wie Evelyn, weil sie nicht wusste, wie sie die vollkommen aufgelöste Frau beruhigen sollte. »Das wird schon wieder, Frau Hansen! Der taucht sicher gleich wieder auf«, sagte die junge Praktikantin, versuchte, Zuversicht zu verströmen, schrubbelte Evi über den Rücken und versorgte sie zunächst mit Mineralwasser und Kaffee, und dann – nach einer effektiveren Lösung suchend – mit einer großzügigen Portion Cognac.

Die Strandaufsicht hatte Harti bereits mehrfach ausrufen lassen: »*Liebe Badegäste! Gesucht wird Herr Hartmut Hansen! Herr Hansen, bitte kommen Sie umgehend zur Strandaufsicht! Ihre Frau wartet hier auf Sie! Herr Hartmut Hansen bitte!*«, tönte es mehrfach in ohrenbetäubender Lautstärke über den Strand.

Doch nichts war passiert.

Ein Mitarbeiter hatte mit Evelyn daraufhin einen Rundgang über den Parkplatz gemacht und alle infrage kommenden Wohnmobile inspiziert. Ebenfalls ohne Ergebnis.

Nun war gerade die Polizei gekommen, um Evelyns Daten aufzunehmen und sie anschließend zum Bahnhof zu bringen. Ein junger Polizist kniete vor Evelyn nieder, die sich im Drei-Sekunden-Takt lautstark schnäuzte, und nahm ihre Personalien auf:

»Name?«

»Evelyn Hansen.«

»Alter?«

»Zweiundfünfzig.«

»Beruf?«

»Verkäuferin.«

»Wohnort?«

»Wenningstedter Weg 14 in Westerland.«

»Auf Sylt?«

»Ja?« Verwundert hielt Evelyn mit Schnäuzen inne, schaute den Beamten mit ihren rot geheulten Augen irritiert an und fragte sich kurz, ob es irgendwo in Deutschland noch ein weiteres Westerland gab.

»Seit wann ist Ihr Mann verschwunden, Frau Hansen?«

»Seit heute!« Evelyn stieß einen heulenden Schluchzer aus, die DLRG-Mitarbeiterin drückte ihr erschrocken die Schulter und strafte den Polizisten mit einem vorwurfsvollen Blick.

»Haben Sie sich gestritten? Gab es irgendeinen Konflikt?«

»Nein!« Wieder ein lauter Schluchzer! »Er hatte nasse Socken und wollte sich trockene holen.«

»Trockene Socken?«, fragte der Polizist irritiert. »Wo wollte er die denn holen?«

»Im Wohnmobil!«

»Ach so …« Der bärtige Mann notierte etwas auf seinem Block.

»Kennzeichen?«

»Das weiß ich leider nicht.«

Der Beamte wechselte kurz einen augenrollenden Blick mit dem DLRG-Mädchen.

»Es war ein Leihmobil«, erklärte Evi.

»Aha. Und wo haben Sie es geliehen?«

»Das weiß ich leider auch nicht. Irgendwo bei Hannover, glaube ich. Das hat alles mein Mann gemacht.«

»Wo könnte er denn hingefahren sein?«

»Ich habe nicht die geringste Ahnung. Wir wollten eigentlich an den Gardasee …«

»Auf welchen Campingplatz?«

Evi zuckte mit den Schultern.

Der Beamte erhob sich stirnrunzelnd und klappte seinen Notizblock zu. »Wir warten jetzt mal 48 Stunden ab, Frau Hansen. Sollte Ihr Mann bis dahin nicht wiederaufgetaucht sein, geben wir eine Vermisstenmeldung raus.«

Evi nickte ehrfürchtig. Vermisstenmeldung! Sie kam sich plötzlich vor wie bei »Aktenzeichen XY ungelöst«.

»Wir werden Sie jetzt erst mal zum Bahnhof bringen, damit Sie nach Hause fahren können«, sagte der Beamte und schob den Notizblock in seine Brusttasche.

Evelyn nickte schluchzend. »Aber ich habe doch gar kein Geld! Mein Portemonnaie habe ich im Wohnmobil-Safe gelassen.«

»Kein Problem. Das übernimmt in solchen Fällen Vater Staat«, zwinkerte der junge Beamte ihr zu und reichte ihr die Hand, um ihr aufzuhelfen.

Als die beiden Polizisten sie über den Strand zum Polizeibus eskortierten, versuchte Evelyn, die neugierigen Blicke der Touristen zu ignorieren.

»Ich habe nichts verbrochen! Ich suche nur meinen Mann«, wollte sie laut rufen und fragte sich im Stillen, für was die Gaffer sie wohl hielten. Eine Diebin? Eine Mörderin? Eine Verrückte? Oder gar für so etwas wie eine Exhibitionistin?

»Rrrrrrrummmms!!« Die Schiebetür des Busses fiel ins Schloss, und Evelyn wurde durch die blickdichten, schwarz getönten Scheiben vor den neugierigen Blicken abgeschirmt. Zum ersten Mal in ihrem zweiundfünfzigjährigen Leben saß Evelyn in einem Polizeiauto und kam sich darin sehr seltsam vor. Wer hier wohl alles schon gesessen hatte? Unfallopfer? Schwerverbrecher? Radikale? Darauf achtend, nichts anzufassen, um nicht mit krimineller Energie in Berührung zu kommen, verfolgte Evelyn die Fahrt vom Strand Richtung Bahnhof durchs Fenster.

»Hilfreich wäre, wenn Sie uns noch das Kennzeichen des gemieteten Wohnmobils und den Namen des Verleihs durchgeben könnten«, sagte der junge Beamte, der ihr gegenüber Platz genommen hatte. »Vielleicht finden Sie ja zu Hause noch etwas in den Unterlagen!« Er nickte ihr aufmunternd zu. »Herr Üzmir« stand auf dem Namensschild, das über die Brusttasche seines Hemdes geklettet war.

Sie hielten an dem kleinen Bahnhof Sankt Peter-Ording Bad, und Polizist Üzmir kaufte ihr unter den interessierten Blicken der anderen Wartenden ein Ticket und erkundigte sich, ob sie noch etwas Geld für Kaffee oder ein Brötchen brauche.

Evi nickte dankbar, obwohl ihr von der ganzen Aufregung speiübel war.

Herr Üzmir zog einen Zwanzigeuroschein aus seinem Portemonnaie und überreichte ihn ihr. »Viel Glück, Frau Hansen! Und gute Heimreise«, verabschiedete er sich schließlich.

»Danke«, wisperte Evelyn und nickte stumm.

»Das wird schon wieder«, sagte er. »Bis jetzt sind fast alle verschwundenen Ehemänner wiederaufgetaucht!« Er zwinkerte ihr noch mal zu. »Und falls nicht, melden Sie sich noch mal bei mir!« Er überreichte ihr seine Karte, kletterte in den Bus und brauste ab.

Zu Evelyns Glück fuhr bereits zwei Minuten später der Zug ein, sodass sie den taxierenden Blicken der anderen Passagiere entfliehen konnte, die ganz offensichtlich rätselten, was es mit der merkwürdigen Szenerie auf sich haben mochte, die sie soeben beobachtet hatten. Das Abteil war nicht besonders voll, und Evi fand schnell einen Platz in einer leeren Sitzreihe, auf den sie sich erschöpft fallen ließ.

Draußen ging die Sonne rot unter, der Zug ratterte durch nebelverhangene Felder und Schafswiesen. Endlose flache Landschaften flogen vorbei. Evi starrte aus dem Fenster und versuchte zu rekapitulieren, was passiert war: Harti war weg! Einfach weg! Tränen liefen ihr über die Wangen, und sie kam sich schrecklich hilflos und verloren vor. Hatte sie etwas übersehen? Hatte Harti eine Freundin? War er unglücklich? Es war doch alles wie immer gewesen ... oder war es vielleicht genau das? Dieses »wie immer«, das ihn vertrieben hatte?

Okay, sie hatten sich in letzter Zeit nicht mehr viel zu sagen gehabt. Abends saßen sie vor dem Fernseher, und entweder schlief Harti dort ein, oder er beschäftigte sich mit seinen Zeitungen oder dem Handy – wenn er nicht auf dem Zweitfernseher in seinem Werkstattschuppen Fußball schaute.

Evi hielt das für normal. Natürlich fiel man mit über 50 nicht mehr leidenschaftlich jede Nacht übereinander her. Wann hatten sie eigentlich das letzte Mal Sex gehabt? Sie wusste es nicht. Und sie wusste auch nicht, ob es Harti gefehlt hatte. Ihr selbst hatte es jedenfalls nicht gefehlt, denn so »life changing« wie in Filmen oder Büchern war es eh nie gewesen.

Davon abgesehen hatte Hartis Name in puncto Standfestigkeit bei den letzten Malen nicht mehr halten können, was er versprach: Als »hart« konnte man seinen auf Halbmast stehenden Penis auch mit viel Fantasie nicht bezeichnen.

»Das macht doch nichts, wir können doch was anderes probieren«, hatte Evi versucht, mit ihm darüber zu reden, aber es war ihm so unangenehm, dass er nach dem zweiten gescheiterten weitere Beischlaf-Versuche einstellte und beide kein Wort mehr darüber verloren. Evi war es eigentlich egal, da sie auf den ehelichen Verkehr sowieso keinen großen Wert legte, aber ob Harti sehr darunter gelitten hatte, ob er etwas gegen sein »Problem« unternommen hatte – sie wusste es nicht ...

War sie zu bequem geworden? Hatte sie Harti zu sehr als selbstverständlich genommen? Seit sie nicht mehr im Laden stand und repräsentieren musste, hatte sie sich in puncto Kleidung, Figur und Frisur ziemlich gehen lassen, musste sie zugeben: Ihren stetig fülliger werdenden Körper verhüllte sie mit bequemen Elastikbund-Leggings und weiten Blusen. Ihre Haare hatte sie vom mühsam mit Lockenstab gewellten Bob zum pflegeleichten Kurzhaarschnitt verändert, ihre Füße entspannte sie mit flachen Sandalen oder Turnschuhen, und ein aufwendiges Make-up tat sie sich auch nicht mehr an, seit sie nur noch zu Hause arbeitete, wo sie niemand sah.

Niemand außer Harti ...

Ja, ihr Gesamterscheinungsbild war nicht gerade eine erotische Sensation – aber Hartis ja auch nicht! Sein Bierbauch nahm stetig an Umfang zu und seine Zahngesundheit stetig ab.

Vielleicht war er ja auch entführt worden, durchfuhr es sie so plötzlich wie ein Blitzschlag, und sie schoss vor Schreck kerzengerade in die Höhe. Und morgen würde ein aus Zeitungsschnipseln zusammengefügter Brief in ihrem Briefkasten liegen. Oder sie würde einen stimmverzerrten Anruf auf ihrem Handy bekommen. Ach Quatsch, schalt sie sich und sackte wieder in sich zusammen, wir haben doch gar kein Geld ...

Und wenn ein Irrer ihn entführt hatte? Ein Psychopath? Wieder füllten sich ihre Augen mit Tränen. Wären sie doch bloß nie mit diesem bescheuerten Wohnmobil losgefahren! Sie hatte ja gewusst, dass das keine gute Idee war ... Evi schniefte in ein Taschentuch und wischte sich die Tränen aus den Augen.

» ... unsere Tochter ist Stewardess, deshalb kriegt sie Luxushotels immer um die Hälfte billiger. Nur Luxushotels – normale nich!«, prahlte in der Reihe vor ihr eine Frau lautstark vor ihrer Sitznachbarin. »In Mexiko hatten wir 'ne Tswiet. Da ist der Strand so weiß, dass ich mir erst mal 'ne Sonnenbrille kaufen musste. Dagegen sieht der Sand auf Sylt aus wie Dreck ...«

Evi schüttelte innerlich den Kopf. Na, die hatten Probleme! Sie wünschte sich, sie müsste auch lediglich darüber nachdenken, wo der Strand am weißesten wäre. Und eine

Tochter, die sie anrufen könnte, hätte sie jetzt auch ganz gern. Aber Harti wollte ja keine Kinder.

Evi räusperte sich und atmete tief durch. Es nützte ja nichts: Die Situation war, wie sie war, und sie musste sich nun damit arrangieren – ob sie wollte oder nicht.

Um 23:52 Uhr fuhr der Zug endlich in den Bahnhof Westerland ein. Leere Gleise, die Laternen verbreiteten kaltes Neonlicht, unter dem sich Motten- und Mückenschwärme tummelten, und in dem leeren Bahnhofsgebäude, in dem es normalerweise von Menschen wimmelte und nach frisch gebackenen Croissants roch, waren alle Läden zu und dunkel. Evi kam sich absolut verloren vor. So spät war sie noch nie auf dem Bahnhof gewesen.

Da auch die Taxifahrer schon Feierabend gemacht hatten, marschierte Evi die kurze Strecke zu Fuß nach Hause und fischte den Ersatzschlüssel unter dem Geranientopf hervor, der vor der Haustür stand.

Es war komisch, das leere Haus zu betreten. Obwohl sie nur einen Tag weg gewesen war, schien es anders zu riechen. Verlassen, irgendwie … Die Stille hallte ohrenbetäubend laut in ihrem Ohr. Das Ticken der Küchenuhr war das einzige Lebenszeichen.

Als Evi das Schlafzimmer betrat, schossen ihr die Tränen in die Augen. Auf Hartis Seite lag sein gebügelter Schlafanzug, ohne den er nie ins Bett ging. Evi fand das sehr schade, weil sie auch nach dreißig Jahren immer noch gern Haut-an-Haut-Körperkontakt mit ihrem Mann gehabt hätte. Aber Harti wollte das seit Jahren nicht mehr. Er hatte sowieso immer Schwierigkeiten mit Körperlichkeiten gehabt, die nicht sofort Sex einleiteten.

Meistens ging er später als sie ins Bett, nachdem er bis tief in die Nacht in seinem Hobbyraum an irgendwas gewerkelt hatte.

Vollkommen erschöpft ließ Evi sich auf die teure Dream-Sleep-Matratze fallen, die sie erst kürzlich zu beider Rückenentlastung gekauft hatten, und schlief sofort ein.

3

»Evi??« Irmi Wilkens von nebenan fegte die Eingangstreppe vor ihrem Haus und starrte sie mit übertrieben weit aufgerissenen Augen an. »Was machst du denn hier? Ich dachte, ihr wärt auf Weltreise ...?«

Wie immer konnte die Wilkens ihre Neugier kaum im Zaum halten. Wer weiß, wie lange sie schon hinter der Gardine gelauert hatte, bis Evi endlich aus dem Haus kam. Bestimmt hatte sie auch ihre späte Heimkehr gestern Nacht mitbekommen. Und wenn nicht sie selbst, dann auf jeden Fall ihr verfetteter Pudel Julchen, dachte Evi.

»Es ist was dazwischengekommen!«, sagte Evi und beeilte sich, auf ihr Fahrrad zu steigen.

»Wirklich? Was denn?«, rief Irmi neugierig.

»Bis später, Irmi! Ich muss los!«, winkte Evi im Antreten und war froh, schnell aus Irmis phonetischer Reichweite zu kommen.

Es war schrecklich gewesen, in einem leeren Bett aufzuwachen. Seit dreißig Jahren hatte sie mit Harti Seite an Seite gelegen. Während ihrer gesamten Ehe hatten sie nicht eine Nacht getrennt verbracht. Und nun war seine Bettdecke unberührt und sein Kopfkissen nicht zerknüllt wie sonst immer. Und es hatte sie auch nicht drei- bis fünfmal die Nacht sein ohrenbetäubendes Schnarchen geweckt.

Ungewöhnlich ausgeschlafen hatte sich Evi deshalb um sechs Uhr morgens die Augen gerieben, und sofort war ihr schockartig die furchtbare Situation ins Hirn geschossen, in der sie sich befand: Harti war weg!! Aber heute war ein neuer Tag! Wahrscheinlich war alles nur ein blödes Missverständnis und würde sich in den nächsten Stunden schnell aufklären. Optimistisch kletterte sie in die Dusche und ließ sich von dem warmen Regenschauer entspannen.

Mit einem dampfend heißen Becher Kaffee in der Hand machte sie sich daran, die Mietvertragsunterlagen des Wohnmobilverleihs zu suchen. Aber es war nirgends etwas zu finden. Seltsam. Harti war eigentlich eher chaotisch veranlagt. Immer musste sie ihm hinterherräumen. Dass zum Wohnmobil absolut gar nichts herumlag, war ungewöhnlich. Sogar seine Camper-Zeitschriften waren verschwunden ...

Aber die Buchung war doch übers Konto gelaufen, schoss es Evi durch den Kopf. Vielleicht konnte man über die Bank herausfinden, wohin das Geld gegangen beziehungsweise wer der Empfänger gewesen war. Begeistert von ihrer spitzfindigen Idee hatte sie sich daraufhin per Fahrrad auf den Weg zur Nord-Ostsee-Sparkasse gemacht – und war vor ihrer Haustür von Irmi gestellt worden. Aber die hatte sie ja nun abgehängt. In schnellem Tempo und mit durcheinanderwirbelnder Frisur flog sie der Bankfiliale in Westerland entgegen.

Herr Mommsen, ihr Bankberater, begrüßte sie wie immer überschwänglich. »Ach, Frau Hansen, schön, Sie mal wieder zu sehen! Geht es Ihnen gut?« Er reichte ihr euphorisch strahlend die Hand und schüttelte sie mit festem Griff.

Evi biss innerlich die Zähne zusammen, weil durch Herrn Mommsens schraubstockartigen Händedruck ihr Ehering schmerzhaft an den Mittelfinger gequetscht wurde. »Gut, danke!«, lächelte sie gequält.

Herr Mommsen beziehungsweise die Nord-Ostsee-Sparkasse spekulierte schon seit Langem auf ihr Haus, dessen Grundstück an den geplanten Neubau einer Versicherungsgesellschaft grenzte, an der die Nospa beteiligt war. Kontinuierlich überhäufte Herr Mommsen sie deshalb mit lächerlich niedrigen Kaufangeboten, die Harti genauso kontinuierlich ablehnte. Das Ganze hatte aber den durchaus angenehmen Effekt, dass Herr Mommsen sie quasi auf Händen trug, sobald sie die Filiale betrat. Auch jetzt lud er sie wieder sofort in sein Büro.

»Und zu Hause? Wie geht es Ihrem Mann?«, flötete er ihr die üblichen Small-Talk-Floskeln über die Schulter zu, während er beflissen vorausging.

Evi erzählte ihm die Geschichte, die sie sich auf dem Weg zur Sparkasse auf dem Fahrrad ausgedacht hatte: Harti sei mit dem Wohnmobil schon in den Urlaub vorgefahren, und sie würde nachkommen, weil sie ihrer Cousine noch bei der Inventur ihrer Boutique helfen müsse. Harti hätte ihr gerade am Telefon gesagt, dass beim Wohnmobilverleih noch eine Nachzahlung getätigt werden müsse und sie die Überweisung überprüfen solle. Da sie aber kein Onlinebanking habe, sei sie nun deshalb hier. Ob Herr Mommsen so freundlich wäre, ihr eine Kopie der Überweisung herauszusuchen? Das wäre dann auch schon alles.

»Aber selbstverständlich, liebe Frau Hansen!«, ereiferte sich der kleine Mann mit der glänzenden Halbglatze. Er griff zum Hörer und befahl seiner Sekretärin, den Überweisungsvorgang herauszusuchen. Einmal den Küchenboden so spiegelglatt gebohnert kriegen, wünschte sich Evi jedes Mal, wenn ihr Blick auf Herrn Mommsens glänzendes Haupt fiel.

Der bot ihr nun einen Kaffee an, den Evi dankbar annahm, weil er erstaunlicherweise immer sehr gut schmeckte, und versuchte sich weiter im Small Talk. Schon ein paar Minuten später klopfte es an der Tür, und die Mitarbeiterin kam mit einem DIN-A4-Blatt zurück, das sie Herrn Mommsen überreichte, der es an Evi weitergab.

»Kann ich sonst noch etwas für Sie tun?«, erkundigte er sich.

»Nein danke, das wäre im Moment alles.« Evi leerte ihre Kaffeetasse und erhob sich. »Ach so«, fiel ihr plötzlich ein. »Etwas Geld könnte ich natürlich noch abheben, wenn ich schon mal hier bin.«

»Natürlich«, lachte Herr Mommsen gekünstelt, so als hätte Evi gerade einen sensationellen Scherz gemacht. »Wie viel darf es denn sein?«

»Dreihundert Euro werden wohl erst mal reichen.«

»Aber nicht alles auf einmal ausgeben!« Wenn Herr Mommsen versuchte, witzig zu sein, kam Evi aus dem Fremdschämen gar nicht mehr raus.

Neckisch grinsend tippte er auf seinen Computer ein

und hielt plötzlich erstarrend inne. Das Lächeln erfror auf seinem Gesicht, die Mundwinkel sanken in Zeitlupe herab.

Evi fuhr ein Schreck durch die Glieder. Was war denn jetzt los?

Herr Mommsen räusperte sich und schaute sie ernst an. »Nun ja, es ist offenbar so, dass Ihr Konto leer ist ...«

»Was?«, fragte Evi verdattert.

»Ihr Mann hat letzte Woche das gesamte Guthaben abgehoben!«

Evi war sprachlos.

»Wussten Sie das nicht?«

»Doch, doch«, stotterte sie. »Aber ich dachte eigentlich ...«

»Ich war letzte Woche leider im Urlaub, sonst hätte ich Sie natürlich informiert, liebe Frau Hansen«, schaltete Herr Mommsen plötzlich um, und Evi meinte, ein gieriges Blitzen in seinen Augen zu erkennen.

»Und das Geschäftskonto?«, fragte sie.

»Moment ...« Die Tastatur klackerte. »Darauf befinden sich noch 871,20 Euro!«

»Oh ...« Evis Magen zog sich zusammen. Ihr wurde schlecht.

»Dann zahlen Sie mir davon bitte die dreihundert Euro aus!«

»Sehr wohl«, versuchte Herr Mommsen höflich, die peinliche Situation zu überspielen. »Sie kennen ja unser Angebot, liebe Frau Hansen«, raunte er ihr zu, als er sie schließlich zum Ausgang geleitete. »Denken Sie bitte noch

einmal darüber nach, die Immobilienpreise fallen ja allge-
mein gerade wieder ...«

4

Wie betäubt radelte Evi nach Hause. Harti hatte ihr Konto leer geräumt! Sie war fassungslos. Warum hatte er das getan? War er doch entführt worden? Wurde er erpresst? Musste er Lösegeld zahlen? Oder war ihr Konto vielleicht gehackt worden, und Harti hatte gar nichts damit zu tun? Schreckliche Szenarien überschlugen sich in ihrem Kopf, während sie wie ferngesteuert in die Pedalen trat. Sie musste so schnell wie möglich die Kontaktdaten des Wohnmobilverleihs an die Polizei weitergeben, beschloss sie.

Kaum zu Hause angekommen, zückte sie ihre Brille und studierte den Überweisungsbeleg der Nospa: Die stattliche Summe von 2.983 Euro Miete für drei Wochen Wohnmobil Nr. 47 war an 4-wheel-homes gegangen. Der Verleih war in Hannover ansässig, wie sie schnell ergoogelte. Sie pulte die Karte von Polizist Üzmir aus ihrem Ersatzportemonnaie und gab die Informationen sofort telefonisch weiter. Herr Üzmir notierte sich Betrag und Verleih und versprach, sich wieder zu melden, sobald er nähere Informationen hätte.

Erleichtert, dass es jetzt zumindest einen Anknüpfungspunkt gab, ging Evi ins Schlafzimmer, um ein Hemd von Harti herauszusuchen, das nach ihm roch. In den Sonntags-Tatorten, die Harti und sie niemals verpassten, benötigten die Ermittler doch immer ein Kleidungsstück von vermissten Personen, um die Spürhunde darauf anzusetzen. Evi wollte gewappnet sein.

Als sie die Tür des Kleiderschranks öffnete, traf sie der nächste Schock: Hartis Seite war leer – bis auf die drei Boxershorts, die sie ihm mal zu Weihnachten geschenkt hatte. Sie waren ihm im Bund zu klein gewesen.

Wann und wie hatte er denn seine gesamten Klamotten entfernt? Sie war es doch gewesen, die für ihren Urlaub gepackt hatte? Evi wurde schwindelig, sie musste sich aufs Bett setzen. Nun verstand sie gar nichts mehr.

Das Klingeln des Festnetztelefons riss sie aus ihrem Schock. Harti?? Im Sprint eilte sie so hektisch die Treppe hinunter, dass sie fast gestürzt wäre.

»Ja?«, atemlos riss sie den Hörer von der Gabel.

»Wer spricht denn da?«, erkundigte sich eine Frauenstimme.

»Evelyn Hansen. Und wer sind Sie?« Enttäuscht schnappte Evi keuchend nach Luft.

»Birgit Petersen!«, antwortete die Frau so empört, als hätte Evi das wissen müssen. »Ist da der Elektrofachbetrieb Hansen?«

»Ja.«

»Unsere Waschmaschine schleudert nicht mehr«, verkündete die Anruferin.

»Es tut mir leid, wir haben aktuell keine Termine mehr frei«, unterbrach Evi sie.

»Wie bitte?«

»Mein Mann ist in der Reha«, erfand Evi spontan.

»Ach so ...« Die Frau klang ratlos.

»Ich schreibe mir gern Ihre Nummer auf und melde mich, wenn er wieder arbeitsfähig ist«, bot Evi an.

»Nee, danke. Wir brauchen ja jetzt jemanden!«, erklärte die Frau und verabschiedete sich.

Harti war Elektriker, hatte sogar seinen Meister gemacht. Gemeinsam hatten sie in der Friedrichstraße in Westerland einen Elektrohandel betrieben, in dem Evi als Verkäuferin gearbeitet hatte. Das Angebot reichte von Lampen über Fernseher, Stereoanlagen bis hin zu Toastern und Waschmaschinen. Aber seit die Leute alles im Internet bestellten und zu ihnen nur noch zum Anschauen kamen, mussten sie den Laden aufgeben. Harti arbeitete daraufhin als mobiler Elektriker im Ein-Mann-Betrieb. Das lief gut, er hatte ausreichend Aufträge – aber sie selbst war arbeitslos und kümmerte sich nur noch gelegentlich um die Buchhaltung.

Das Telefon klingelte erneut. Evi überlegte, nicht abzuheben, weil sie ungern einen weiteren Kunden verprellen wollte. Aber es nützte ja nichts – nach dem vierten Klingeln ging sie doch ran. Es war Herr Üzmir.

»Wir haben mit dem Wohnmobilverleih sprechen können«, verkündete er.

»Ja und?«, fragte Evi beklommen.

»Ihr Mann hat das Wohnmobil dort gestern wieder abgegeben, und danach verliert sich seine Spur.«

Evi schluckte.

»Wir haben daraufhin eine Handyortung eingeleitet.«

»Ja?« Musste man diesem Mann denn alles aus der Nase ziehen?

»Die war in gewisser Weise ergebnislos ...« Herr Üzmir räusperte sich.

»In gewisser Weise?«, echote Evi.

»Das Handy Ihres Mannes lag mit herausgenommenem Akku im Wohnmobil. Der Verleih wird es Ihnen zusenden.«

»Aha«, sagte Evi. Sie verstand gar nichts mehr. Was hatte das denn nun wieder zu bedeuten? »Und was passiert nun?«, hakte sie nach.

»Wir haben mit dem Verleih gesprochen. Laut den Mitarbeitern wirkte Ihr Mann ausgesprochen fröhlich und gut gelaunt. Wir glauben also nicht, dass er entführt wurde.«

»Das heißt?«

»Wir werden seinen Namen auf die Liste an Flughäfen und Grenzübergängen setzen lassen, um Sie informieren zu können, wenn er das Land verlässt, aber vielmehr können wir nicht für Sie tun. Jeder Mensch darf sich frei bewegen, und so wie es aussieht, ist Ihr Mann freiwillig unterwegs, und es ist offenbar seine bewusste Entscheidung, sich nicht bei Ihnen zu melden.«

Evi schluckte so hart, dass es in ihrer Kehle schmerzte.

»Manchmal hauen Männer eben einfach kurz mal ab«, tröstete Herr Üzmir. »Der kommt schon zurück!«

Evi schluchzte laut auf.

»Es tut mir leid, dass wir nicht mehr für Sie tun können.«
Herr Üzmir klang plötzlich milde. »Hatten Sie denn Probleme in Ihrer Ehe?«

»Nein, nicht dass ich wüsste …« Evi versagte die Stimme. Ein Weinkrampf schob sich ihre Kehle hoch.

»Vielleicht sollten Sie therapeutische Hilfe in Anspruch nehmen«, schlug Polizist Üzmir vor.

»Ja, danke.« Evi wollte gern auflegen.

»Melden Sie sich gern, wenn sich etwas Neues ergibt«, sagte Herr Üzmir, wünschte ihr alles Gute und verabschiedete sich.

Evi ließ sich auf die Treppenstufe fallen und den Tränen freien Lauf.

5

Alles an Rosi Sierks war zu groß: ihr Busen, ihr Bauch, ihre Füße, ihre Nase – und vor allem ihr Körpermaß von stattlichen einhundertzweiundneunzig Zentimetern! Rosi war ein Naturereignis, eine Erscheinung. Seit sie dreizehn Jahre alt war, hatte sie ihre Schuhe in der Herrenabteilung des Westerländer Schuhhauses Münster kaufen müssen, da es in der Damenabteilung keine Größe 44 gab.

Und auch viele ihrer Kleidungsstücke waren ursprünglich für Männer geschneidert worden und nicht für Frauen. Zum Glück waren Jeans (die ihre Mutter geschickt um zehn Zentimeter verlängerte), Turnschuhe und Sweatshirts »unisex« gewesen, sodass sie sich einigermaßen würdevoll über ihre Jugend hatte retten können. »Leuchtturm« hatten sie sie in der Klasse genannt, sie war stets eine Außenseiterin gewesen.

Die Tanzschule war für sie ausgeschlossen, weil sie ihre Tanzpartner um zwanzig Zentimeter überragt hätte. Deshalb hatte sie auch auf eine »erste« und leider auch auf alle weiteren, normalerweise daraufhin folgenden, Lieben verzichten müssen.

Ihr Singledasein hielt bis heute an. Sie war nun dreiundfünfzig und außer ein paar Affären und One-Night-Stands hatte sie noch nie eine feste Beziehung gehabt. Sie war einfach zu groß für die Liebe – so ihre bittere Erkenntnis.

»Ledig«, »alleinstehend« – wie schrecklich das immer klang, wie traurig und einsam, wenn sie das auf Formularen ankreuzen oder einfügen musste. Allein stehend – statt zusammen liegend ... Wie gern hätte auch sie mal »Mein Mann« oder notfalls auch »Meine Frau« gesagt. Ihr Beuteschema hatte sie mittlerweile auf den größtmöglichen Kreis erweitert: Von dreiundzwanzig bis fünfundsiebzig kam alles infrage – ganz egal ob männlich, weiblich oder divers. Sie wollte einfach nur in den Arm genommen und lieb gehabt werden. Sie wollte, dass jemand ihre Augen schön oder ihre Haut duftend fand. Sie wollte, dass ein anderer Mensch wusste, was sie am liebsten aß und auf was sie allergisch war. So wie es in Filmen immer passierte und in den Büchern stand, die sie las, wenn sie abends einsam im Bett lag.

Seit drei Jahren leitete sie nun schon den Kampener Campingplatz auf Sylt und bewohnte in dem kleinen, rot geklinkerten Platzwarthäuschen zwei Zimmer, die sie mit ihren drei Hunden Tick, Trick und Track teilte. Die Arbeit auf dem Campingplatz machte ihr Spaß, denn so kam sie täglich in Kontakt mit anderen Menschen, und diesen helfen zu können gab ihr eine gewisse Wichtigkeit. Ihre Körperkräfte sorgten zudem dafür, dass es ihr leichtfiel, Wohnwägen zu rangieren, schwere Gasflaschen zu heben und klemmende Markisen wieder frei zu ziehen. Auf dem Sitzrasenmäher, an den eine Anhängerkupplung montiert worden war, mit deren Hilfe sie Wohnwagen, die keinen Mover hatten, rangieren konnte, drehte sie regelmäßig ihre Runden über den Platz. Es war eine befriedigende Arbeit draußen in der Natur, denn die Anlage war wirklich wunderschön: Direkt am Dünengürtel des Weststrandes gelegen, war das Areal seit den Siebzigerjahren kaum verändert worden. Es war der kleinste Campingplatz der Insel mit vielen blühenden Heckenrosen-Stauden und großen Bäumen, da er an den Sagenwald Richtung Wenningstedt grenzte.

Rosi war froh, dass sie den Job von ihrem Vater hatte übernehmen können, der letztes Jahr pensioniert worden war. Nach ihrer Ausbildung zur Reiseverkehrskauffrau im Reisebüro Wilkens, die der Bruder ihrer Mutter ermöglicht hatte, weil er der Geschäftsführer war, waren ihre Bewerbungsschreiben immer wieder abgelehnt worden, mit zum Teil fadenscheinigen Ausreden. Rosi war sehr klar, dass der Hauptgrund für die Absagen ihr Körpermaß war. Sie passte wortwörtlich nirgendwo rein. In ihrer Verzweiflung war sie mit Mitte zwanzig aufs Festland gezogen in der Hoffnung, dort bessere berufliche Aussichten zu haben, aber weiter als bis zur DHL-Kurierfahrerin hatte sie es nicht gebracht.

Als ihr Vater sie gefragt hatte, ob sie Interesse hätte, die Leitung des Campingplatzes zu übernehmen, hatte sie deshalb sofort zugesagt. Ohne Abschiedsschmerz hatte sie ihre Sachen gepackt und war zurück auf die Insel gezogen, da der Job ja auch eine Unterkunft beinhaltete. Um ihre Einsamkeit zu überbrücken und auch, um auf dem Platz etwas Schutz zu haben, hatte sie Tick, Trick und Track, drei rumänische Hundegeschwister-Mischlinge aus dem Tierheim

Tinnum mit unnachvollziehbarer genetischer Zusammensetzung, adoptiert.

Auch heute standen wieder etliche An- und Abreisen an, und Rosi machte es sich vor dem Computer mit einem Becher dampfend heißen Kaffees bequem, um die Buchungslage zu checken. Es war Ende Mai, und langsam wurde es voller auf dem Platz. Die Gäste holten ihre Caravans aus dem Winterschlaf und läuteten die Sommersaison ein. Ein paar Stammgäste hatten schon ab Mitte April gebucht, und Rosi war froh, genug Personal für die regelmäßige Reinigung der Sanitäranlagen gefunden zu haben.

Richtig voll wurde es dann ab Juli. Der kleine Platz war stets restlos ausgebucht – viele Gäste reservierten ihre Parzellen schon Jahre im Voraus. In der Hauptsaison hatte Rosi quasi keine ruhige Minute mehr: Herausgesprungene Sicherungen der Stromversorgungsanlage, nicht funktionierende Fernsehanschlüsse, verstopfte Toiletten, explodierte Campingkocher und überlaufende Abwassertanks: Es gab immer etwas zu tun, und nicht selten musste Rosi vollkommen aufgelöste Campinganfänger trösten, die sich das alles »ganz anders« vorgestellt hatten.

Ab zweiundzwanzig Uhr herrschte auf der Anlage absolutes Fahrverbot, um die Nachtruhe zu gewährleisten. Um sicherzustellen, dass auch wirklich kein Auto mehr über den Platz fuhr, ließ Rosi deshalb Punkt zweiundzwanzig Uhr eine Schranke herunter, die erst um sieben Uhr dreißig wieder geöffnet wurde. Dennoch musste sie regelmäßig Lärmbeschwerden schlichten, wenn sich alkoholisierte Urlauber vor ihren mobilen Unterkünften zu laut unterhielten. Der Platz war sehr hellhörig. Schon ein Lachen konnte empfindliche Gäste aus dem Schlaf reißen. Rosi bat solche Gruppen dann höflich, den Abend doch lieber IM Wohnwagen fortzusetzen statt draußen.

Aufgrund der exklusiven Lage an einem der teuersten Wohnorte Deutschlands war das Publikum auf dem Platz sehr gemischt: Da war der Millionärs-Camper im 300.000-Euro-Luxusbus, der abends das Mini-Cabrio aus der eingebauten Garage ließ, um zum Champagner-Besäufnis in die *Sansibar* zu düsen – und auf der anderen Seite die Studenten aus Übersee mit einfachen Wurfzelten und wackeligen Gaskochern. Fünfköpfige Familien in schmuddeligen, von klebrigen Kinderhänden verschönerten Caravans mit Etagenbetten waren ebenso vertreten wie allein reisende Frauen auf Selbstfindungstrip oder pensionierte Lehrer auf Europatour. Coole Bulli fahrende Surfer standen neben Gartenzwerg aufstellenden Spießern mit Häkelgardinen. Es war alles dabei!

Rosi liebte diese bunte Mischung und genoss es, heimlich Menschenstudien zu betreiben. Mittlerweile konnte sie schon recht gut vorhersagen, wer Ärger machen, wer vorzeitig abreisen – und wer euphorisch neu buchen würde.

Acht Anreisen würde es heute geben. Rosi stellte den leeren Kaffeebecher in den Geschirrspüler, schaltete den Computer aus und machte sich auf den Weg, die gebuchten Plätze zu kontrollieren.

6

Bente Pöhns konnte mal wieder nicht widerstehen – der Butterkuchen war aber auch zu lecker, wie er süßlich nach Mandeln duftend und warm aus dem Ofen kam. Heimlich schnitt sie sich ein großes Stück ab, das sie in kleine Würfel teilte, die sie sich immer wieder schnell in den Mund steckte, während sie den Rest der Backwaren in die Auslage sortierte.

Die Bäckerei Pöhns war eine Institution auf Sylt. Hier wurde noch das originale Sylter Friesenbrot gebacken, und der Kuchen war legendär. Leider! Denn seit Bente in die Wechseljahre gekommen war, schien ihr Körper sich stetig erweitern zu wollen. Satte zwanzig Kilo hatte sie im letzten Jahr zugenommen und konnte einfach nicht aufhören zu essen. Wie denn auch, wenn man in einer Bäckerei arbeitete und täglich von den köstlichsten kulinarischen Verführungen umgeben war? Verführungen konnte Bente sowieso noch nie gut widerstehen – egal ob kulinarisch, alkoholisch oder sexuell. Deshalb lief die Ehe mit Henner auch nach dreiundzwanzig Ehejahren noch erstaunlich gut, wenngleich ihre horizontalen Möglichkeiten aufgrund ihrer beider dicker Bäuche mittlerweile etwas reduziert waren.

Bente hatte Spaß an Sinnlichkeit jeder Art – und das sah man ihr auch an: Sie hatte ein rundes fröhliches Gesicht, ein mitreißendes, entzückend glucksendes Lachen – und volle Lippen. Sie hatte eigentlich immer gute Laune und deshalb einen riesigen Freundeskreis.

Henner, ihr Mann, passte wie »Arsch auf Eimer« (O-Ton Henner) zu ihr und war optisch eigentlich ein Bente-Klon, nur in männlich und mit Halbglatze: klein, rund, fröhlich und knuffig. Optisch erinnerte er ein bisschen an den leider viel zu früh verstorbenen Dirk Bach. Um nicht auch dessen Schicksal zu erleiden, hatte er mit Bente in den letzten Wochen und Monaten oft darüber gegrübelt, was sie gegen ihre bedenklichen BMIs unternehmen könnten. Eine Diät kam nicht infrage, weil sie viel zu gern aßen.

Essen war schon immer eine der großen Leidenschaften von Bente gewesen. Sie kochte für ihr Leben gern und hatte ein fatales Faible für würzige Sahnesoßen und krosse Käsekrusten. Früher hatte ihr Körper die Kalorienflut artig absorbiert, doch nun schien eine Grenze überschritten. Ihr Hausarzt hatte ihr kürzlich nahegelegt, doch etwas mehr Sport zu treiben. Oder überhaupt Sport! Nordic Walking zum Beispiel oder Schwimmen, um die Gelenke zu schonen. Auch Kraftsport hätte er gern gesehen. Daraufhin hatte sich Bente in einer Muckibude angemeldet und sich in die Geräte einweisen lassen. Aber sie hatte beschämend schnell ihrem inneren Schweinehund nachgegeben und sich selbst eingestehen müssen, dass sie viel zu faul und bequem war, um regelmäßig Gewichte zu heben und sich zu quälen. Einzig die Sauna fand sie angenehm, aber nur von Saunagängen nahm man leider nicht ab.

Henners neueste Idee war Eisbaden. Das machten ja jetzt alle – warum also nicht auch sie, wo sie das Meer ja quasi direkt vor der Tür hatten? Wenn sie jeden Morgen beherzt in die Nordsee springen würden, dann würden sie in kürzester Zeit erschlanken – das schien ihnen beiden zweifelsfrei logisch.

An einem Sonntag im März – die Sonne schien, es herrschten frühlingshafte zwölf Grad – waren sie daraufhin, mit Wollmütze, Fleecedecke und Thermoskanne bewaffnet, mutig die Panoramatreppe zum Wenningstedter Strand hinuntergestapft und hatten versucht, sich in die eisigen Fluten zu stürzen. Noch nie waren sie so schnell wieder aus dem Wasser gesprungen – und noch nie hatten sie danach so lange heiß geduscht. Das war pure Folter – darin waren sie sich sofort einig. Wie hätte das schreckliche Projekt auch konkret funktionieren sollen? Henner arbeitete bei Pöhns als Bäcker, und sein Arbeitstag begann um vier Uhr morgens. Bente musste erst ab sieben Uhr hinter dem Tresen stehen und hätte theoretisch vorher eisbaden können, aber wer sprang schon in aller Frühe und bei winterlicher Dunkelheit allein in die Nordsee? Und nach der Arbeit, wenn die Bäckerei um achtzehn Uhr schloss und Bente im Geiste schon am Herd stand, um für sich und Henner ein köstliches Menü zu zaubern, ein Glas Wein zu trinken und danach gemütlich vor den Fernseher zu fallen, war ihr auch nicht mehr danach, in eiskaltes Wasser zu springen ...

Resigniert schob sie sich ein weiteres Quadrat des köstlichen Butterkuchens in den Mund. Aber sie könnte ja mal mit dem Nordic Walking anfangen! Die Stöcker dazu hatte sie ja bereits online bestellt und sich auch per Video einen Kurs angesehen. Bente schob sich das letzte Stückchen Kuchen in den Mund und liebäugelte mit einem Schoko-Croissant. Okay, gleich morgen würde sie mit dem Nordic Walking beginnen, beschloss sie, fühlte sich dadurch schon etliche Kilos leichter und biss ohne schlechtes Gewissen beherzt in das Croissant, dessen noch warme Schokolade auf ihrer Zunge schmolz.

7

Das Loch, das Harti in Evis Leben hinterlassen hatte, schien sich wie ein aufquellender Hefeteig im Haus (und auch in Evis Seele) auszubreiten. Ratlos saß sie auf dem Wohnzimmersofa und wusste nicht, wie ihr Leben nun weitergehen sollte.

Das Telefon klingelte in regelmäßigen Abständen, und jedes Mal durchfuhr es Evi wie ein Stromschlag, weil sie die Hoffnung hatte, Harti könnte am anderen Ende der Leitung sein. Doch es waren immer nur Kunden, die Aufträge erteilen wollten oder bereits welche erteilt hatten – und die sie vertrösten musste. Es tat Evi in der Seele weh, den Anrufern abzusagen. Sie sah förmlich vor sich, wie das Geld davonschwamm.

Um ihren Puls wieder zu beruhigen, trank sie nach jedem Anruf einen Schluck Eierlikör, sodass sie um siebzehn Uhr bereits einen deutlichen Schwips hatte. Doch der half ihr immerhin, die Situation zu ertragen. Der Fernseher, den sie eingeschaltet hatte, damit sie sich nicht ganz so allein fühlte, lief ohne Ton, weil sie auf ein Motorengeräusch vor dem Haus wartete, das Hartis Rückkehr ankündigen würde.

Immer wieder schreckte sie hoch, weil sie meinte, das Drehen seines Schlüssels in der Haustür gehört zu haben.

Um nicht nur rat- und tatenlos herumzusitzen, startete Evi schließlich einen telefonischen Rundruf im Familien-, Freundes- und Bekanntenkreis. Sie rief Hartis Bruder, seine Cousins und Cousinen, seine Tanten und Onkels, seine Kollegen und Fußballfreunde an – nichts! Niemand hatte etwas von ihm gehört oder war in irgendwelche Pläne eingeweiht worden.

In ihrer zunehmenden Verzweiflung fragte Evi sogar ihre verhasste Nachbarin Irmi, ob sie etwas gesehen hatte.

»Was meinst du, was soll ich denn gesehen haben?«, fragte Irmi misstrauisch.

»Irgendwas halt«, sagte Evi und ärgerte sich, Irmi überhaupt gefragt zu haben. »Hat Harti sich irgendwie auffällig verhalten?«

»Wie – auffällig?« Irmi schaute ehrlich verblüfft und schob ihre Brille die Nase hoch, deren Gläser ihre Augäpfel groß wie Spiegeleier erscheinen ließen.

»Na ja, irgendwie anders als sonst ...«

»Nee, also das wüsste ich jetzt nicht«, überlegte Irmi laut.

»Ist er vielleicht zu komischen Zeiten aus dem Haus gegangen oder zurückgekommen?«, schlug Evi vor. »Das müsstest du doch mitbekommen haben. Du stehst doch die ganze Zeit vor deinem Haus!«

»Also wirklich«, schnaubte Irmi empört. »Ich bin ja auch manchmal mit Freundinnen unterwegs oder beim Einkaufen!« Sie schaute Evi zornig an, der die Tränen in den Augen standen.

»Nee, mir ist wirklich nichts aufgefallen«, sagte sie nun deutlich milder. »Was ist denn los?«

»Hartmut hat sich aus dem Staub gemacht!«, brach es plötzlich aus Evi heraus. Ihr Magen verkrampfte sich, und sie musste mehrfach schlucken.

»Nee, oder?« Fasziniert von dieser einmalig interessanten Geschichte, stützte Irmi sich neugierig auf ihren Besen und riss ihre Augen auf, die nun noch größer wurden. »Erzähl mal! Was meinst du mit ›aus dem Staub‹?«

»Wie du ja weißt, wollten wir mit einem Wohnmobil in den Urlaub fahren ...«

Irmi nickte beflissen. »Ja, ich hab gesehen, wie ihr losgefahren seid!«

»In Sankt Peter-Ording ist Harti dann aber mit dem Wohnmobil einfach abgehauen«, schloss Evi.

»Wie?« Irmi hatte Mühe, die Nachricht zu erfassen. »Ohne dass du das gemerkt hast??«

»Wir waren am Strand, und er wollte sich trockene Socken holen«, erklärte Evi.

»Trockene Socken?« Falls das überhaupt möglich war, wurden Irmis Augen nun noch ein Stück größer.

»Ja, seine waren nass geworden, weil er nicht aufgepasst hat am Wasser ...«

»Ach so ...« Irmi musste diese etwas wirre Information erst mal verdauen und dachte angestrengt nach. »Und wo ist er jetzt?«

»Darum geht es ja genau!«, rief Evi verzweifelt. »Ich habe nicht die geringste Ahnung!«

»Und die Polizei?«

»Die hat auch keine Ahnung.«

»Na, das ist ja eine Geschichte ...« Irmi schüttelte fasziniert den Kopf. So viele Informationen hatte sie nun doch nicht erwartet und war sich anscheinend gerade nicht sicher, ob sie das verkraften konnte. »Das ist ja schrecklich«, entfuhr es ihr, und Evi meinte, ehrliches Mitgefühl in ihrem Blick zu erkennen. »Was machst du denn jetzt?«

»Ich weiß es auch nicht«, seufzte Evi resigniert. »Ich hoffe einfach, dass er wiederauftaucht oder sich meldet.«

»Meinst du, er ist entführt worden?«

»Nein, das glaube ich nicht«, schüttelte Evi den Kopf und verschwieg Irmi, dass die Polizei glaubte, dass er einfach nicht zurückkommen wollte.

Sie verabschiedete sich von der wenig hilfreichen Irmi mit dem klaren Wissen, dass die Geschichte nun auf ganz Sylt die Runde machen würde.

Einen Tag später brachte Postbote Matthiessen ein Päckchen mit Hartis Handy. Die Polizei hatte es ihr vom Wohnwagenverleih zusenden lassen. Mit zitternden Händen öffnete Evi den Pappkarton und schaltete das Handy ein. Vielleicht würde das zerschrammte Ding (Harti benutzte ein Billig-Smartphone von Aldi) ihr endlich verraten, was passiert war. Und wo er jetzt steckte.

Evi führte einen kleinen Freudentanz auf, als sie feststellte, dass Harti den Sicherheits-PIN (sein Geburtsdatum) nicht geändert hatte. Doch ihre Freude währte nicht lange, denn so gründlich sie das Handy auch auf E-Mails, SMS oder WhatsApp-Nachrichten durchsuchte – es fand sich kein Hinweis auf sein Verschwinden. Am wahrscheinlichsten schien es, dass er mit einer anderen Frau durchgebrannt war, vermutete Evi. Diese Erkenntnis musste sie erst mal sacken lassen. Aber wenn er tatsächlich eine Geliebte hatte – wo und wie hatte er diese Frau kennengelernt? Und warum hatte sie nichts davon mitbekommen?

Sie zwang sich zu realisieren, dass ihre kleine Welt zusammengebrochen war. Harti würde nicht wiederkommen! Höchste Zeit also zu überlegen, wie es für sie nun weitergehen sollte …

8

Die nächsten Tage verbrachte Evi in einer Art Trance. Ein Leben ohne Harti war möglich – aber sinnlos. Morgens schlief sie lange aus, weil sie nicht wusste, was sie sonst machen sollte. Nach dem Aufstehen schleppte sie sich in Nachthemd und Bademantel in die Küche, um sich einen starken Kaffee zu kochen, den sie dann mit ins Wohnzimmer nahm, wo sie sofort den Fernseher einschaltete. Den Rest des Tages verbrachte sie auf dem Sofa und schaute das gesamte Fernsehprogramm durch. Jeden dritten Tag ging sie einkaufen, aber da das Geld immer knapper wurde, begann sie, ihre Lebensmittel zu rationieren. Die lächerlichen fünfhundertsiebzig Euro, die noch auf dem Konto waren, waren schnell verbraucht. Es nützte nichts, sie würde das Haus vermieten müssen, wenn sie weiter zurechtkommen wollte.

»Wenn du denkst, es geht nicht mehr, kommt von irgendwo ein Lichtlein her!«, hieß es. Evis Licht war ihre ehemalige Schulkameradin Rosi – und als »Lichtlein« konnte man sie angesichts ihrer Körpergröße wirklich nicht bezeichnen. Evi fragte sich später, ob es Zufall oder Schicksal war, als sie

Rosi bei dem kleinen Edeka in Wenningstedt vor dem Fertiggerichte-Regal traf.

»Rosi, was machst du denn hier?«, begrüßte Evi sie erstaunt. »Ich dachte, du bist aufs Festland gezogen?«

»Evi!!«, rief Rosi überrascht. »Na, das ist ja lustig!« Sie beugte sich zu Evi herunter, um sie herzlich in die Arme zu schließen. »Wir haben uns ja ewig nicht mehr gesehen!« Ihre Umarmung war so kräftig, dass Evi kurzzeitig die Luft wegblieb.

»Ja, war ich auch, aber seit letztem Jahr lebe ich wieder auf der Insel«, beantwortete sie Evis Frage, nachdem sie sie wieder freigegeben hatte.

»Echt?«, schnappte Evi nach Luft. »Und was machst du jetzt hier?«

»Ich habe die Campingplatz-Leitung in Kampen von meinem Vater übernommen«, sagte Rosi stolz.

»Oh, toll!«, freute sich Evi. »Macht das Spaß?«

»Ja, total!«

Evi erinnerte sich, wie sie als Kinder immer durch die Wohnwagenreihen getobt waren und in die Fenster geguckt hatten. Die Anlage in den Dünen war stets ein großer Abenteuerspielplatz für sie gewesen, und das Eis, das sie sich heimlich aus der Tiefkühltruhe des kleinen Campingplatz-Kiosks geklaut hatten, hatte herrlich geschmeckt.

»Und wie geht es dir so?«, erkundigte sich Rosi und warf drei Packungen Mirácoli in ihren Einkaufswagen.

»Ach, gerade nicht so richtig toll. Harti ist verschwunden!«, gestand Evi.

»Verschwunden? Was meinst du damit?« Rosi sah irritiert aus.

»Er ist abgehauen. Wo er ist und was er macht, weiß niemand so genau. Aber es ist nichts Schlimmes passiert«, beruhigte Evi.

»Nein?« Rosi schaute sie ungläubig an.

»Nein!«, bekräftigte Evi. »Er ist nicht ermordet oder entführt worden, er hat sich einfach nur aus dem Staub gemacht.«

»Oh«, sagte Rosi, der offensichtlich nichts anderes dazu einfiel.

»Ja, und das Blöde ist, dass er auch unser gesamtes Erspartes mitgenommen hat.«

»Oh«, sagte Rosi erneut.

»Ja, und deswegen werde ich aus unserem Haus ausziehen müssen.«

»Oh«, sagte Rosi ein drittes Mal.

»Und ehrlich gesagt, weiß ich nicht, ob ich dann noch auf der Insel bleiben kann, weil die Mieten hier ja unerschwinglich sind und es außerdem sowieso gar keine Wohnungen gibt.«

»Oh«, sagte Rosi nun zum vierten Mal wie eine Platte, die einen Sprung hatte, aber dann rief sie plötzlich: »Ach! Da hätte ich vielleicht eine Idee.« Stolz bot sie Evi einen leer stehenden Wohnwagen auf dem Campingplatz an. »Gratis!«, fügte sie hinzu.

Evi schaute sie verblüfft an. »Echt jetzt?«

»Ja klar! Ich kann doch meine alte Klassenkameradin

nicht im Stich lassen. Wir Ur-Sylter müssen doch zusammenhalten!«

Evi stiegen die Tränen in die Augen. »Das ist so ... so ...«, stammelte sie.

Rosi nahm sie erneut in den Arm. »Vielleicht kannst du mir dafür auf dem Platz ja ab und an ein bisschen helfen.«

»Ja, klar«, schluchzte Evi aus den Tiefen von Rosis Funktionsjacke. »Ich hab ja sowieso den ganzen Tag nichts zu tun.«

Natürlich nahm Evi Rosis Angebot an und gab ihr Haus zur Vermietung an einen befreundeten Makler. Aufgrund des eklatanten Wohnungsmangels auf Sylt meldete sich bereits am nächsten Tag ein nettes Architekten-Ehepaar, das das Haus zu Beginn des kommenden Monats mieten wollte. Einige der Möbel wollten sie übernehmen, und den Rest lagerte Evi in dem neuen Lagerhaus im Tinnumer Gewerbegebiet trocken und sicher ein. Der Mietvertrag war zunächst auf zwei Jahre begrenzt.

Außer mit Fernsehen beschäftigte sich Evi nun mit dem Packen ihrer Sachen. Im Wohnwagen war nicht viel Platz, sie würde nur das Nötigste mitnehmen können. Und das Nötigste waren ihre Klamotten und der Fernseher. Immerhin würde sie jetzt von stattlichen 2.200 Euro Miete im Monat leben können, damit konnte sie auf dem Campingplatz erst mal gut zurechtkommen. Und zum Glück hatte der Sommer ja gerade erst begonnen, sodass sie sich um das Wetter beziehungsweise die Kälte keine Sorgen machen musste.

Richtung Herbst würde man dann eben weitersehen – vielleicht war Harti dann ja auch schon wieder da ...

Um ihr das Einleben etwas leichter zu machen, lud Rosi Evi am ersten Abend auf dem Campingplatz zu sich zum Essen ein.

»Es gibt leider nur Tiefkühlpizza, ich kann nicht besonders gut kochen«, entschuldigte sich Rosi, als sie die an den Rändern schwarz angesengte Salamipizza aus dem Ofen holte.

Tiefkühlpizza war nicht gerade Evis Leibgericht, aber was sollte es? Sie war gerührt, dass Rosi Mitgefühl mit ihr hatte und ihr den »Einzug« angenehmer machen wollte.

»Wie stellst du dir denn die ganze Sache jetzt weiter vor?«, erkundigte sich Rosi kauend, während Tick, Trick und Track vor ihr saßen und sie erwartungsvoll anstarrten. »Ihr braucht gar nicht so zu gucken! Ihr habt euer Futter schon gehabt, ihr Süßen«, tadelte Rosi und streichelte ihnen über die Fellköpfe.

»Ich weiß es nicht«, antwortete Evi. »Von der Miete kann ich erst mal ganz gut leben. Und dann hoffe ich einfach, dass Harti zur Besinnung und zurückkommt.«

»Und wenn nicht?«

»Tja, dann muss ich mir wohl etwas Neues überlegen.« Evi zuckte ratlos mit den Schultern.

»Aber nicht heute Abend!«, lachte Rosi und stieß ihre Bierdose an Evis. Bier war ebenfalls nicht unbedingt Evis Lieblingsgetränk, schon gar nicht direkt aus der Dose, aber der Alkohol breitete sich wohltuend in ihrem Körper aus und tat seine Wirkung.

In der ersten Nacht in ihrem neuen Zehn-Quadratmeter-Zuhause fühlte sie sich seltsam geborgen, weil sie wusste, dass sie nicht ganz allein auf diesem Campingplatz war. Aber dass sie nun schon wieder in einem Wohnwagen lag, war ja wohl eine absurde Ironie des Schicksals.

9

Staranwalt Neumann erwartete von seiner Gattin ein stets perfektes Auftreten. Manikürte Fingernägel, makellos gefärbte und frisierte Haare, selbstverständlich eine schlanke Figur sowie stilsichere Designerkleidung waren für ihn die Voraussetzungen für diese Ehe. Seine zwanzig Jahre jüngere Gattin war für ihn ein Accessoire, das seinen Auftritten auf Veranstaltungen und Seminaren noch mehr Glanz verschaffen sollte.

Susanne war zunächst fasziniert von dem Jetset-Leben, das er ihr bot. Sie bewohnten ein millionenteures Reetdachhaus in Kampen und fuhren regelmäßig im Porsche-Cabrio zum Essen in die teuersten Restaurants der Insel. Susanne ernährte sich praktisch ausschließlich von Austern, Hummer und Champagner, denn das war nicht nur lecker, sondern auch kalorienarm. Joachim hatte im Ehevertrag festgelegt, dass Susanne niemals Kleidergröße 36 überschreiten durfte – sonst drohte die sofortige Scheidung. Susanne hatte dieser Passus damals amüsiert, denn erstens hatte sie sowieso nicht vor, dicker zu werden – und zweitens war ihr klar, dass kein Gericht dieser Welt einen solchen Absatz als gültig akzeptieren würde. Dass Joachim überhaupt versucht hatte, sie damit einzuschüchtern, war eigentlich schon ein sofortiger Scheidungsgrund, aber sie wollte ja nicht heiraten, um sich gleich wieder scheiden zu lassen.

Davon abgesehen hatte sie einen begnadeten Stoffwechsel, der ihr sogar gelegentlich Sahnetorten, Pizza und Pommes verzieh, wenn Hummer und Austern doch mal nicht reichten. Noch!

In letzter Zeit hatte die Waage nach solcherlei Exzessen beunruhigend begonnen, nach oben auszuschlagen, und Susanne musste sich mit quälenden Fastentagen wieder ins gewünschte Gewicht zurückhungern.

Auch der zweite, ebenso lächerliche Passus, dass sie niemals Absätze unter sieben Zentimetern tragen durfte (Joachim war der Ansicht, dass hohe Absätze schöne Beine machten und auch die Haltung verbesserten – warum trug er dann eigentlich nicht selbst welche?) –, begann sie zusehends zu nerven. In letzter Zeit sehnte sie sich immer häufiger danach, mal wieder so richtig verloddert in Flipflops und Jogginghosen rumzulaufen, ihre Haare einfach zum Pferdeschwanz zu binden und wie früher als Kind im Dreck zu toben und mit aufgeschlagenen Knien und schmutziger Kleidung nach Hause zu kommen.

Als Kind war sie mit ihren Brüdern und Cousins auf Bäume geklettert, hatte Fußball gespielt, war in der örtlichen Kiesgrube herumgekraxelt und durch Baggerseen geschwommen. Sie war von morgens bis abends draußen und in Bewegung gewesen – ohne Computerspiele und Luxusreisen. Wenn ihre alleinerziehende Mutter ihr und ihren drei

Brüdern überhaupt einen Urlaub ermöglichen konnte, dann nur auf dem Campingplatz in klapprigen, veralteten Zelten und mit sparsamen Mahlzeiten, die lauwarm auf dem Campingkocher zubereitet wurden. Sie war als Kind gefühlt immer hungrig gewesen. Das hatte in ihr einen unstillbaren Hunger nach Luxus erzeugt. Als erwachsene Frau wollte sie es endlich so gut haben, wie die anderen Kinder in ihrer Klasse es stets gehabt hatten. Oder besser noch besser. Da war ihr Joachims Heiratsantrag gerade recht gekommen, versprach der doch ein Leben in Saus und Braus.

Als Mädchen, wenn sie nach einem ganzen Tag Toben mit ihren Brüdern abends ausgepowert im Bett lag, hatte sie sich oft vorgestellt, wie sie wohl später als Frau aussehen würde und was sie wohl für einen Busen bekommen würde. Ihre Brüder würden sich optisch nicht entscheidend verändern, außer dass sie größer und breiter würden – aber sie schon. Sie würde Brüste mit großen Brustwarzen bekommen, einen dickeren Po, breitere Hüften und eine schmale Taille. Im Idealfall ... Seit sie an der dörflichen Esso-Tankstelle, in der sie immer Süßigkeiten und Dolomiti-Eis kauften, auf einem Stern-Cover eines der ersten barbusigen Models mit einem wunderschönen Busen gesehen hatte, wollte sie genauso einen auch haben. Und hoffte inständig, dass die Genetik ihren Wunsch erfüllen würde – was sie dann tatsächlich auch getan hatte. Ihre wirklich wunderschönen Brüste waren sicherlich einer von Joachims Heiratsgründen gewesen ...

Auch wie die Liebe sich wohl anfühlen würde, hatte sie sich als Mädchen vorzustellen versucht und dabei stets ein brausepulverartiges Gefühl im Magen bekommen, gegen das ihr täglicher, elegant perlender Champagner ein schaler Witz war.

Sicher war es ihrer kargen, verarmten Kindheit zu verdanken, dass sie so derart auf den Luxus abgefahren war, den Joachim ihr bot. Sie hatte einen immensen Nachholbedarf gehabt, doch nun hatte sie immer stärker das Gefühl, in eine Sackgasse geraten zu sein. Ihre Beziehung war das Klischee schlechthin: gelangweilte Ehefrau eines reichen Gatten, die sich aus Frust schon mittags mit Champagner betrank. So hatte sie niemals werden wollen.

Sie kam sich mittlerweile vor wie ein Dressurpferd. Wo war sie denn eigentlich geblieben? Ihren Beruf als Zahnarzthelferin hatte sie aufgegeben, nachdem sie bei einer Veneers-Behandlung den Sylter Staranwalt Joachim Neumann kennengelernt und geheiratet hatte. Und zunächst fühlte es sich so an, als hätte sie mit ihm das große Los gezogen – trotz des knallharten und absolut albernen Ehevertrags. Sie machten schöne Reisen, Joachim überhäufte sie mit teuren Geschenken und legte ihr die Welt zu Füßen. Doch das Glück währte nicht lange: Schnell schien er ihrer so überdrüssig geworden zu sein, wie seiner ständig wechselnden Sportwagen, an denen er regelmäßig nach kurzer Zeit das Interesse verlor und die dann in der Garage landeten, wo sie von seinem »Fahrzeugpfleger« wöchentlich aufpoliert wurden.

Seit fast einem Jahr behandelte er Susanne nun schon wie Luft und sprach nur noch das Nötigste mit ihr. Nur zu offiziellen Anlässen, wenn sie ihn begleiten sollte, schenkte er ihr sein versteinertes Profilächeln. Susanne wusste nicht, was sie tun und wie sie Joachims Gefühle wieder anheizen konnte. Sie hatte es schon mit den aufregendsten Dessous und ausgefallensten Sextechniken versucht – erfolglos. Joachim schien unwiderruflich jegliches Interesse an ihr verloren zu haben.

Aus Langeweile ging Susanne in den teuersten Sylter Boutiquen shoppen und kam mit riesigen Tütenbergen wieder nach Hause. Der überwiegende Teil dieser Frustkäufe landete sofort in ihrem begehbaren Kleiderschrank – meist noch in der Plastikhülle und mit Etiketten. Sie beschäftigte sich den Tag über, wie alle Gattinnen vermögender Ehemänner, mit Sport, Maniküre, Pediküre, Massagen und Friseur und begann schon um fünfzehn Uhr, die erste Flasche Champagner zu entkorken.

Sie war ein Luxusvogel im goldenen Käfig. Natürlich könnte sie sich scheiden lassen, nur würde sie in dem Fall keinen Cent bekommen, noch nicht mal Unterhalt. Und was sollte sie dann machen? Etwa wieder in ihrem alten Beruf als Arzthelferin arbeiten? Nein, dazu war sie mittlerweile entschieden zu luxusverwahrlost. Leider hatte sie auch keine Freundinnen, mit denen sie sich hätte die Zeit vertreiben können. Ihre Ausbildungskolleginnen und Schulfreundinnen in Düsseldorf konnten mit ihr nichts mehr anfangen, und die rund zwanzig Jahre älteren Gattinnen von Joachims Anwaltskollegen verachteten sie.

Susannes Leben war elitär – aber sehr einsam.

Joachim hätte es gern gesehen, wenn sie möglichst viele

Kinder bekommen hätte, was bei reichen Familien als Statussymbol galt, weil es bewies, dass man diese Horde problemlos ernähren und finanzieren konnte. Davon abgesehen hätte er Susanne auf diese Weise endgültig und für immer an sich gebunden. Mindestens vier oder fünf hätten es nach Joachims Wünschen sein sollen, die er allesamt auf das Elite-Internat Louisenlund geschickt hätte, wo sie ihre künftigen Millionärsgatten oder -gattinnen schon im Teenageralter kennengelernt und verhaftet hätten. Aber irgendwie hatte es nicht geklappt. Egal was sie versuchten – Susanne wurde einfach nicht schwanger. Ob es nun an ihm lag oder an ihr oder daran, dass Susanne unterbewusst vielleicht nicht wollte oder sie genetisch einfach nicht zusammenpassten – die Natur hatte ihre eigenen Pläne gehabt und ihnen die anvisierte Kinderhorde verweigert. Und vielleicht war es auch ganz gut so. Obwohl sie bereits siebenundvierzig war, fühlte Susanne sich selbst irgendwie immer noch viel zu viel als Kind, um Mutter zu werden. Dafür war sie nun auch zu alt – und Joachim hatte sich vor drei Jahren sterilisieren lassen aus Angst, irgendeiner seiner zahlreichen Betthupferl mal unbeabsichtigt Alimente zahlen zu müssen.

Wenn sie wenigstens einen Hund hätte haben können, mit dem sie auf die Hunde-Freilauffläche am Flughafen oder an den Strand hätte gehen können. Hunde waren totale Kommunikatoren, und sie hätte sich bestimmt mit der einen oder anderen Rhodesian-Ridgeback- oder Weimaraner-Besitzerin angefreundet. Aber Joachim war allergisch auf Tierhaare ...

Sie war in einem kleinen Dorf bei Bremen mit Pferden,

Katzen, Hunden und Hasen aufgewachsen und hatte Joachim kennengelernt, als er in der Praxis des Bremer Zahnarztes, bei dem sie arbeitete, auftauchte. Vor sechs Jahren waren sie nach Sylt gezogen, weil Joachim dort eine Kanzlei für die Reichen und noch Reicheren eröffnet hatte, mit der er nun richtig viel Geld scheffelte.

Susanne liebte Sylt. Sie mochte die Dünen und das Meer, das Raue und das Wilde der Insel, die Gischt, die brandenden Wellen und die vom Luxus doch nicht zu bezwingende Natur. Leider mochte Joachim nicht schwimmen, sodass sie ihre Wellenbäder stets allein machen musste.

Seufzend nahm Susanne noch einen Schluck Champagner. Sie hatte mehr und mehr das Gefühl, sich verkauft zu haben – im wahrsten Sinne des Wortes –, wenngleich wenigstens teuer. Doch der Wunsch, zu ihren Wurzeln, sprich zu sich selbst, zurückzukehren, wurde immer stärker. Verarmtes Mädchen, reiche Gattin – wer war sie wirklich? Und was machte sie wirklich glücklich? Es wurde höchste Zeit, das endlich herauszufinden ...

10

Der alte Wohnwagen, den Rosi Evi überlassen hatte, stand direkt am Dünengürtel. Er war zwar schon etwas verwohnt, aber einmal gründlich durchgeputzt und mit ein paar Accessoires wohnlich gemacht, war er am Ende doch sehr gemütlich. Evi hängte überall Lichterketten auf, erneuerte die Gardinen und drapierte Kissen und Tücher über die abgenutzten Sitzpolster. Sie füllte den Kühlschrank und schloss Strom und Gas an. Den Flachbildfernseher aus dem ehelichen Wohnzimmer platzierte sie gegenüber der Sitzgruppe, sodass es ihr an Komfort nicht mangelte. Aber der größte Clou war der kreisrunde batteriebetriebene Kamin mit realistisch flackernden LED-Flammen, den sie online bei einem Billiganbieter entdeckt hatte und der den Innenraum in urgemütliches, warmes oranges Licht tauchen konnte.

Der Wohnwagen war wie ein Haus – nur im Miniaturformat. Lediglich das Abwaschen in den Sanitärräumen, für das sie Geschirr und Töpfe in einem Wäschekorb quer über den Platz schleppen musste, und auch das Duschen mittels einer Guthabenkarte waren anfangs recht ungewohnt. Dennoch:

Das Wasser in der Dusche war angenehm heiß, der Wasserdruck kräftig – und sie war nicht allein! In den Sanitärräumen herrschte stets eine sehr fröhliche Stimmung, da die Urlauberinnen, die diese nutzten, entspannt und gut gelaunt waren. Wenn Evi in einer der vier Waschmaschinen ihre Wäsche wusch oder den Trockner befüllte, kam sie stets mit der einen oder anderen Frau ins Gespräch.

Ihr gefiel es eigentlich ganz gut, in einem Wohnwagen zu wohnen und eine vollkommen andere Umgebung zu haben. So konnte sie sich einreden, dass dies nur eine Art Urlaub von ihrem eigentlichen Leben sei. Eine Episode. Und irgendwann würde sie wieder nach Hause zurückkehren, in ihr altes, ihr eigentliches Leben mit Harti ...

Auch die Tatsache, dass sich das Leben auf einem Campingplatz überwiegend im Freien abspielte, fand Evi äußerst positiv. Wenn es nicht gerade stürmte oder in Strömen regnete, nahm sie ihr Frühstück draußen ein und kam dadurch oft schon beim ersten Kaffee mit ihren Platznachbarn ins Gespräch. Ihre Nachmittage und Abende verbrachte Evi weiterhin größtenteils vor dem Flachbildfernseher, der so leicht war, dass sie ihn problemlos auch VOR den Wohnwagen stellen konnte, wenn es das Wetter zuließ. Aktuell dominierte in ARD und ZDF gerade die Frauenfußball-WM. Evi hatte sich zwar nie für Fußball interessiert, aber seit Harti weg war und weil das übrige TV-Programm noch langweiliger war, hatte sie beschlossen, sich dem Thema zu widmen. Vielleicht hatte sie sich in der Vergangenheit ja viel zu wenig für seine Hobbys interessiert, da konnte es nicht schaden, wenn sie die WM mal verfolgen würde.

Erstaunlicherweise fand sie sich sehr schnell in das Thema ein und entwickelte zunehmend mehr Interesse. Das lag unter anderem auch daran, dass der Zusammenhalt der deutschen Mannschaft und die Euphorie und Willensstärke der Spielerinnen sie unvorbereitet ansprachen. Sie hatte immer gedacht, Frauenfußball würde aus kurzhaarigen Männer-Imitationen bestehen, die sich gegenseitig auf dem Platz brutal herumschubsten. Was sie aber hier auf dem Bildschirm sah, war das genaue Gegenteil: Die Frauen waren alle bildhübsch, sehr weiblich, hatten lange Haare, die sie zu Zöpfen oder Pferdeschwänzen gebunden hatten, und zeigten sich technisch beeindruckend perfekt. Soweit Evi das beurteilen konnte.

Besonders die Kapitänin und Stürmerin Alexandra Popp hatte es Evi angetan: So leidenschaftlich, ehrgeizig und engagiert – und dabei so sportlich fair. Und im wahren Leben auch noch Tierpflegerin, wie sie den Porträts entnahm, die Evi über sie googelte: »Sportlich war und ist Alexandra Popp eine Ausnahmeerscheinung«, sagte DFB-Präsident Bernd Neuendorf in einem Interview. »Und dank ihrer offenen und ehrlichen Art sowie ihrer klaren Haltung war sie darüber hinaus eine herausragende Botschafterin des DFB. Sie stand und steht für alles, was den Frauenfußball auszeichnet: Qualität, Spielfreude und Nahbarkeit.«

Da sie sowieso nichts anderes zu tun hatte, vertiefte sich Evi mehr und mehr in das Thema und las alles, was sie im Netz über die Spielerinnen finden konnte. Wie waren sie zum Fußball gekommen? Wie sah ihr Trainingsalltag aus? Hatten sie Ehemänner? Familien? Kinder?

Das Frauenfußball-Universum schien ein ganz eigenes Ethos zu haben – und hohe moralische und menschliche Grundsätze. Evi war schwer beeindruckt. Und sie war bei Weitem nicht die Einzige, die sich für die WM interessierte: Auf dem Campingplatz liefen abends oder nachmittags regelmäßig etliche Fernseher, und je weiter die WM voranschritt, desto mehr Platznachbarn ohne TV fanden sich bei Evi zum Mitschauen ein. Es waren stimmungsvolle Runden, die die deutsche Mannschaft mit viel Prosecco lautstark anfeuerten.

Die Spielerinnen rannten, schwitzten, fielen hin, wurden dreckig, rempelten und foulten sich – und das alles war so ganz anders als das Yoga oder Pilates, das Evis Freundinnen in ihrer Freizeit absolvierten. Der Unterschied war vor allem: In jedem Spiel ging es um alles! Man ließ sich nicht einfach nur hängen, um den »herabschauenden Hund« zu machen, oder vollführte irgendeine gymnastische Verrenkung – nein, hier ging es ums Siegen! Ums Gewinnen!

Der eindrucksvolle Zusammenhalt der deutschen Mannschaft, der Spaß, den die Frauen beim Spielen offensichtlich hatten, und die überschäumende Freude, wenn eine von ihnen ein Tor geschossen hatte, entzündeten einen längst erloschen geglaubten Funken in Evi: Das war genau die Leidenschaft und Aufregung, die in ihrem Leben gänzlich fehlten! Und in dem ihrer Platznachbarinnen und Freundinnen sicherlich auch.

Frauenfußball, wusste Wikipedia, bezeichnet die Sportart Fußball, wenn sie ausschließlich von Frauen ausgeübt wird. Das Re-

gelwerk unterscheidet sich nach anfänglichen Abweichungen inzwi-
schen nicht mehr von dem im Männerfußball. Frauenfußball galt
lange als unangemessen. In vielen Staaten ist er gesellschaftlich noch
nicht anerkannt.

Das hatte sich in den letzten Jahren aber gewaltig verändert, stellte Evi fest. Frauenfußball war – zumindest in
Europa und Amerika – mittlerweile sogar bei den Männern
anerkannt, und die Meisterschaften wurden zur Hauptsen-
dezeit von den öffentlich-rechtlichen Sendern übertragen.
Genau wie bei den Männern. Fakt war: Frauenfußball war
raus aus der Tabuzone!

Es war ein warmer Frühsommernachmittag, an dem plötz-
lich eine revolutionäre Idee in Evis Kopf zündete: Sie radelte, wie schon so oft, durch Korn- und Blumenfelder zum
Einkaufen nach Wenningstedt. Obwohl sie die Strecke
schon tausendmal gefahren war, nahm sie auf der anderen
Straßenseite neben dem Golfplatz am Sportgelände des SC
Norddörfer erstmals bewusst ein großes Schild wahr, das
Michael Rummenigges »Fußball-Camp für Jugendliche« an-
pries. Komisch. Das Schild stand da bestimmt schon seit
Jahren – aber heute war die Bedeutung erstmals zu ihr
durchgedrungen. Vermutlich, weil sie gerade für das Thema
»Fußball« sensibilisiert war. Evi hielt an, stieg ab und schob
ihr Rad über die viel befahrene Straße, um sich das »Camp«
mal genauer anzuschauen.

Michael war der Bruder vom legendären Karl-Heinz
Rummenigge, der sogar Evi ein Begriff war. Angeblich hatte
er ein Haus in Kampen. Letzten Sommer hatte sie ihn mit

Harti in der *Buhne 16* gesehen, und Harti war vor Ehrfurcht sofort zur Salzsäule erstarrt. Rummenigge war tiefbraun gebrannt gewesen, mit grauem Urlaubsbart, hatte sich eine gegrillte Makrele geholt und sich damit barfuß an einen Holztisch im Sand gesetzt. Alle hatten so getan, als würden sie ihn nicht erkennen, sich aber heimlich bedeutungsvolle Blicke zugeworfen.

Harti war der Schweiß ausgebrochen, weil er nicht wusste, ob er sein Idol um ein Autogramm bitten oder lieber in Ruhe lassen sollte. Am Ende hatte er sich nicht getraut und den Rest des Tages deswegen schlechte Laune.

»Dann klingle halt bei ihm in Kampen«, hatte Evi versucht zu beschwichtigen, worauf Harti nur entnervt die Augen verdreht hatte.

Den Rest des Sommers hatte Harti sie immer wieder in die *Buhne 16* geschleppt in der Hoffnung, noch mal sein Idol zu treffen, bis Evi die Makrelen (egal ob geräuchert, gegrillt oder eingelegt) zu den Ohren rauskamen. Die tagesfrischen Makrelen waren die Spezialität der Kult-Strandbude, weil die mittlerweile so alten wie schwerreichen drei Brüder, die die *Buhne* betrieben, immer noch leidenschaftlich gern täglich raus aufs Meer fuhren, um die schillernden Fische zu fangen. Auch etwas, das Evi nicht wirklich verstand. Auf schaukeligen Booten wurde ihr sofort schlecht, und sie konnte sich auch nicht vorstellen, täglich Dutzende von Fischen umzubringen.

Mittlerweile stand sie vor dem Aushang, der das Angebot des Fußball-Camps beschrieb. Das Camp war gedacht für Kinder zwischen sechs und fünfzehn Jahren und hatte es sich zum Ziel gesetzt, die fußballerischen Fähigkeiten der jungen Teilnehmer zu verbessern, aber auch »jede Menge Spaß und Action« zu bieten. Neben den Trainingseinheiten bot es einen »Soccer Fun Park«, eine Ballkanone, »smart goals« und »The Hammer«, ein Schussradargerät aus der Bundesliga. Evi konnte mit den Namen der Geräte nichts anfangen – und sich auch nicht deren Funktion vorstellen. Interessiert las sie weiter: *Ziel unserer Kooperation mit der Fußballschule M. Rummenigge ist es, zur sportlichen Motivation der Kinder beizutragen, ihnen mehr Bewegung zu ermöglichen und ihnen durch die Zusammenarbeit mit Sportvereinen oder anderen Partnern den Zugang zu Breitensportarten zu erleichtern,* lautete die Mitteilung des Camps.

Das Fußballcamp beinhaltete unter anderem: Fußballlehrfilme, kindgerechte Vorträge über gesunde Ernährung, Talkrunden mit den Ex-Profis (*auch für Angehörige und Bekannte*), Tipp-Kick-Tische, Torwandschießen, Fußball-Geschicklichkeitsturniere und eine Mini-WM.

Beeindruckt riss Evi sich von der Infotafel los, flanierte, ihr Rad neben sich herschiebend, auf dem Gelände herum und bestaunte den großen Fußballplatz, das Trampolin und die Trainingsgeräte. Aktuell war nicht sehr viel los. Ein paar Jungs bolzten auf dem Platz, ein paar Eltern schauten ihren Kindern beim Trampolin-Springen zu, und ein eifrig wirkender Mann im Trainingsanzug eilte in eine der Rotklinkerhütten.

Plötzlich kam Evi eine grandiose Idee: Warum sollten eigentlich nur Kinder hiervon profitieren? Warum nicht auch ein paar übergewichtige und übergelangweilte Frauen höheren Alters? Bei dem Gedanken, mit interessierten Ü50-Frauen der Insel eine Fußballmannschaft zu gründen, trat ein Grinsen auf ihr Gesicht, und sie sah sich schon Poppi-mäßig über den herrlich grünen Rasen rasen. Ihr Leben war doch eh schon komplett auf den Kopf gestellt, warum sollte sie dann nicht etwas total Verrücktes wagen? Wenn sie beginnen würde, Fußball zu spielen, würde sie drei Fliegen mit einer Klappe schlagen: Sie hätte wieder etwas zu tun, sie würde dünn werden – und sie könnte Harti beeindrucken, falls er jemals zurückkäme!

Natürlich könnte sie sich auch einen Job suchen, um wieder beschäftigt zu sein. Personal wurde ja überall auf Sylt händeringend gebraucht – egal welchen Alters. Aber Evi hatte absolut keine Lust, sich in ihrem jetzigen desolaten Zustand an eine Supermarktkasse zu setzen oder in einem Restaurant Urlauber zu bedienen. Das könnte sie später immer noch machen. Fürs Erste kam sie ja sehr gut mit der Miete des Hauses zurecht.

Beflügelt von ihrer Fußballvereinsgründungsidee, schwang sie sich wieder aufs Rad und radelte zu Feinkost Meyer, wo sie sich Tomaten und Pasta für eine selbst gemachte Arrabiata kaufte. Während sie in der kleinen Wohnwagenküche Knoblauch, Peperoni und Tomaten für die Soße schnitt, überlegte sie, wie sie eine Mannschaft zusammenbekommen würde. Am besten probierte sie es einfach mal mit einem Aushang in den Supermärkten, beschloss sie. Mit kleinen Zettelchen mit ihrer Telefonnummer zum Abreißen.

Evi schubste den Knoblauch ins heiße Olivenöl, salzte

ihn und ließ ihn kurz glasig werden. Dann schüttete sie Peperoni und die Tomaten hinterher und ließ alles köcheln. Ob sie wohl auf dem tollen Rummenigge-Platz trainieren dürften? Das wäre ja ideal, da nur einen Steinwurf vom Campingplatz entfernt. Und was brauchte man denn überhaupt zum Fußballspielen! Natürlich erst mal einen Ball – aber sicher auch Fußballschuhe und Trainingskleidung. Vor allem aber bräuchten sie jemanden, der ihnen die groben Regeln erklären würde, grübelte sie. Aber wer könnte das sein?

Evi riss eine Packung Penne auf und schüttete ein Drittel davon in den Topf mit Salzwasser, der auf der zweiten Flamme des kleinen Kochfeldes vor sich hin blubberte. Na, erst mal mussten ja überhaupt genug Frauen zusammenkommen. Und vielleicht hatte ja einer von deren Männern dann Zeit und Lust, ihnen die Regeln zu erklären.

Optimistisch entwarf Evi nach dem Essen einen Aufruftext, den sie im Laufe des Abends noch mehrfach perfektionierte:

An die Bälle, Mädels!, lautete die Überschrift.

Frauen für eine Fußballmannschaft gesucht!

Du bist zwischen fünfundvierzig und siebzig und hast Lust, eine neue Sportart zu entdecken? Dich mal so richtig zu verausgaben? Dann melde dich! Erfahrung ist keine Voraussetzung!

Evi pinnte den Aushang ans Infobrett der Bäckerei Pöhns, der Sparkasse, der Apotheke, des örtlichen Edeka-Markts und sogar bei Feinkost Meyer. Dann radelte sie zurück zum Wohnwagen, legte ihr Handy griffbereit auf den Tisch – und wartete …

11

Die Luxusschlitten standen wieder mal dicht an dicht, als Susanne auf den Parkplatz von Feinkost Meyer fuhr. Porsche Cayennes drängelten sich neben BMW X7, und sogar einige Jaguar- und Maserati-SUVs waren zu sehen. Wer hatte, der hatte und präsentierte seinen exorbitanten Kontostand gern in vierrädriger Form hier auf dem Parkplatz vor Sylts beliebtestem Delikatessenmarkt, dem Lebensmittel-Eldorado der Reichen und noch Reicheren, in dem man von Hummer über Jahrgangs-Champagner alles bekam, was der verwöhnte Gaumen begehrte.

Da die Sonne von einem knallblauen Himmel schien, war Susanne im espressobraunen Porsche Cabrio vorgefahren – passend zu ihrem cremefarbenen Outfit. Der Morgen war frustrierend gewesen: Joachim hatte sie wieder mal keines Blickes gewürdigt, nur schnell im Stehen einen Doppio runtergestürzt und war dann in seine Kanzlei verschwunden. Sie blieb zurück und fragte sich wie immer, was sie mit dem Tag anfangen sollte. Und wie immer war ihr außer Shoppen nichts eingefallen.

Gelangweilt löste sie einen Einkaufswagen aus und näherte sich dem Eingangsbereich des Luxus-Supermarkts. Was wollte sie hier eigentlich? Sollte sie sich im Kiosk ein paar Klatschzeitungen kaufen? Oder im *Sansibar*-Merchandise-Stand in den Hoodies mit dem berühmten Säbel-Emblem stöbern? Sie beschloss, am Meeresfrüchtetresen eine große Portion Hummersalat zu kaufen. Das fettige Zeug war verblüffend geschmacksneutral und verboten teuer, aber Joachim liebte es. Sie bugsierte den Wagen gerade durch die gläserne Schiebetür, als ihr Blick an einem Aushang hängen blieb, der schief an die rechte Wand der Eingangsschleuse geklebt war: *An die Bälle, Mädels!* Interessiert blieb Susanne stehen. Was sollte das denn heißen? War das ein Aufruf zur Wassergymnastik? Oder waren damit die »Bälle« in ihrem BH gemeint? Neugierig studierte sie den DIN-A4-Zettel. Ein Lächeln trat auf ihr Gesicht. Das wäre es doch! Endlich mal wieder so richtig dreckig werden und sich total verausgaben – wie früher als Kind mit ihren Brüdern! Entschlossen riss sie eine der Telefonnummern ab. Zwei Zettelchen fehlten bereits. Wer die anderen Frauen wohl sein mochten? Es war schon kurios, dass offenbar zwei weitere Kundinnen des elitärsten Delikatessenladens der Insel Lust zum Bolzen hatten.

Beschwingt schob Susanne den Wagen zum Meeresfrüchtestand und kaufte ein halbes Pfund Hummersalat im Wert von hundertfünfzig Euro. Wie Joachims Cholesterinspiegel die Fettdröhnung verkraften würde, war ihr in diesem Moment komplett egal.

Bente Pöhns war dabei, ihre zweite Zimtschnecke zu vertilgen, als Evi die Bäckerei betrat und fragte, ob sie einen Zettel an das Schaufensterglas neben der Eingangstür kleben dürfe. Dort hingen immer alle möglichen Konzert- und Veranstaltungshinweise.

»Hm!«, nickte Bente zustimmend, den Mund noch voll mit einem großen Bissen Zimtschnecke.

»Super«, rief Evi erfreut, holte Tesafilm und Schere aus ihrer Tasche und klebte den DIN-A4-Zettel an. »Danke und tschüssi!«, rief sie Bente fröhlich zu und öffnete die Tür.

»Mmmmennt!!«, rief Bente ihr mit immer noch vollem Mund hinterher. »Waff iff daff denn?«

Aber Evi war schon aus der Tür und schob bereits ihr Fahrrad zur Straße. Bente spülte den Bissen mit einem Schluck Kaffee hinunter, wischte sich die Krümel vom Mund, watschelte neugierig hinter dem Tresen hervor und schaute sich an, was Evi da angeklebt hatte.

An die Bälle ... Erstaunt zog Bente die Augenbrauen hoch. Fußball für Frauen – das klang interessant und auf jeden Fall sehr viel spaßiger als Eisbaden, Pilates, Yoga oder das langweilige Nordic Walking. Bente riss sich ein Nummernzettelchen ab. Experimentierfreudig, wie sie war, wollte sie es auf jeden Fall mal probieren. Und Henner wäre sowieso begeistert, wenn sie Sport treiben würde – egal welchen.

»Hummelchen«, so hatte ihre Mutter sie als Kind genannt, weil sie so rund und prall war. Theoretisch konnten Hummeln nicht fliegen. Viel zu voluminöser Körper, viel zu kleine Flügel. Das wussten die Hummeln aber nicht und taten es trotzdem. Und genauso würde Bente es mit dem Fußballspielen angehen.

Rosi reparierte die rot-weiße Schranke an der Camping-platz-Einfahrt, als Evi von ihrer Aushangtour zurückkam. »Hey, Evi, alles gut?«

»Ja, alles super!«, strahlte die. »Hab fast alle Zettel verteilt!«

»Zettel?« Rosi ließ den Schraubenzieher sinken und schaute Evi interessiert an. »Was denn für Zettel?«

»Ach, hab ich dir gar nicht erzählt?«

»Nee, was denn?«

»Hier!« Evi kramte einen Aufruf aus der Mappe in ihrem Fahrradkorb und reichte ihn Rosi. Die hielt sich den Zettel dicht vor die Nase und versuchte, etwas zu erkennen. »Mist, ich brauch echt mal 'ne Lesebrille!« Konzentriert entzifferte sie die Buchstabenreihen. »Fußball? Für Frauen??«, rief sie dann. »Wie kommst du denn auf DIE Idee?« Verblüfft starrte sie Evi an und ließ den Zettel sinken.

»Weil es bestimmt wahnsinnig viel Spaß macht«, strahlte Evi. »Und fit und schlank sowieso!«

»Toll!«, fand Rosi. »Kann ich noch mitmachen?«

»Klar!«

»Ich habe das aber noch nie gemacht«, gab Rosi zu bedenken.

»Ich auch nicht«, kicherte Evi. »Das ist ja gerade das Spannende!«

»Klasse«, freute sich Rosi. »Wann und wo soll es denn losgehen?«

»Das muss ich noch organisieren!«, erklärte Evi. »Erst mal wollte ich checken, ob sich überhaupt genug Frauen melden.«

»Hier gegenüber ist doch der Fußballplatz vom Jugend-camp ...«, fiel Rosi ein.

»Genau den habe ich im Auge«, zwinkerte Evi ihr zu und schob ihr Fahrrad weiter. »Ich halte dich auf dem Laufen-den«, rief sie ihr im Aufsteigen zu.

»Super!«, winkte Rosi ihr mit dem Schraubenzieher in der Hand hinterher und freute sich, endlich wieder an einem Mannschaftssport teilnehmen zu können. Aufgrund ihrer Körpergröße war sie zwar als Jugendliche ins Basketball-Team des Schulsports rekrutiert worden, dort aber schnell wieder ausgeschieden, weil ihre Mannschaftskolleginnen sie gemobbt hatten. Danach hatte sie erst mal keinen Ball anfassen wollen.

12

Wie viele Frauen brauchte man überhaupt für eine Mannschaft? Elf? Zählte der Torhüter mit? Von Rosis Begeisterung beflügelt, googelte sich Evi, den Laptop auf den Knien vor ihrem Wohnwagen sitzend, durch die Fußballregeln. Wieso überhaupt »Mann«schaft? Sie waren doch Frauen! Aber »Frau«schaft klang auch irgendwie blöd. Vielleicht Team?

»Frauen fragen, wie wir uns nennen wollen«, schrieb sie sich auf ihren Notizzettel. »Jemanden finden, der uns die Regeln erklärt«, notierte sie darunter und googelte nach Fußballregel-Erklärvideos, die es tatsächlich zuhauf im Netz gab. Aber eine persönliche Erklärung durch einen Profi wäre natürlich wesentlich eingängiger, fand sie.

»Mögliche Trainingsplatzzeiten erfragen«, war der nächste Punkt, und Evi kam sich ungeheuer organisationsbegabt vor.

Rrrrrrringggg!! Der Klingelton ihres Handys riss sie aus ihrer Recherche.

Die Anruferin war Bente Pöhns, die sich anmelden wollte. »Ich hab aber noch nie Fußball gespielt«, gab sie zu bedenken. »Ich weiß überhaupt nicht, wie das geht – und ob ich das kann!«

»Ich auch nicht«, lachte Evi. »Wie werden es einfach ausprobieren!«

»Supi«, fand Bente, und Evi eröffnete eine zweite Liste mit der Überschrift *Teilnehmerinnen*, setzte Rosi an Nummer eins und Bente an Nummer zwei, notierte sich ihre Telefonnummern und versprach, sich zu melden, sobald die Trainingszeiten feststanden und sich genug Teilnehmerinnen gemeldet hätten.

»Ich sag meinen Freundinnen Bescheid«, verabschiedete sich Bente fröhlich.

»Läuft!«, gratulierte sich Evi selbst, schenkte sich Kaffee nach und fuhr mit ihrer Recherche fort: Beim ersten WM-Spiel der deutschen Nationalelf hatten erstaunliche 5,61 Millionen Zuschauer vor den Fernsehern geklebt, erfuhr sie. Das entsprach einem Marktanteil von sechzig Prozent, der aus zwei Gründen sensationell war: Erstens lief das Spiel an einem Montagmorgen um zehn Uhr dreißig – und zweitens waren es nicht die Männer, die spielten, sondern die Frauen! Das ZDF, das das Auftaktspiel übertrug, hatte laut Medienberichten nur mit zwei bis drei Millionen Zuschauern gerechnet!

Dass die Erwartungen derart hoch übertroffen wurden, sei ein klares Zeichen dafür, wie populär Frauenfußball hierzulande in der breiten Masse der Gesellschaft geworden sei, erfuhr Evi in einem *National-Geographic*-Artikel. Frauenfußball sei hierzulande so beliebt wie nie, so der Artikel, doch der Weg dorthin sei lang und mit vielen Hürden versehen gewesen – von schrägen Regulierungen bis hin zu Verboten: In den 1920er-Jahren organisierten Studentinnen erste Fußballspiele bei deutschen Hochschulmeisterschaften. Die Vereinsgeschichte des deutschen Frauenfußballs beginnt jedoch erst 1930 – mit einer Zeitungsannonce in den *Frankfurter Nachrichten*, in der eine gewisse Lotte Specht, damals neunzehn Jahre alt, nach anderen Frauen suchte, um einen Fußballverein zu gründen.

Evi musste grinsen und nahm einen Schluck Kaffee. Na, da trat sie mit ihrem Aushang ja in große Fußstapfen!

Was die Männer können, können wir auch, soll Frau Spechts maßgebliches Motiv gewesen sein. Das war bei Evi anders. Ihr ging es eigentlich mehr um die sportliche Aktivität an sich. Um ein Spiel, bei dem man nicht so schnell merkte, wie sehr man sich verausgabte. Sie wollte mal wieder so richtig schwitzen, ehrgeizig um Punkte kämpfen und ihre Mitspielerinnen in puncto Technik und Kondition übertreffen. Das war schon damals im Schulsport so gewesen. Man sah es ihr heute nicht mehr an, aber sie war mal richtig sportlich – und extrem ehrgeizig. Sie war stets eine der Ersten gewesen, die bei Mannschaftssportarten gewählt wurde, und hatte lange Zeit den Schulrekord im 100-Meter-Sprint inne. Bis ihre Sportlichkeit im Laufe der Jahre von Bequemlichkeit, Hüftringen und Gelenkproblemen überlagert wurde ... Höchste Zeit, ihr altes Ich wieder hervorzukramen, nahm Evi sich vor, kippte sich den letzten Schluck Kaffee in den Mund und scrollte zurück zu Lotte Specht, deren Zeitungsanzeige damals ungeahnten Erfolg gehabt hatte: Rund vierzig Rückmeldungen gingen ein, und Frau Specht gründete daraufhin den 1. Deutschen Damen-Fußballklub (1. DDFC), der allerdings ein halbes Jahr später schon wieder Geschichte war, da fast alle Mädchen aufgrund gesellschaftlicher Ressentiments und Verboten ihrer Eltern wieder austraten.

1936 hieß es in einer Pressemitteilung, dass *Fußball mit der Würde und dem Wesen der Frau unvereinbar sei.* Empört las Evi, dass der DFB den ihm angeschlossenen Vereinen auch noch zwanzig Jahre später untersagte, Frauenmannschaften zu gründen oder Frauen auf den Plätzen spielen zu lassen. Die Begründung: *Im Kampf um den Ball verschwindet die weibliche Anmut, Körper und Seele erleiden unweigerlich Schaden, und das Zurschaustellen des Körpers verletzt Schicklichkeit und Anstand.*

Evi schnaubte empört, las dann aber mit Genugtuung, dass die Frauen sich davon nicht hatten unterkriegen lassen. Sie pfiffen auf den spießigen DFB und gründeten einfach andere Vereine: Die Deutsche Damen-Fußballvereinigung und den Westdeutschen Damen-Fußball-Verband. Unter deren Dach kam es zu zahlreichen Länderspielen: 1956 spielte ein Team deutscher Frauen gegen die Niederlande – vor fast zwanzigtausend Zuschauern.

1970 hob der DFB resigniert sein Verbot auf und ließ Frauenmannschaften zu, jedoch nicht, ohne absurde Bedingungen festzulegen: Die Frauen mussten mit einem Jugendball spielen, durften keine Stollenschuhe tragen, und die Spiele dauerten zweimal dreißig statt zweimal fünfundvierzig Minuten.

War das zu fassen?? In Evi kochte die Wut hoch. Mit rasendem Puls las sie weiter, dass die Deutsche Frauen-Nationalmannschaft 1989 Fußballeuropameister wurde.

Zweiundzwanzigtausend Menschen verfolgten das 4:1 gegen Norwegen in Osnabrück. Nach dem Sieg wurden die Spielerinnen zu Talkshows eingeladen, das öffentliche Interesse wuchs. Finanziell jedoch spiegelte sich der Erfolg nicht wider: Als Prämie für den EM-Sieg erhielten die Sportlerinnen ein Kaffeeservice von Villeroy & Boch.

Evi musste laut auflachen. Ein Kaffeeservice als Belohnung! Wie absurd war das denn? Warum nicht gleich einen Staubsauger? Oder einen Wäscheständer? Zum Vergleich: Die Herren hätten in Katar rund vierhunderttausend US-Dollar pro Kopf vom Weltverband bekommen – wären sie nicht in der Vorrunde ausgeschieden. Da tröstete es Evi auch nicht zu lesen, dass aktuell über eine Million Frauen unter dem Dach des DFB Fußball spielten.

Wütend klappte Evi ihren Laptop zu. Es war doch überall das Gleiche: Egal wo sie arbeiteten und wie qualifiziert sie waren – Frauen wurden stets schlechter bezahlt als Männer! Evi fühlte ihren Adrenalinspiegel erneut ungut ansteigen und wollte gerade einen Spaziergang zum Strand machen, um sich wieder zu beruhigen, als ihr Handy klingelte. Die angezeigte Nummer war ihr unbekannt.

»Neumann, guten Tag!«, meldete sich eine sehr sachlich klingende Frauenstimme.

»Ja?«

»Ich rufe an wegen des Aushangs ...«

»Ja, super«, freute sich Evi. »Möchten Sie mitmachen?«

»Sehr gern«, erwiderte die Anruferin. »Ich kann aber ...«

»Wir sind alle Anfängerinnen!«, unterbrach Evi sie.

»Das wollte ich gar nicht sagen«, entgegnete die Frau verblüfft.

»Oh, sorry!« Evi merkte, wie sie rot anlief. »Was wollten Sie denn sagen?«

»Ich wollte sagen, dass ich dienstagabends nicht kann, weil ich da meinen Yogakurs habe.«

»Ach so ...«

»Wann sind denn die Trainingszeiten? Und wo wird das Ganze stattfinden?«

»Das steht aktuell noch nicht fest«, wand sich Evi. »Erst mal müssen sich genug Frauen anmelden ...«

»Verstehe ...«, sagte die Frau und klang etwas enttäuscht. »Soll ich mich mal in meinem Bekanntenkreis umhörcn?«

»Das wäre super!«

»Ich kann übrigens ein bisschen Fußball spielen«, gestand die Anruferin.

»Tatsächlich?«

»Ja, ich habe als Kind viel mit meinen Brüdern und Cousins gespielt.«

»Das ist ja klasse«, freute sich Evi. »Dann sind Sie den anderen Teilnehmerinnen vermutlich weit voraus ...«

»Wir werden sehen. Fußball ist ja nun wirklich kein Buch mit sieben Siegeln«, lachte die Frau.

Evi notierte sich Namen und Nummer von Susanne Neumann und versprach, den Starttermin durchzugeben.

In den folgenden Stunden und Tagen trudelten die Anmeldungen nach und nach ein. Am Ende der Woche standen neun Frauen zwischen einundvierzig und fünfundsechzig auf Evis Liste, die zu ihrer Überraschung tatsächlich Lust hatten, Fußball zu spielen. Dass ihr Angebot so viele Frauen interessieren würde, hätte sie niemals erwartet. Schließlich waren sie hier auf dem vornehmen Sylt – und schließlich war Fußball immer noch eher ein »Männersport«.

Da die Frauen auf Rückmeldung warteten, wann und wo es losgehen würde, machten Evi und Rosi sich auf, um ein Trainingszeitfenster auf dem Fußballcamp-Platz auszuhandeln. Rosi kannte Platzwart Theo und war sich gegen einen »kleinen Beitrag für die Kaffeekasse« (der vermutlich eher ein Kasten Bier für ihn ganz allein war) schnell mit ihm einig, dass die Frauengruppe den Platz einmal die Woche abends belegen durfte. Da war der Rasen sowieso leer, denn die Jugendlichen trainierten nur bis siebzehn Uhr.

Evi gründete aus der Anmeldungsliste die WhatsApp-Gruppe »Fußballfrauen« und schickte das erste Trainingsdatum herum: Kommenden Mittwoch um achtzehn Uhr! Sie konnte es noch nicht wirklich fassen, dass ihr Leben wieder Fahrt aufnahm und Farbe bekam. Sie hatte eine Aufgabe, würde neue Menschen kennenlernen und hatte das Gefühl, nach langer Zeit endlich aufzuwachen.

13

Die Aufregung schubste Evi am Mittwoch schon um fünf Uhr aus dem Bett. Sie konnte einfach nicht mehr schlafen. Die ganze Nacht hatte sie sich von einer Seite auf die andere gewälzt und sich gefragt, wie heute alles werden würde. Und was das wohl für Frauen wären, die da kämen? Den Tag über wurde Evi stetig nervöser. Was hatte sie da bloß angeleiert? Sie hatte doch noch nie im Leben irgendwas organisiert ...

Um siebzehn Uhr fuhr sie rüber zum Trainingsplatz und schob die Stühle im kargen, muffig nach Schimmel und abgestandenem Männerschweiß riechenden Versammlungsraum des Rotklinkergebäudes, das am Fußballplatz lag und die Umkleiden beherbergte, in U-Form. So konnten sich alle sehen.

Auf einem Tisch platzierte sie eine Palette Kuchenstücke, die sie noch schnell in der Bäckerei gekauft hatte – und zwei Flaschen Prosecco, um die Mannschaftsgründung zu begießen. Dann setzte sie sich draußen auf eine der Zuschauerbänke, die sich über die gesamte Länge des Rasenplatzes aneinanderreihten, und wartete auf das Eintreffen der Teilnehmerinnen.

Rosi war die Erste. In Trainingsshorts, mit Stirnband und professionell ausgerüstet mit Schienbeinschützern und Stollenschuhen, stolperte sie über den Rasen. Evi konnte sich das Lachen kaum verkneifen, als sie die riesige Frau, die aussah wie ein verkleideter Mann, auf sich zukommen sah.

»Rosi! Wie siehst du denn aus?«, rief sie ihr zu.

»Wieso?«, entgegnete Rosi verblüfft. »Wir wollen doch Fußball spielen, oder?« Ächzend ließ sie sich neben Evi auf die Bank fallen und zog ihre heruntergerutschten Schienbeinschützer wieder hoch.

»Ja klar! Aber heute besprechen wir doch erst mal den Ablauf, du Sport-Klamotten-Streberin«, lachte Evi.

»Echt? Ach, schade, ich dachte, wir legen gleich los.« Rosi war sichtlich enttäuscht.

»Wo hast du denn die Ausrüstung her? Hast du dir die extra gekauft?«, erkundigte sich Evi.

»Nein, die ist von meinem Bruder«, strahlte Rosi stolz, die ihren älteren Bruder Georg über alles liebte und bewunderte. »Aber die Schuhe sind mir natürlich zu groß«, lachte sie und hielt ihren U-Boot-großen linken Fuß in die Höhe.

Ach, deshalb schlackerte das Outfit an Rosi Riese, dachte Evi amüsiert. Georg war mit seinen stattlichen zwei Meter zehn und Schuhgröße achtundvierzig ja noch zwanzig Zentimeter größer als sie. Früher war er mal mit der kleinen Michaela zusammen gewesen. Der lange Leuchtturm und die kurze Kugel – ein absurdes Bild.

»Wie viele Frauen kommen denn heute?«, erkundigte sich Rosi. Evis Antwort wurde übertönt von Billie Eilishs ohrenbetäubend laut aufgedrehtem Song *Birds of a feather*, der aus einem espressofarbenen Porsche Cabrio schallte, das mit hoher Geschwindigkeit auf den Platz fuhr und in einer Staubwolke direkt vor dem Rasen mit Vollbremsung parkte. Die Musik wurde abgedreht, und zwei edelst gekleidete, designer-sonnenbebrillte Frauen stiegen aus, die sich irritiert umschauten.

»Was wollen die Schnepfen denn hier?«, fragte Rosi verblüfft und ließ ihren Fuß wieder sinken, den sie in ihrer Verwunderung immer noch hochhielt.

»Keine Ahnung!« Evi zuckte mit den Schultern und beobachtete erstaunt, wie sich die Frauen auf ihren High Heels auf den Weg zu ihnen machten.

»Huhu!«, rief die Ältere ihnen fröhlich winkend zu, während sie über den Rasen stöckelte und versuchte, nicht umzuknicken.

»Ist das der Fußballklub für Frauen?«, erkundigte sich die Jüngere im Näherkommen.

»Ja«, antwortete Evi knapp, da immer noch sprachlos.

»Prima!«, freute sich die Frau und wirkte etwas überdreht.

Beide trugen weiße Sommerkleider, perfekt geschnittene Designer-Blazer und kompliziert aussehende Hochfrisuren. Sie sahen eher so aus, als würden sie zu einem exklusiven Charity Event gehen als auf einen heruntergekommenen Fußballplatz. Ihre Sportklamotten hatten sie offenbar in den großen Louis-Vuitton-Taschen verstaut, die sie jeweils trugen. Nie hätte Evi gedacht, dass Frauen, die eindeutig der Sylter Hautevolee angehörten, daran interessiert wären, Fußball zu spielen …

»Susanne Neumann, guten Tag!«, strahlte die Jüngere der beiden. »Wir haben telefoniert!«

»Freut mich!« Evi stand auf und reichte ihr die Hand. »Ich bin Evi.«

Rosi stand ebenfalls auf und überragte die Frauen dadurch um gut zwanzig Zentimeter. »Und ich bin Rosi!«

»Constanze von Wiegand«, stellte sich die ältere der beiden Frauen vor. »Sie haben das Training hier organisiert?«

»Genau«, strahlte Evi stolz. »Und es freut mich sehr, dass Sie beide teilnehmen möchten!«

»Schau'n mer mal«, murmelte Constanze. »Wo können wir uns denn umziehen?«

»Ich dachte, dass wir uns erst mal im Klubraum versammeln und uns miteinander bekannt machen, wenn alle da sind«, schlug Evi vor.

»Auch gut«, fand Constanze. »Dann kann ich ja noch mal eben eine rauchen!« Sie setzte sich auf die Bankreihe, holte ein edles Zigarettenetui aus ihrer Handtasche und zündete sich eine sehr dünne Zigarette an. Susanne setzte sich neben sie und fächerte genervt den Rauch weg.

Als Nächstes erkannte Evi Bente Pöhns, die mit dem Fahrrad quer über den Rasen radelte.

»Bente, nicht mit dem Rad über den Rasen!«, rief Evi ihr aufgebracht zu. Der Platzwart hatte ihr extra eingeschärft, dass sie das sorgsam gepflegte Grün nicht beschädigen durften.

»Ach so«, rief Bente ihr entgegen und stieg erschrocken ab. »Na, schon zu spät. Auf dem Rückweg mache ich's anders.«

Sie parkte ihr klappriges Damenrad neben der Bank und stellte sich vor. Die Frauen schüttelten ihr die Hand. Mit roten Wangen setzte sie sich neben Susanne und begann, Papiertüten aus ihrem Rucksack zu holen.

»Möchte jemand ein Mandelhörnchen oder ein Franzbrötchen?«, fragte sie. »Ich habe ein bisschen Verpflegung aus der Bäckerei mitgenommen, damit wir bei dem anstrengenden Sport bei Kräften bleiben.«

»Nein danke«, lehnte Constanze pikiert ab.

Sie aß bestimmt ausschließlich Salat ohne Dressing, so schlank, wie sie war, vermutete Evi.

»Sind die Mandelhörnchen glutenfrei?«, erkundigte sich Susanne.

Bente schüttelte den Kopf.

»Und vermutlich auch mit Industriezucker statt mit Stevia?«, fragte Constanze.

»Nein, die sind mit Mandeln und Schokolade«, sagte Bente, die sich anscheinend fragte, was Stevia wohl sein sollte. »Aber sie sind vegan«, fiel ihr stolz ein.

»Schon gut«, sagte Susanne. »Ich nehme ab achtzehn Uhr keine Nahrungsmittel mehr zu mir.«

»Oh«, entfuhr es Bente. Wie schrecklich, schien sie zu denken und biss beherzt in ein Mandelhörnchen.

Nach und nach trudelten die weiteren Frauen ein. Als sie schließlich vollzählig waren, bat Evi die Runde in den Klubraum, der aussah wie ein Klassenzimmer aus ihrer Grundschulzeit, daran konnte auch ihr Kuchen-und-Prosecco-Büfett nichts ändern: unbequeme alte Holzstühle, eine Schiefertafel, ein Flipchart. Zögerlich schickten die Damen sich an, sich auf den Stühlen niederzulassen.

»Das sieht hier ja aus wie bei Rocky«, rief Bente lachend.

»Wie meinst du das?«, fragte Evi.

»Na, der hat sich doch auch aus ganz einfachen Verhältnissen hochgearbeitet und dann am Ende gewonnen«, strahlte Bente.

»Na ja, aus ganz einfachen Verhältnissen scheinen einige hier aber nicht unbedingt zu kommen«, bemerkte Rosi trocken, und es war klar, wen sie damit meinte.

»Aber gewinnen können wir ja trotzdem«, konterte Constanze, fegte nicht vorhandenen Staub von ihrem Stuhl und setzte sich.

Evi räusperte sich und begann ihre kleine Rede, die sie den Tag über vorbereitet hatte: »Erst noch einmal ein herzliches Hallo, liebe Damen! Schön, dass ihr alle hier seid! Mein Name ist Evi, und ich habe das alles hier organisiert …«

»Super«, rief eine der Frauen, worauf Evi leicht errötete.

»Ich dachte, wir begießen die Gründung unseres neuen Sportklubs erst mal mit einem Glas Prosecco, und dann fände ich es schön, wenn sich alle noch mal etwas genauer vorstellen könnten, mit Namen, Alter und Lebenssituation, damit wir uns ein bisschen besser kennenlernen.«

Sie ging zum Tisch, auf dem der Kuchen und die Prosecco-Flaschen standen, verteilte die Pappbecher und schenkte jeder Frau ein.

»Prosit, die Damen!«, rief sie dann und hob ihren Becher in die Höhe.

»Prost!«, echote es aus neun Kehlen zurück.

»Und mich würde natürlich auch interessieren, warum ihr euch zum Fußball angemeldet habt. Ist ja immer noch eher ein Männersport ...«, fiel Evi nach einem ersten Schluck ein, die sich in ihrer Rolle als Organisatorin ungewohnt wichtig vorkam, was ihr sehr guttat. »Ach so, und ganz wichtig noch: Wollen wir uns duzen oder siezen?«

»Hashtag *gerneperdu* ist doch neuerdings die Standard-Signatur in den Kontaktdaten von Hotels, Onlineshops und so weiter. ›Du‹ ist das neue ›Sie‹«, wusste Susanne.

»Also duzen?«, versicherte sich Evi, über Susannes Vortrag leicht irritiert.

»Klar«, stimmten die Frauen zu.

»Prima!«, freute sich Evi und setzte sich an ein Ende des Stühle-Us.

»Dann lasst uns doch mit der Vorstellungsrunde beginnen.« Sie drehte sich zu Rosi, die neben ihr saß. »Rosi? Magst du beginnen?«

»Ihr habt es ja bereits gehört, mein Name ist Rosi«, setzte Rosi launig an. »Also eigentlich Rosemarie, aber alle nennen mich Rosi, weil Rosemarie so altmodisch klingt. Keine Ahnung, was sich meine Eltern damals dabei gedacht haben.« Sie zuckte mit den Schultern.

»Ich finde den Namen wunderschön!«, rief Constanze ihr zu. »Es ist doch total schade, dass die alten Namen so untergehen. Wilhelmine, Edeltraut, Gerburg, Brunhilde oder Leopoldine – das waren noch Namen mit Geschichte«, schwärmte sie.

»Sagen Sie jetzt nichts, Hildegard!«, rief eine Frau, woraufhin die Runde in Gelächter ausbrach.

»Loriot geht immer«, lachte Susanne.

»Heute heißen die Mädchen Lakshmi, Noomi oder Nala«, konstatierte eine andere.

»Oder Harper«, rief Bente, »wie die Tochter von David Beckham.«

Die Runde murmelte Zustimmung.

»Heißen seine Söhne nicht wie Stadtteile?«, fragte Susanne. »Brooklyn, oder?«

»Nicht alle, einer heißt auch Romeo«, wand eine Frau ein, die gut über Familie Beckham informiert zu sein schien.

»Zurück zum Thema, ihr Lieben«, unterbrach Evi die Namensdiskussion. »Rosi, machst du weiter, bitte?« Sie schaute ihre Sitznachbarin auffordernd an.

»Auch wenn einige meinen vollständigen Vornamen offenbar schön finden, bin ich trotzdem lieber Rosi!«, lachte Rosi. »Ich bin dreiundfünfzig und leite den Campingplatz hier in Kampen. Ich habe keine Kinder – und leider auch keinen Mann.«

Offenbar too much information. Constanze und Susanne warfen sich irritierte Blicke zu. Das war hier ja fast wie in einer Therapiegruppe.

»Und da ich ungern einsam und allein zu Hause rumsitze, fand ich Evis Idee toll. Mir wäre aber auch jede andere Sportart recht gewesen. Und ich hätte auch bei einer Kochgruppe oder einem Buchklub mitgemacht.«

»Danke, Rosi! So viel muss natürlich nicht jede von sich preisgeben«, relativierte Evi, die über Rosis mangelnde Fußball-Begeisterung nicht ganz glücklich war.

»Mein Name ist Bente Pöhns«, fuhr Bente fort. »Ich bin zweiundfünfzig und glücklich verheiratet mit meinem Mann Henner, mit dem ich eine Bäckerei betreibe. Ich habe mich angemeldet, weil ich abnehmen und mich mal so richtig verausgaben will.«

Nickende Zustimmung in der Runde.

»Und weil mir Nordic Walking zu langweilig ist.«

Die Frauen lachten.

»Susanne Neumann«, ging es weiter. »Ich bin siebenundvierzig und mit Joachim verheiratet.«

»Dem Anwalt?«, fragte Rosi nach.

»Genau ...«

»Ah ...« Rosi hob die Augenbrauen. Was sie damit andeuten wollte, blieb unklar.

»Und was machst du beruflich?«, erkundigte sich Bente arglos.

»Mein Mann verdient genug«, erwiderte Susanne kühl.

»Was war dein Beweggrund, dich anzumelden, Susanne?«, fragte Evi ehrlich interessiert. Sie konnte sich beim besten Willen nicht erklären, warum eine Frau von Susannes Format Fußball spielen wollte.

»Bei mir ist es ähnlich wie bei Bente«, antwortete die. »Ich möchte mich mal wieder so richtig austoben. Kämpfen! Mich behaupten! Schwitzen, dreckig werden und mir notfalls auch die Knie aufschlagen – wie früher als Kind. Ich habe drei Brüder, mit denen ich als Mädchen immer gebolzt habe. Ich glaube, das ist mir ein bisschen verloren gegangen – und es fehlt mir gerade sehr«, fügte sie leise hinzu.

Die Frauenrunde schaute sie erstaunt an. Dass sich die

schlanke, braunhaarige, überaus schicke Kampenerin hemmungslos auf dem Rasen wälzen wollte, konnte sich offenbar niemand so recht vorstellen.

»Hallo, ihr Lieben, mein Name ist Constanze von Wiegand«, übernahm nun ihre Sitznachbarin. »Ich bin achtundfünfzig, eine Freundin von Susanne und Mutter dreier erwachsener Kinder!«

Eine Adelige aus besseren Kreisen, dachte Evi erstaunt. Man munkelte, sie sei aktuell mit einem chronisch polygamen Sylter Hoteldirektor liiert. Warum wollte die denn Fußball spielen?

Als hätte sie Evis Skepsis telepathisch empfangen, lachte Constanze plötzlich laut auf: »Ihr solltet mal eure Blicke sehen! Es ist deutlich zu lesen, was in euren Köpfen vor sich geht: Was will die denn hier?« Sie grinste. »Ob ihr es glaubt oder nicht: Ich habe früher am Triathlon teilgenommen. Genau wie Susanne habe auch ich nichts gegen Dreck und Blessuren!«

Die Frauen schauten sie verblüfft an und mussten ihre Vorurteile überdenken.

»Ich kann euch sagen: Wer drei Kinder auf die Welt gebracht hat, kennt Schmerzen, gegen die alles andere Peanuts sind.«

»Wow«, applaudierte eine maskulin aussehende Frau mit kurzen Haaren spontan. »Cool!«

»Als Susanne mir von dem Fußballangebot erzählt hat, war ich sofort begeistert«, fuhr Constanze fort. »Ich habe schon lange eine Sportart gesucht, um meine Grenzen neu auszutesten und wieder Kondition aufzubauen. Im Spiel merkt man nicht so schnell, wie sehr man sich verausgabt.«

»Stimmt«, nickte die maskuline Frau bestätigend. »Guter Aspekt!«

»Ich bin Merle Petersen und vierundfünfzig Jahre jung«, wisperte eine blasse Frau mit grau gesträhntem Bob schüchtern und lief knallrot an. »Ich betreibe mit meinem Mann eine Wäscherei für Ferienvermietungsagenturen in Tinnum.« Sie war es offenbar nicht gewohnt, Persönliches vor Fremden preiszugeben. Oder in größerer Runde zu reden.

»Das heißt, ihr wascht Bettwäsche, Handtücher und so weiter für die ferienvermieteten Häuser und Wohnungen?«, erkundigte sich Susanne.

»Genau. Wir holen und bringen aber nur komplette Wäschepakete: Bettwäsche, Handtücher und Geschirrtücher. Und auch nur für ein paar bestimmte Agenturen.«

»Ach, schade, wir suchen so etwas nämlich noch für unsere beiden Ferienwohnungen.«

»Tut mir leid«, hob Merle entschuldigend die Schultern. »Du kannst Söhnke ja mal anrufen, ob er eine Ausnahme macht ...«

»Könntet ihr das bitte nachher klären?«, schaltete sich Evi ein. »Warum hast du dich angemeldet, liebe Merle?«

»Ehrlich gesagt, weil ich noch nie in meinem Leben ernsthaft irgendeinen Sport gemacht habe und denke, dass es gut wäre, meine älter werdenden Knochen mal etwas zu entrosten.«

»Gar keinen Sport?«, fragte Bente erstaunt.

»Na ja, wenn du die schweißtreibende Arbeit an der

Heißmangel und das Stemmen der Wäschepakete nicht dazuzählst. Das ist natürlich auch ziemlich anstrengend«, gab Merle zu.

»Birgit Jensen«, bellte eine ungeschminkte und komplett in Beige gekleidete Frau mit knallroter Kurzhaarfrisur und sehr schmalem Mund daraufhin in die Runde. »Ich bin einundsechzig Jahre alt, Buchhändlerin – und alleinstehend.«

Kein Wunder, dachte Evi.

»Ich finde es reizvoll, diesen archaischen Männersport auch mal auszuprobieren«, begründete Birgit ihre Teilnahme. »Wenn es für die Hälfte der Menschheit das Spannendste ist, einem schwarz-weißen Ball hinterherzujagen, muss da ja irgendwas dran sein«, lachte sie verkrampft.

»Schwarz-weiß ist der gar nicht mehr«, korrigierte Rosi.

»Egal! Wenn sogar stets in der *Tagesschau* darüber berichtet wird, muss ja irgendein Faszinosum darin bestehen.«

Die Frauen nickten zustimmend.

Als Nächste stellte sich Gabi Evers vor. Sie war fünfundfünfzig Jahre alt und arbeitete als Floristin im Blumenladen *Rosige Zeiten* in Westerland. »Ich bin frisch verlobt«, ergänzte die kleine, drahtige, sehr aparte Frau strahlend. »Ich habe mich angemeldet, weil ich den Mannschaftsgedanken reizvoll fand. Ich mache gern etwas in einer Gruppe und lerne auch gern neue Menschen kennen. Und das Angebot für Einheimische hier auf der Insel ist ja nicht so prall ...«

Murmelnde Zustimmung im Raum.

»Außerdem bin ich relativ sportlich und habe ein gutes Ballgefühl. Früher habe ich viel Tennis und Volleyball gespielt.«

»Levke Mertens«, übernahm nun die maskuline Frau mit kurzem dunkelgrauem Stufenschnitt und beeindruckend tiefer Stimme die Runde. Ihr gesamtes Outfit schien aus der Herrenabteilung zu stammen: Arbeitshose, kariertes Flanellhemd, derbe Schnürstiefel. »Ich war lange Zeit in der Berliner Frauenszene aktiv und bin vor einem Jahr aus Berlin zurück auf die Insel gezogen, um meine demente Mutter zu pflegen. Ich bin sechsundfünfzig, frisch geschieden von meiner Ex-Frau Katja, reise gern um die Welt und habe ein Faible für asiatische Kampfsportarten.«

Die Runde war offensichtlich zu überrascht, um etwas dazu zu sagen.

»Hier auf Sylt arbeite ich in einem landwirtschaftlichen Bio-Betrieb als Gärtnerin.«

»Oh, wie schön! Dann sind wir ja quasi Kolleginnen!«, freute sich Gabi.

Levke räusperte sich. Sie hasste Vorstellungsrunden in Gruppen und musste sich zwingen, nicht immer gleich alle von Anfang an doof zu finden. An den meisten Menschen hatte sie etwas auszusetzen, aber sie hatte auf den zahlreichen Seminaren und Workshops, die sie zu den Themen Achtsamkeit, Selbstliebe und bewusst atmen belegt hatte, schon oft die Erfahrung gemacht, dass sie am Anfang die ganze Gruppe furchtbar fand, nachher aber doch alle unheimlich nett waren. Deshalb zwang sie sich, ihre Vorurteile und vorschnellen Einschätzungen über die jeweiligen Frauen im Zaum zu halten. Bei Susanne und Constanze war ihr sofort die Hutschnur hochgegangen, doch sie hatte innerlich bis zehn gezählt, tief durchgeatmet und war erfolgreich ruhig geblieben.

Nicht nur die Demenzerkrankung ihrer Mutter, sondern hauptsächlich auch ihre Menschenabscheu (oder Soziophobie, wie ihre Ex-Frau es nannte) hatten sie aus ihrer feministischen »Blase« in Berlin auf die Insel Sylt flüchten lassen. Aber als sie Evis Aufruf in der Apotheke gesehen hatte, hatte sie beschlossen, sich ihren Dämonen zu stellen und sich an einem Mannschaftssport zu versuchen. *Jede Person, der du begegnest, kann dein Lehrer sein*, hatte heute Morgen auf ihrem Kurkuma-Chai-Teebeutel-Fähnchen gestanden. Das hatte Levke als deutlichen Hinweis angesehen.

»Ich habe in Berlin in der Frauengruppe Lila Liberos Fußball gespielt und mich gefreut, dass so was jetzt auch hier auf der Insel angeboten wird«, schloss sie ihre Selbstvorstellung.

»Und ich bin die Sabine!«, übernahm nun eine fröhliche füllige Frau mit blonden Locken das Wort. Sie war komplett in Pink gekleidet, trug einen zu roten Lippenstift und lachte etwas zu laut. Alles an ihr schien ein bisschen zu viel. »Lebe lieber ungewöhnlich, lautet meine Devise!«, erklärte sie. »Ich habe mir vorgenommen, stets neue Impulse aufzugreifen und immer wieder etwas Ungewohntes zu tun.«

Die Frauen schauten sie erstaunt an.

»Denn wenn man nicht mehr neugierig ist, hat man innerlich irgendwie aufgegeben, finde ich.«

Triumphierend schaute sie sich um.

»Ich bin einundfünfzig und arbeite als Screen Designerin beziehungsweise als Grafikerin in einer Werbeagentur. Und ich bin glücklicher Single«, strahlte sie. »Und da ich so rund bin, dachte ich: Das Runde muss ins Eckige!«

»Hä?« Rosi sah sie fragend an.

»Na, kennt ihr etwa den berühmten Spruch von Sepp Herberger nicht?«, fragte Sabine erstaunt. »Das Runde ist der Fußball, und das Eckige ist das Tor!«

»Du möchtest ins Tor?« Rosi klang leicht panisch. Das war anscheinend die Position, die sie aufgrund ihrer Physis für sich selbst angedacht hatte.

»Um Himmels willen, nein! Ich wollte nur einen Witz machen. Ist offenbar nicht so gelungen«, konstatierte Sabine etwas zerknirscht.

»Prima, ich danke euch! Was für eine tolle Runde«, freute sich Evi und erhob sich. »Ja, und ich bin zweiundfünfzig und hatte eines Nachmittags die Idee, diese Gruppe ins Leben zu rufen.«

Applaus brandete auf, den Evi geschmeichelt abwinkte.

»Wie eigentlich?« erkundigte sich Levke.

»Wie wie?«, fragte Evi irritiert.

»Wie du auf die Idee gekommen bist?«

»Ach, das ist eine längere Geschichte.« Evi setzte sich wieder. »Na ja, ihr habt ja hier alle schon die Karten auf den Tisch gelegt, also lasse ich auch mal die Hosen runter: Mein Mann Hartmut hat sich nach einunddreißig Ehejahren einfach aus dem Staub gemacht.«

»Arsch!«, rief Gabi.

»Richtig!«, stimmte Evi ihr zu. »In der Zeit danach habe ich sehr viel ferngesehen, bin dabei über die Frauenfußball-

WM gestolpert und habe überraschend meine Begeisterung für den Sport entdeckt. Und dann dachte ich, warum nicht einfach mal ausprobieren?«

»Ein sehr guter psychologischer Ansatz zur Selbstheilung«, fand Levke. »Raus aus der Opferrolle. Agieren statt reagieren!«

»Ist er denn jetzt wieder da?«, erkundigte sich Gabi.

»Wer?«

»Na, dein Mann!«

»Nein«, sagte Evi traurig. »Aber zurück zum Wesentlichen: Wer von euch hat schon mal gespielt? Wer hat Erfahrung auf dem Platz?«

»Ich habe als Kind viel gespielt«, meldete sich Susanne.

»Ich auch«, sagte Levke. »Und später, wie gesagt, in der Frauengruppe.«

Susanne zog skeptisch die Augenbrauen hoch. Wenn diese Levke noch mal »Frauengruppe« sagte, würde sie ihr vermutlich eine knallen, dachte Evi. Dass Levke ihr suspekt war, war nicht zu übersehen.

»Alle anderen haben keine Erfahrung?«, fasste Evi zusammen.

Die Frauen nickten zustimmend.

»Wichtig sind am Anfang vor allem die Regeln. Seid ihr alle über die Fußballregeln aufgeklärt?«, wollte Evi wissen.

»Nein«, kam es aus etlichen Mündern.

»Dann würde ich vorschlagen, dass wir uns zunächst mal die Regeln erklären lassen«, sagte Evi. »Kennt eine von euch sich gut genug aus, das zu übernehmen?« Sie schaute Levke fragend an.

»Nee, in Berlin haben wir eher nur so solidarisch rumge-kickt. Die siegesorientierten Regeln der Männer haben uns in der Frauen...«

Weiter kam sie nicht, weil Susanne nun demonstrativ hustete.

»Okay, dann müssten wir uns entweder per Video behelfen«, fasste Evi zusammen, »oder wäre einer eurer Männer eventuell bereit, uns das kurz zu erklären?« Harti wäre genau der Richtige dafür, schoss es ihr schmerzhaft durch den Kopf. Aber der war ja nicht da ...

»Henner könnte das machen!«, rief Bente.

»Prima!«, freute sich Evi. »Magst du ihn dann fragen, ob er nächsten Mittwoch Zeit hätte?«

»Hat er zu haben!«, lachte Bente selbstbewusst.

»Brauchen wir nicht auch Trikots?«, fragte Sabine.

»Ich glaube, das wäre noch etwas früh«, sagte Evi. »Erst mal müssen wir ja schauen, ob wir überhaupt Spaß an der Sache haben. Ich würde vorschlagen, dass wir bis dahin in normaler Sportkleidung trainieren.«

»Was ist denn normal?«, erkundigte sich Constanze.

»Na ja, die Sachen, die ihr zum Beispiel zum Yoga oder zum Bauch-Beine-Po-Training anzieht. Oder zum Nordic Walking.« Evi stand auf und schenkte der Frauenrunde Prosecco nach.

»Prosit! Wollen wir unserem Team auch einen Namen geben?«, schlug Sabine vor.

»Gern«, freute sich Evi. »Hast du eine Idee?«

»1. FC Sylt?«, überlegte Sabine. »FC in diesem Fall natürlich für Frauen-Club statt Fußball-Club?«

»Nee, das ist langweilig«, fand Gabi. »Außerdem gibt es bereits einen 1. FC Sylt als Herrenmannschaft!«

»Und korrekt müsste es außerdem FFV heißen, für Frauen-Fußball-Verein«, wand Birgit besserwisserisch ein und schob sich ihre Brille hoch.

»FFV Sylt klingt total unsexy«, fand Sabine.

»Wie wäre es mit die Chaos-Kickerinnen?«, schlug Gabi vor. Die Runde lachte. »Oder die schießenden Schachteln?«, schob sie grinsend nach.

»Die Kalorien-Killerinnen?«, schlug Constanze vor, und die Runde prustete los.

»Die Tor-Tanten?«, erfand Bente.

»Die Fußball-Fregatten?« – das kam von Rosi.

»Nee, Fregatte klingt abwertend!«, empörte sich Sabine. »So nach Schabracke ... Dann schon eher die Fußball-Feen!«

»Feen klingt so zart und zerbrechlich ...«, brachte Merle schüchtern vor. »Was haltet ihr von Leder-Ladys?«

»Wieso denn Leder-Ladys?«, fragte Evi entgeistert und fragte sich, wie diese gehemmte Frau auf eine so verwegene Assoziation kam. Aber stille Wasser waren ja bekanntlich oft tief ... Vor Evis geistigem Auge erschien eine dominaartig strenge Merle in hautengem schwarzem Leder mit Peitsche in der Hand.

»Na, weil der Ball doch aus Leder ist?«, argumentierte Merle.

»Zu anrüchig. Zu sehr SM«, fand Constanze. »Wie wäre es denn mit die Silver Soccer?

»Hä?« Rosi verstand nur Bahnhof.

»Silber, wegen unserer grauen Haare, und Soccer ist das

englische Wort für Fußball«, verdrehte Constanze pikiert die Augen. Welches Bildungsniveau hatten die Damen hier eigentlich, schien sie zu denken.

»Zu kompliziert. Außerdem sind deine Haare gar nicht grau«, fand Birgit.

»Die Dribbel-Damen?«, erfand Sabine. »Oder die Torjägerinnen?

»Oder die Ballerinas?«, schlug Birgit vor. »Wegen Ball?«

»Balla, Balla!«, lachte Levke. »Dann können wir uns ja gleich Ballermann beziehungsweise -frau nennen ...«

»Oder Ball-Barbies!«, konterte Birgit.

»Wie wäre es mit die Sylt-Elfen?«, rief Constanze.

»Wieso denn Elfen?«, fragte Sabine.

»Wegen der Zahl elf! Weil eine Mannschaft elf Spielerinnen hat.«

»Ach so.« Sabine schaute an sich herunter. »Also als Elfe würde ich mich nicht gerade bezeichnen ...«

»Was haltet ihr denn von Golden Goals – statt Golden Girls?«, brachte Birgit ein.

»Super!«, fand Levke.

»Finde ich zu sehr um die Ecke«, meinte dagegen Susanne.

»Wie wäre es denn mit Sylt-Kröten?« Das kam von Gabi.

»Lustig, aber mit Schildkröten assoziiert man ja im Allgemeinen Trägheit und Langsamkeit. Und ob das für ein dynamisches Fußballteam das richtige Image ist ...?«, gab Sabine zu bedenken.

»Also ich finde es prima!«, begeisterte sich Birgit. »Absolutes Understatement und sehr originell.«

»So viele tolle Vorschläge. Lasst uns doch einfach abstimmen«, schlug Evi vor. »Wer ist für Sylt-Kröten?«

Sieben Frauen hoben den Arm. Und da keiner der anderen Vorschläge mehr als fünf Stimmen erreichte, stand der Name somit fest: Die Frauenfußballgruppe würde erst mal »Die Sylt-Kröten« heißen. Wenn ihnen noch etwas Besseres einfallen sollte, könnten sie sich ja immer noch umbenennen, hatten sie sich geeinigt.

»Ich könnte ein tolles Emblem dazu entwerfen«, ereiferte sich Sabine, die anscheinend schon eine kickende Schildkröte vor sich sah.

»Immer langsam, Mädels«, mahnte Evi. »Ihr seid ja echt eifrig, aber lasst uns doch erst mal anfangen und schauen, ob uns das Ganze überhaupt Spaß macht!«

»Jetzt?«, fragte Levke und erhob sich.

»Ja, gleich.« Evi bedeutete Levke, sich wieder zu setzen. »Einen Punkt habe ich noch – und zwar das Training! Wenn man, wie vermutlich die meisten von uns, völlig untrainiert ist, wird es schwierig sein, neunzig Minuten auf dem Platz durchzuhalten ...«

»Richtig«, stimmten die Damen zu.

»Drei- bis viermal Konditionstraining die Woche sollten es deshalb schon sein«, sagte Evi.

Merle zog die Augenbrauen hoch. »Das heißt, wir sollen uns viermal die Woche treffen?«, fragte sie ungläubig.

»Wir können natürlich gemeinsam trainieren, aber ich glaube, aus organisatorischen Gründen ist es einfacher, wenn jede für sich an ihrer Fitness arbeitet«, winkte Evi ab.

»Joggen gehen, schnelles Nordic Walking, Konditionstraining, Herz-Kreislauf-Training, Krafttraining – all das hilft sicherlich auf dem Platz.«

»Und wie lernen wir die Fußballtechnik?«, fragte Rosi.

»Dribbeln, Bälle mit dem Kopf annehmen und so weiter?«

»Bälle mit dem Kopf annehmen? Um Himmels willen – muss das sein?«, entsetzte sich Birgit. »Davon kriegt man doch bestimmt Kopfschmerzen!«

»Oder eine Gehirnerschütterung!«, fürchtete Gabi.

»Quatsch!«, sagte Levke. »Das kriegen die Männer ja auch nicht!«

»Die haben ja auch kein Gehirn«, prustete Constanze, und die Runde brach in Gelächter aus.

»Ich glaube, wir lassen das alles auf uns zukommen und fangen jetzt einfach mal an«, schlug Evi vor. »Lasst uns ein kurzes Probespiel machen.« Sie stand auf und klatschte in die Hände. »Kommt, Mädels! Auf in die Umkleidekabine! Jetzt wird's ernst!«

Die Frauen erhoben sich, tranken die letzten Reste aus ihren Bechern und machten sich auf den Weg in die Umkleidekabine.

14

Das Spielfeld kam Evi ungeheuer groß vor. Der Abstand zwischen den Seitenlinien betrug endlose einhundertfünf Meter, hatte sie gestern noch schnell gegoogelt. Wenn man also fünfmal hin- und herlief, hatte man bereits mehr als einen Kilometer auf der Uhr, rechnete sie hoch. Bei einem Spiel von neunzig Minuten kam da schnell ein halber Marathon zusammen …

Sie atmete tief durch und sah zu, wie die Frauen aus dem Umkleideraum kamen: Constanze lief im kompletten Tennisdress auf – elegant im weißen Minirock mit cremefarbenen Sneakern.

»Hast du dich nicht etwas in der Sportart geirrt?«, höhnte Levke.

»Ich hatte nichts anderes da, das auch nur ansatzweise einem Trikot gleicht«, rechtfertigte sich Constanze. »Außerdem ist es schön luftig!« Sie drehte sich im Kreis, und das Röckchen flog hoch.

Schnell schaute Levke weg, die selbst in schief abgeschnittenen labbrigen Joggingshorts und einem ausgeblichenen, ehemals roten Blondie-T-Shirt steckte.

»Ich würde gern ins Tor!«, verkündete Rosi, die ja bereits in voller Montur zum Treffen gekommen war. »Das ist genau mein Platz!«

Die anderen stimmten sofort zu. Aufgrund ihrer Körpergröße war für diese Position zweifelsfrei keine der Frauen geeigneter als Riesen-Rosi.

»Wir sind zehn Spielerinnen, also würde ich vorschlagen, dass wir vier gegen fünf – und Rosi steht im Tor!«

»Und das andere Tor?«, erkundigte sich Sabine.

»Das lassen wir jetzt einfach mal leer«, entschied Evi und teilte die Mannschaften ein: Gabi, Levke, Constanze und Birgit spielten auf der linken Seite – und Sabine, Bente, Susanne, Merle und sie selbst auf der rechten. »Die linke Mannschaft streift sich bitte diese Schärpen quer über den Oberkörper«, sagte Evi und verteilte vier rote Baumwollstreifen, für die sie gestern ein altes T-Shirt zerschnitten hatte. »So kommen wir nicht durcheinander!«

»Wer hat denn welche Position?« fragte Levke. »Wer ist Stürmerin und wer Verteidigerin?«

»Das lassen wir heute mal offen. Lasst uns doch einfach erst mal so locker beginnen«, beschloss Evi. »Merle, kommst du mal zur Mittellinie?«, forderte sie die sich selbst als unsportlich klassifizierte Wäschereibetreiberin auf.

»Wo ist die denn?« Merle schaute sich hilflos um.

»Na, die weiße Linie da!« Evi zeigte auf die Mitte des Spielfeldes.

»Ach so …« Merle schlurfte erschütternd langsam dorthin. Wenn die in dem Tempo auf dem Spielfeld agiert, braucht das Spiel statt neunzig Minuten zwei Tage, dachte

Evi, klemmte sich den Ball unter den Arm und stellte sich ihr gegenüber auf.

Dann platzierte sie das runde Leder zwischen ihrer beider Füße. »Mag jemand von euch zum Anstoß pfeifen?«

Ein schriller Pfiff ertönte – Levke hatte auf zwei Fingern geblasen. Merle erschrak darüber so sehr, dass sie gar nicht mitbekam, wie Evi den Ball zu Sabine stieß, die eifrig winkte. Leider schaffte Sabine es nicht, den Ball anzunehmen. Sie hielt zwar den Fuß hin, aber er sprang einfach darüber. Levke übernahm ihn und rannte, den Ball stets etwa zwei Meter vor sich herschießend, los, bis sie darüber stolperte und der Länge nach hinfiel. Nun war Constanze am Ball, die sich einen Zweikampf mit Sabine lieferte. Ineinander verhakt, rangen sie um den Ballbesitz, bis Sabine ihn schließlich zu Susanne abgab, die damit auf Rosis Tor zustürmte – und schoss!

Eine Sekunde später lag Rosi platt am Boden. Sie hatte den Ball an den Kopf bekommen, weil sie zum Zeitpunkt des Abschusses gerade zur Seite geschaut hatte.

Beschämt rappelte Rosi sich wieder hoch und versuchte, den Ball zurück ins Spielfeld zu schießen. In hohem Bogen flog der Ball – und leider auch Rosis rechter Schuh, der Gabi am Hintern traf, die die Situation überhaupt nicht begriff. Irritiert rieb sie sich den Po, hob den Schuh auf und schaute fragend in den Himmel. Offenbar hatte sie das Gefühl, er wäre von oben auf sie herabgestürzt. Die Frauen bogen sich vor Lachen über die absurde Situation. Ein paar nutzten die Verschnaufpause und ließen sich japsend auf den Rasen fallen.

»Auf, auf, ihr Profis!«, rief Evi. »Keine Müdigkeit vorschützen! Weiter geht's!« Sie schnappte sich den Ball und spielte Birgit an, die ihn Richtung Straße katapultierte, von wo Levke ihn wieder einsammelte, bevor er auf den Asphalt rollte. Nach dreißig Minuten waren die meisten Frauen komplett erschöpft und schnappten – hochrot im Gesicht – nach Luft.

»Boah, ist das anstrengend«, japste Sabine.

»Ja, geil, oder?«, hechelte Susanne strahlend. Genauso schweißtreibend hatte sie sich das Ganze vorgestellt.

»Neunzig Minuten halte ich niemals durch«, fürchtete Gabi und sah so aus, als ob sie unters Sauerstoffzelt müsste.

»Okay, Mädels«, brach Evi das Spiel ab. »Ich glaube, das reicht erst mal. Wie ihr seht, müssen wir dringend an unserer Kondition arbeiten.«

»Ja, aber technisch gibt es kaum etwas zu verbessern«, lachte Constanze.

»Genau«, stimmte Levke zu. »Nicht das Geringste!«

Erschöpft, aber lachend und quatschend schlurfte die Gruppe Richtung Umkleidekabinen.

»Nächste Woche beginnen wir erst mal mit den Regeln – und danach geht's wieder ab aufs Feld. Wäre toll, wenn ihr bis dahin jeweils beginnen könntet, euch ein bisschen aufzutrainieren. Ihr habt ja gerade gesehen, wie schlecht es um unsere Kondition steht.« Schwer atmend stand Evi in der Mitte des Umkleideraums und nordete »ihre« Mannschaft ein. »Und übrigens: Hier gibt es auch Duschen.« Sie zeigte auf eine Tür, die zu einem Nebenraum führte. »Wer also nicht warten möchte, bis er zu Hause ist, sollte beim nächsten Mal Duschzeug und Handtücher mitbringen!«

Die verschmutzten und verschwitzten Frauen verabschiedeten sich herzlich voneinander und machten sich auf den Heimweg. Euphorisch radelten Rosi und Evi zurück zum Campingplatz, jede auf ihre Weise erfüllt von ihrer neuen Wichtigkeit: Rosi augenscheinlich ob ihrer Position im Tor – und Evi wegen ihrer ungeahnten Organisationsqualitäten. Sie konnte kaum glauben, was sie da aus dem Boden gestampft hatte. Was für tolle Frauen – und was für eine tolle Gruppe. Stolz suchte sie im Wohnwagen ihre Duschsachen zusammen und machte sich auf den Weg zu den Sanitärräumen. Nur mit den langen blonden Pferdeschwanz-Frisuren, die die Frauen der Nationalelf fast durchgängig trugen, würde es wohl nichts werden: Die meisten der angemeldeten Teilnehmerinnen hatten kurze Haarschnitte, und viele waren grau. Lediglich Sabine war blond. Und Susanne und Constanze hatten braun gefärbte Mähnen.

Nach einem langen, heißen Duschbad legte Evi sich sofort in ihr herrlich gemütliches Wohnwagenbett und schlief tief zufrieden ein. Nun war sie nicht mehr nur Ex-Ehefrau und Ex-Verkäuferin eines Ex-Elektrogeschäftes, sondern Organisatorin einer nagelneuen Frauenfußballmannschaft! Von etwas also, das es auf der Insel bislang noch nicht gegeben und das sie ganz allein ins Leben gerufen hatte! Und noch besser: Sie hatte dadurch einen Kreis von gleichaltrigen Frauen um sich geschart, die potenziell ihre Freundinnen werden könnten. So konnte es weitergehen – auch ohne

Harti! Langsam sah sie wieder Licht am Ende des Tunnels. Und war gespannt, wohin ihre Initiative sie noch treiben würde.

»Wie war dein Tag, Schatz?«, diese Frage stellte Joachim stets rein rhetorisch, denn die Antwort interessierte ihn überhaupt nicht.

»Fantastisch!«, schmetterte Susanne ihm heute derart euphorisch entgegen, dass er irritiert von dem Aktenberg aufsah, den er sich zur Durchsicht aus dem Büro mitgenommen hatte.

»So? Warum das?«

»Ich spiele Fußball!«, sagte Susanne mit fester Stimme und stellte ihre Sporttasche ab. Die Tatsache, endlich etwas Eigenes zu machen, hatte ihr Selbstbewusstsein reanimiert.

»Du spielst was??«

»Fußball! Hörst du schlecht?«

»Äh ...« Joachim räusperte sich. »Mit Frauen?«

»Nein, mit Nashörnern!«

»Ich weiß nicht, ob ich das so gut finde, meine Liebe«, ignorierte er ihren Scherz.

»Und ich weiß nicht, ob das für mich wichtig ist«, konterte sie ungewohnt kampfeslustig. Sie schrieb es dem Adrenalin zu, das offenbar immer noch in ihrem Körper kreiste.

»Nicht in diesem Ton, meine Liebe!«, drohte Joachim, legte eine Akte zur Seite und erhob sich. »Vergiss nicht, dass ich unser beider Leben finanziere!« Zornig baute er sich vor ihr auf und blies ihr seinen Rotweinatem ins Gesicht.

Château Batailley, erkannte Susanne am Geruch. Sein

Lieblings-Bordeaux. Die geöffnete Flasche stand neben dem geleerten Glas auf seinem Schreibtisch.

»Wenn ich dir sage, dass es mir nicht gefällt, dann wäre es klug von dir, diese Tätigkeit künftig zu unterlassen.« Er hustete. »Ich möchte nicht, dass meine Ehefrau eine Proletensportart ausübt – noch dazu mit Mannweibern!«

Mannweiber – wo hatte er das denn her?

»Meinst du nicht, dass deine Einschätzung etwas hinterwäldlerisch ist, mein lieber Gatte?« Sanft strich Susanne ihm über die Wange, um die Situation wieder zu entschärfen. »Constanze macht übrigens auch mit.«

»Was?« Verblüfft schaute Joachim sie an. Sein Respekt vor Blaublütern und insbesondere der Familie von Wiegand war irrational groß. Und das nicht nur, weil Constanzes Ex-Mann sein ehemaliger Professor war.

»Nun gut, wenn das so ist …« Er setzte sich wieder. »Aber achte bitte darauf, deine Knie zu schonen! Ich möchte dich weiterhin in kurzen Röcken auf meinen Empfängen und Einladungen sehen.« Er ging zurück zum Schreibtisch und schenkte sich ein weiteres Glas Wein ein. »Möchtest du auch?«

»Nein danke, ich springe unter die Dusche«, sagte Susanne und verschwand nach oben.

Erfüllt sang Rosi in voller Lautstärke *Football is coming home* unter der Dusche. Der Song »Three Lions« von den Lightning Seeds hatte sich seit der EM 1996 in ihrem Ohr festgesetzt. Nur dass bei den »Sylt-Kröten« nicht drei Löwen, sondern eine kickende Schildkröte auf dem Shirt prangen würde, schmunzelte sie.

Rosi war glücklich, denn endlich machte ihre Größe mal Sinn: Ein Fußballtor hatte eine Breite von 7,32 Metern und eine Höhe von 2,44 Metern – und niemand war besser dafür geeignet, diesen Raum auszufüllen, als sie! Rosi kam sich gebraucht und geliebt vor – was herrlich war.

Während sie sich, die Melodie vor sich hin summend, abtrocknete, nahm sie sich vor, sich in den nächsten Tagen nach Feierabend alle Torwart-Interviews und -Videos anzuschauen, die sie auf Google und YouTube finden konnte. Oliver Kahn, Sepp Maier und Manuel Neuer – das waren jetzt ihre Vorbilder. Außerdem müsste sie sich Keeper-Handschuhe kaufen und irgendwie üben, besser und schneller zu fangen. Und an ihrer Reaktionsschnelligkeit arbeiten!

Erwartungsvoll bauten sich Tick, Trick und Track vor ihr auf, als sie den Kühlschrank öffnete, um zu schauen, was sie sich – und natürlich auch ihren vierbeinigen Mitbewohnern – zum Abendessen bereiten könnte. Verliebt schaute sie ihre drei Hunde an, die artig in einer Reihe vor ihr saßen, sie mit großen Augen anblickten und geduldig auf ihr Futter warteten. Die drei konnten Tennisbälle fangen wie Weltmeister. Ob sie sich von denen was abschauen könnte? Aber wie?

Sie öffnete das Tiefkühlfach und fischte eine Fertigpizza heraus. Wenn sie eine bessere Kondition bekommen wollte, sollte sie sich künftig wohl auch besser ernähren, beschloss sie. Bislang hatten bei ihr überwiegend Fertiggerichte wie

Miracóli, Dosensuppen und Tiefkühlkost auf dem Speiseplan gestanden, weil sie zu faul zum Kochen war. Das würde sie ändern müssen, mahnte sie sich in einer geistigen Note to self. Über ihre ehrgeizigen Ambitionen schmunzelnd, schob sie die Pizza in den Backofen und schüttete den Hunden ihr Trockenfutter in die Näpfe.

Bente schmerzte gefühlt jeder Zentimeter ihres Körpers. Zu Hause angekommen, ließ sie sich sofort ein schaumiges Entspannungsbad ein. Im herrlich heißen, duftenden Wasser schloss sie die Augen und träumte davon, für das nächste Mal einen Kuchen in Fußballform zu backen. Sie brauchten ja schließlich Kraft, also Kalorien. Sie könnte den Kuchen mit schwarz-weißem Zuckerguss überziehen, fantasierte sie. Das Schwarze könnte sie aus Mohn bereiten. Bei dem Gedanken an duftende Mohnstreusel lief ihr das Wasser im Mund zusammen. Ein sanfter Kuss weckte sie aus ihren süßen Plänen. Henner stieg zu ihr in die Wanne und profitierte sehr von ihrer guten Laune.

Als sie sich nach einer halben Stunde beide höchst zufrieden und stark erhitzt gegenseitig abtrockneten, war er mit Bentes neuer Sportart und seinem zu haltenden Vortrag absolut einverstanden.

15

Die Woche bis zum nächsten Training verging wie im Flug. Um ihre (nicht vorhandene) Kondition zu verbessern, ging Evi jeden Tag im Meer schwimmen, machte lange Strandspaziergänge und verabredete sich dreimal mit Rosi zum Nordic Walking und Bauch-Beine-Po-Training. Abends streamte sie alte Fußballspiele internationaler Frauenmannschaften und versuchte, hinter die jeweiligen Strategien und Mannschaftsaufstellungen zu kommen. Sie googelte Trainingstipps und -techniken und schaute sogar bei zwei Männerspielen des Fußballvereins »Team Sylt« in Tinnum zu.

Rosi war genauso engagiert und angefixt wie Evi und hatte sich bereits Torwarthandschuhe und Schuhe in der richtigen Größe gekauft.

Der nächste Mittwoch war ein stürmischer Frühsommertag, der es schaffte, die Wellen am Strand meterhoch aufzupeitschen, Gischtschaum als kleine Miniwölkchen durch die Luft zu jagen und die Kiefern durchzubiegen, als wären sie russische Turnerinnen beim Flickflack. Evi hatte Mühe, mit dem Rad voranzukommen, obwohl es vom Campingplatz bis zum Sportgelände nur eine kurze Strecke war.

Als sie atemlos vor dem Trainingshäuschen eintraf, erwarteten sie bereits zwei Frauen mit wehenden Haaren auf der Holzbank – Merle und Birgit.

»Na, Mädels«, begrüßte Evi sie launig. »Ihr konntet es wohl gar nicht abwarten, was?«

»Ehrlich gesagt wirklich nicht«, gab Merle zu. »Das hat total Spaß gemacht letztes Mal, und ich finde auch die anderen Frauen toll.«

Gabi nickte bestätigend.

»Na prima«, freute sich Evi. »Dann kommt mal mit rein!«

»Spielen wir heute trotz des Sturms?«, erkundigte sich Gabi.

»Na klar«, rief Evi. »Das bringt Kondition! Und ihr wisst ja: Für echte Friesen ist Sturm erst, wenn die Schafe keine Locken mehr haben.«

Die Frauen lachten.

Auch die anderen trafen nach und nach ein, und der karge Raum füllte sich mit Geschnatter und Gelächter. Merle hatte Erdbeerprosecco mitgebracht, und Bente stellte stolz ihren selbst gebackenen schwarz-weißen Fußballkuchen auf den Tisch. »Das Weiße ist Vanillezuckerguss und das Schwarze Mohn«, erklärte sie und schnitt den Kuchen an.

»Danke, Bente und Merle, das ist aber kein Kaffeekränzchen für ältere Damen hier«, mahnte Evi ernst. »Wir werden uns hier nicht nur mit Wattebäuschchen bewerfen und mit Kuchen vollstopfen oder mit Prosecco betrinken!«

»Nee, auch mit selbst gemixtem Eierlikör«, rief Birgit und hielt eine Flasche hoch.

Evi verdrehte die Augen. »Bitte setzt euch!«

Die Frauen nahmen Platz, und Henner wollte gerade mit seinem Vortrag beginnen, als Sabine zur Tür reinstürmte – mit einem Stapel weißer T-Shirts über dem Arm.

»Sorry, es hat etwas länger gedauert, aber dafür habe ich etwas mitgebracht!«

Aufgeregt verteilte sie an jede Frau ein T-Shirt, worauf im Raum begeistertes Gekreische losbrach. Auf den Shirts war vorne eine comicfigurartige, Fußball schießende, extrem niedlich aussehende grüne Schildkröte abgedruckt, die ihren gebeugten Bizeps so siegessicher präsentierte, wie es die Hausfrau mit Kopftuch auf dem berühmten Werbeschild aus den Fünfzigerjahren tat, auf dem darunter der Spruch *We can do it!* stand. Damals war damit der Wiederaufbau nach dem Zweiten Weltkrieg gemeint, der im Wesentlichen von den Frauen geleistet wurde, da die Männer im Krieg gefallen oder in Gefangenschaft geraten waren.

Auf der Rückseite des Shirts prangte das Emblem des *Grande Plage*, eines Kampener Strandrestaurants, das vor ein paar Jahren den Pächter gewechselt hatte und nun *Kaamps7* hieß.

»Wow, hast du die extra für uns gekauft?«, fragte Levke erstaunt. »Und den ganzen Druck bezahlt?«

»Nein, nein, die lagen bei uns in der Agentur noch im Lager rum. Das *Grande Plage* gibt es ja nicht mehr, deshalb wurden die Shirts nicht mehr benötigt. Ich habe mit unserem Printer einfach nur die Vorderseiten bedruckt.«

»Und die Schildkröte hast du selbst entworfen?«

»Ja«, lächelte Sabine verlegen. »Findest du sie doof? Ist ja nur ein erster schneller Entwurf...«

»Nein, ganz im Gegenteil! Sie ist großartig!« Levke klatschte, und die anderen Frauen stiegen mit ein und hielten sich dann gegenseitig die Shirts an die Brust.

Mitten in die lärmige Betriebsamkeit platzte als Letzte Susanne herein und präsentierte einen rosafarbenen Fußball. »Den habe ich mit Edding selbst bemalt«, rief sie und hielt den Ball so stolz hoch, als wäre er ein WM-Pokal.

»Cool!« »Wahnsinn!« »Spitze!« Jubelrufe ertönten, die Frauen stießen mit Prosecco an, und Bente, Susanne und Sabine wurden von den anderen überschwänglich für ihre selbst gebastelten Ideen gelobt. Als sich die Aufregung etwas gelegt hatte und alle wieder saßen, begann der leicht verwirrte Henner endlich mit seinem Vortrag.

»Also, meine Damen«, räusperte er sich. »Ich werde euch heute zunächst mal über die wichtigsten Grundbegriffe informieren«, begann er und erklärte, was es mit Abseits, Abseitsfalle, Elfmeterraum, Abstoß, Doppelpass, Ecke, Strafraum, Freistoß, gelben und roten Karten auf sich hatte und was ein Fallrückzieher oder eine Schwalbe war. Evi schrieb die Stichworte dabei an ein Flipchart. Den Frauen schwirrte der Kopf.

»Boah, das kapier ich nie!«, stöhnte Merle.

»Same here«, nickte Gabi.

»Können wir das irgendwo nachlesen?«, erkundigte sich Sabine.

»Steht alles im Netz«, beruhigte Henner. »Und ich kann euch auch gern noch mal einen Ausdruck machen.«

»Das wäre super!«, fanden die Frauen und bedankten sich applaudierend bei Henner für seine Mühe.

»Na gut, ihr Lieben, dann können wir das gerade Gelernte ja gleich mal in die Praxis umsetzen«, rief Evi. »Ab in die Umkleidekabine und raus auf den Rasen!«

Als die Frauen aufs Spielfeld liefen, begann es heftig zu regnen.

»Iiiiieeh«, schrie Birgit und rannte zurück zum Klubhaus.

Die anderen wollten ihr gerade folgen, als Susanne empört rief: »Mensch, Mädels! Seid ihr Männer oder Mäuse? Wir sind doch nicht aus Zucker!«

»Das ist nur ein kurzer Schauer! Gleich wieder vorbei«, beruhigte Levke mit Blick auf ihr Handy.

»Na, dann los!«, befahl Evi und kam sich vor wie eine Militär-Admiralin. »Da müssen wir jetzt durch! Das härtet uns ab!«

»Ist ein bisschen wie Eisbaden«, kicherte Bente, während ihr das Make-up zerlief und das zerfließende Schwarz ihrer Wimperntusche sie wie ein Pandabär aussehen ließ.

Sie spielten wieder vier gegen fünf und rutschten und stolperten aufgrund des aufgeweichten, matschigen Bodens noch mehr als beim ersten Mal. Evi staunte nicht schlecht, als sich ausgerechnet die vornehme Constanze im Kampf um einen Ball engagiert in den Matsch warf und sich beim Wiederaufstehen lässig die nassen Rasenklumpen vom Schienbein fegte.

»Wow, toller Einsatz!«, lobte Levke und hob anerkennend den Daumen.

»Na, hör mal«, lachte Constanze. »Ich habe mich hier ja nicht angemeldet, um Mikado zu spielen. Das bisschen Sand macht mir nun echt nichts aus!«

»Genau!«, schloss sich Gabi an, die etliche Schlammspritzer im Gesicht hatte. »Wenn wir Kinder gekriegt haben, werden wir ja wohl auch so einen Scheißball ins Tor kriegen. Auch bei Regen und Sturm!« Mit einem erstaunlich starken Schuss zielte sie auf Rosi, die den Ball zum ersten Mal hielt.

Diesmal ging das Spiel schon vierzig Minuten, bis die Frauen nicht mehr konnten und erschöpft aufgaben. Rosi hatte zwei Tore kassiert, eins davon durch einen Elfmeter, geschossen von Birgit.

Verschwitzt, dreckig und vom Regen durchnässt nahmen fast alle Frauen Evis Angebot dankbar an, im Klubhaus zu duschen.

Sechs Duschen lagen sich in einem weiß gekachelten Raum in Dreierreihen gegenüber, der schnell voll nebligem Dampf stand, als die Frauen sich unter die heißen Brausen stellten. Versuchten die Frauen zunächst noch, ihre Nacktheit verschämt zu bedecken, wurden sie angesichts der Tatsache, dass keine von ihnen einen perfekten Körper besaß, immer entspannter. Gelächter und betriebsames Geplapper füllten den Raum, Duschgel und Shampoo wurden herumgereicht und Intimfrisuren bestaunt. Einige Frauen waren komplett rasiert, einige teilweise – aber die meisten gar nicht, was typisch für ihre Generation war, wie Evi schmunzelnd konstatierte. Sich die Schamhaare unter den Achseln und im Genitalbereich zu rasieren, war vollkommen unüblich, ja geradezu obszön gewesen, als sie zwanzig waren. Und die meisten Frauen hatten sich offensichtlich bis heute daran gehalten.

Beruhigt stellte Evi fest, dass keine der Frauen dem gängigen Schönheitsideal entsprach: Bei der einen hingen die Brüste schief, bei der anderen waren die Rettungsringe zu üppig, und bei der nächsten glichen die Cellulite-Dellen Hagelschäden. Älter werdende Frauenkörper: Das war ehemals samtig-glatte Haut, die sich in Faltenringen um den Hals kräuselte wie Kapillarwellen, die sich auf der Wasseroberfläche bildeten, wenn man einen Stein in einen ruhigen See warf. Das waren dellige Arme mit wackelndem Winkfleisch und Inkontinenzwäsche wegen Gebärmuttersenkung nach einer Geburt. Für Evi war es ungeheuer wohltuend zu sehen, dass keine von ihnen makellos war. Im Gegenteil. Und trotzdem schienen ihr diese sehr unterschiedlichen, zum Teil herrlich üppigen Frauenkörper extrem liebenswert. Einfach, weil die Frauen, die darin wohnten, so liebenswert waren. Ein Zitat der berühmten Frida Kahlo fiel ihr ein: »Wenn unsere Augen Seelen statt Körper sehen würden, wie sehr anders wäre unsere Vorstellung von Schönheit.«

16

Es war ein herrlicher windstiller Nachmittag Ende Juni, als Evi durch die wogenden Felder der Braderuper Heide auf dem Wattseiten-Uferweg Richtung Blidsel-Bucht radelte. Sie überquerte dabei mehrere idyllische Holzbrücken und jagte einige Entenpaare ins Schilf, bis sie schließlich ihr Fahrrad an der Blidsel-Bucht anschloss und zu Fuß am Strand entlangflanierte. Wie sehr sie ihre Heimat doch liebte. Sie war auf Sylt geboren und eine der wenigen noch auf der Insel lebenden echten Sylterinnen. Immer wieder war sie erstaunt, wie abwechslungsreich die Insel landschaftlich war. Hier, in der Blidsel-Bucht, war sie sehr selten, dennoch fand sie das steile Kliff und den langen einsamen Strand einfach faszinierend. Verträumt kickte sie mit dem Fuß Austernschalen zurück ins Wasser und ließ ihren Blick über die traumhaften Anwesen schweifen, die auf dem Kliff thronten und durch steile, sehr lange Privattreppen zu erreichen waren, die vom Strand nach oben führten. Wie in der Bretagne sah es hier aus, und nicht nur Günther Jauch, der hier angeblich ein Haus besaß, fand die Umgebung wunderschön.

Ein wenig neidisch auf die Immobilienbesitzer dieser Traumhäuser, schlenderte Evi barfuß über den Sand und fragte sich plötzlich, ob sie dort jetzt auch wohnen würde, wenn sie statt Harti eine bessere Partie geheiratet hätte. Warum hatte sie ihre lauwarme Ehe eigentlich so devot durchgehalten? Die dreißig Ehejahre waren wie unter Betäubung vergangen. Einfach weg. Weil jeder Tag gleich gewesen war. Sie waren stets zur gleichen Zeit aufgestanden, hatten den Laden geöffnet, den ganzen Tag gearbeitet, zu Abend gegessen, ferngesehen und waren zu Bett gegangen. So waren die Jahre vergangen – eines nach dem anderen.

Natürlich waren sie auch mal in den Urlaub gefahren und hatten Freunde getroffen. Dennoch war ihr Eheleben betäubend monoton gewesen, langweilig und berechenbar.

Ab vierzig war die Zeit gefühlt noch schneller vergangen, und sie hatte desillusioniert aufgegeben, ihrem Leben noch mal eine Wende zu verpassen. Sie war viel zu schlapp und träge geworden, um längst verblichenen Träumen nachzujagen ...

Und nun fühlte es sich so an, als wären die einunddreißig Jahre mit Harti einfach aus ihrem Leben herausgeschnitten worden und ihr jetziges Leben würde wieder an die Zeit anknüpfen, als sie zwanzig war. Sie hatte noch mal die Chance, bei allem von vorn zu beginnen, dieses Gefühl breitete sich mehr und mehr in ihr aus. Alles wurde wieder fester, was sich vorher in wabbeliger Langeweile aufgelöst hatte – und das war nicht nur körperlich gemeint. Sie hatte endlich wieder Lebensenergie, Kraft und – dank der Fußballgruppen-Gründung – auch das Selbstbewusstsein, das

Ruder herumzureißen. Mit ihren zweiundfünfzig Jahren war sie in jedem Fall noch jung genug, noch mal neu durchzustarten. Notfalls auch beruflich. Aber diesmal würde sie genau überlegen, wohin der Weg sie führen sollte.

Zufrieden hielt sie inne und beschloss spontan, ein erfrischendes Bad im Meer zu nehmen, da das Wasser auf der Wattseite, das bei Ebbe ja normalerweise immer komplett weg war, durch die Flut gerade angenehm hoch und auch erstaunlich klar war. Mutig zog sie sich aus, tapste nackt ins Meer und fühlte sich so frei und lebendig wie noch nie.

Auf der Rückfahrt Richtung Kampen dachte Evi über die Sylt-Kröten nach. Sie machten Fortschritte – das war nach dem dritten und vierten Training nicht zu leugnen. Dennoch war sie unzufrieden. Es brachte auf die Dauer ja nichts, immer nur zu viert oder fünft gegeneinander zu spielen. So kamen sie nicht voran. Wie wäre es denn, überlegte sie, wenn sie im Jugendcamp mal fragen würde, ob ein paar der Jungs Lust hätten, gegen die Sylt-Kröten anzutreten? Beim letzten Training hatte Levke die Frauen spontan auf ein Glas Wein und »ein paar Häppchen« in den landwirtschaftlichen Gärtnereibetrieb in Morsum eingeladen, in dem sie arbeitete. Das Treffen sollte heute Abend stattfinden, und Evi beschloss, die Frauen dort zu fragen, was sie von der Idee eines »richtigen« Spiels hielten.

Der Betrieb der Bio-Gärtnerei Jacobs lag etwas außerhalb von Morsum auf einer Warft und war umgeben von knallgelben Rapsflächen, grünen Wiesen und wogenden Kornfeldern. Es war ein lauer, windstiller Sommerabend, und Levke hatte das Treffen liebevoll vorbereitet.

Der respektvolle Umgang der Frauen der Fußballgruppe miteinander hatte ihre Menschenscheu in den vergangenen Wochen schrumpfen lassen, und um ihre Mannschaftskolleginnen noch ein bisschen besser kennenzulernen, sich selbst zu verhaltenstherapieren und den Zusammenhalt zu fördern, hatte sie sich zu der Einladung entschlossen.

Sie hatte die Fenster und Türen eines Gewächshauses weit geöffnet, in der Mitte einen langen Tisch aufgebaut, ihn mit einer weißen Leinentischdecke überzogen und mit bunten Blumenblüten und duftenden Kräuterstauden dekoriert. Auf einer weiteren Tischreihe an der Seite hatte sie ein köstliches Farm-to-table-Büfett aufgebaut, mit Gerichten aus tagesfrischem Gemüse aus den Gewächshäusern und von den Gemüsebeeten, die sie den ganzen Tag über liebevoll zubereitet hatte: gerösteter Blumenkohl, Hummus in etlichen Variationen, pikante Erdnusssoße, gebackene Auberginen, Zoodles (Zucchinistreifen, dünn geschnitten wie Spaghetti), gegrillter Spitz- und Weißkohl mit leckeren Röstaromen, wilder Brokkoli, krosse Süßkartoffelspalten mit Chili, Kräuterseitlinge in Knoblauchöl, Palmkohl-Salat, karamellisierte Möhren in allen Farben und dazu noch eine Kräutersalsa aus Minze, Petersilie, Gurke, Zwiebeln und Granatapfelkernen.

Leise Loungemusik drang aus einer Bluetooth-Box, und eine Katze streifte neugierig herum. Die Frauen, die nach und nach eintrafen, waren begeistert von der Location, der Deko, der langen weißen Tafel – und vor allem von den Köstlichkeiten, die Levke zubereitet hatte.

»Heute Morgen geerntet«, erklärte sie stolz.

»Meine Güte, wie lange hast du denn daran gearbeitet?«, erkundigte sich Bente. »Du hast bestimmt den ganzen Tag gekocht, oder?«

»Na ja, es ging mir relativ leicht von der Hand«, sagte Levke. »Ich habe ja mal zwei Jahre als Köchin in einem veganen Restaurant in Kreuzberg gearbeitet.«

»Ach so«, nickte Bente, und man sah ihr an, dass sie keine Ahnung hatte, wo dieser Kreuzberg war, dachte Evi. Und was »vegan« nun genau bedeutete, da war sie sich vermutlich auch nicht so ganz sicher.

»Aber ich habe mir schon den heutigen Tag dafür freigenommen«, lachte Levke, die sich für den heutigen Abend extra ein weißes T-Shirt und eine Anzughose angezogen hatte.

»Wahnsinn!«, staunte Susanne.

»Wunderschön«, fand Constanze.

»Cool«, stammelte Rosi.

»So ein Aufwand! Das wäre doch nicht nötig gewesen«, rief Gabi und schaute gierig aufs Büfett.

Die Stimmung war warm und fröhlich. Levke bat die Damen, sich zu setzen, und schenkte Bio-Rotwein aus.

»Schön, dass ihr hier seid! Auf einen schönen Abend!«, sagte sie und erhob ihr Glas.

Die Frauen taten es ihr gleich, und sie stießen an.

»Nehmt euch, es ist angerichtet!«, eröffnete Levke daraufhin das Büfett.

Neugierig schaufelten sich die Frauen die fantasievollen pflanzlichen Kreationen auf ihre Teller und probierten sie unter begeisterten Rufen wie »unfassbar lecker!«, »musst mir unbedingt nachher das Rezept geben« – und »tolle Kombination«.

»Meine Güte, ist das köstlich!«, entfuhr es auch Susanne, und sie schalt sich selbst, wie sehr sie sich doch in Levke getäuscht hatte. *Never judge a book by its cover*, das stimmte wirklich. Wer hätte gedacht, dass die ruppige, maskuline Levke so ein stilvolles, zauberhaftes Event gestalten würde? Sie musste wirklich weiter hart an ihrer Toleranz arbeiten, nahm sie sich vor. Wie sehr die Fußballgruppe sie doch verändert hatte: Bis vor Kurzem wäre es unvorstellbar für sie gewesen, schlicht nur mit Birkenstock-Sandalen, Jeans und T-Shirt bekleidet, auf einem Biohof zu speisen. Zum Glück hatte Joachim ihr für ihre Verhältnisse revolutionäres Outfit nicht mitbekommen.

Susanne hatte jeden Schritt in den unfassbar bequemen Sandalen, die sie sich heimlich gekauft und in ihrem Schrank versteckt hatte, genossen. Jeden Meter weiter weg von ihrem Zehn-Millionen-Reetdach-Anwesen entspannten sich ihre Fußsohlen mehr – wenn das nicht sinnbildlich war. Und sagte man nicht, die Fußreflexzonen würden alle Körperfunktionen beeinflussen? Wenn das so war, dann würde sie die wunderbar wohltuenden Sandalen den Rest des Sommers nicht mehr ausziehen. Glücklich bewegte sie ihre nackten Zehen auf und ab und nahm noch einen tiefen Schluck Rotwein.

Satt, vom Alkohol beschwingt und deshalb äußerst zufrieden saßen die Frauen später am Tisch und genossen plappernd und lachend ihr Beisammensein.

Evi schlug einen Löffel an ihr Glas und bat um einen Moment Aufmerksamkeit: »Ich würde gern mal wissen, was euch an unserer Gruppe am meisten Spaß macht!«

Für einen Moment herrschte Stille am Tisch. Alle dachten nach.

»Dass mal wieder etwas passiert!«, begann schließlich Gabi.

»Dass man in einer Gruppe gemeinsam für etwas kämpft«, fand Birgit.

»Dass man nicht nur zu Hause rumsitzt und sich zum alten Eisen gehörig fühlt«, sagte Merle.

»Das Beisammensein«, sagte Bente und strahlte die anderen an. »Weil ich euch irgendwie alle sehr mag ...« Sie hatte schon einen deutlichen Schwips.

»Das finde ich auch«, sagte Rosi und prostete ihr zu.

»Ich finde gut, dass wir in gewisser Weise eine Vorbildfunktion haben, weil es für Sylt etwas ganz Neues ist, was wir machen«, sagte Constanze.

»Und es ist total befriedigend, sich so zu verausgaben«, ergänzte Susanne.

»Und es lenkt prima vom Liebeskummer ab«, pflichtete Merle ihr bei. Es klang traurig.

»Das stimmt«, nickte Evi. »Hast du denn gerade akuten Herzschmerz?«

»Ich befinde mich gerade in einer extrem schwierigen Phase meiner Ehe ...«

»Tun wir das nicht alle?«, lallte Bente lachend.

»Du Arme«, sagte Levke mitleidig. »Die Phase habe ich gerade hinter mir. Was ist denn los?«

»Na, was wohl? Der Klassiker: Das Arschloch hatte eine Affäre, die durch Zufall aufgeflogen ist«, schnaubte Merle wütend, der man einen solchen Zornesausbruch überhaupt nicht zugetraut hätte. »Söhnke hat mich über ein halbes Jahr mit einer Kundin betrogen. Soll ich ihn jetzt rausschmeißen? Oder muss man das alles etwas rationaler und toleranter betrachten?«

»Kommt drauf an«, überlegte Constanze. »Wir sind ja schließlich nicht mehr von den Moralvorstellungen der Fünfzigerjahre gegeißelt. Viele führen ja inzwischen sogenannte offene Ehen ...«

»Entscheidend ist doch, ob du den Schmerz und den Vertrauensbruch wegstecken kannst«, fiel ihr Levke ins Wort.

»Ich weiß es nicht«, sagte Merle traurig. »Im Moment bin ich einfach nur wütend. Und verletzt ... Ich fühle mich wie angeschossen.«

»Armes Ding.« Rosi, die neben ihr saß, nahm sie in den Arm.

»Was ist denn schlimmer? Wegen einer anderen verlassen zu werden oder wenn er einfach so abhaut?«, fragte Evi zögernd, deren Herz zwar nicht mehr schmerzte, die Harti aber nach wie vor sein wortloses Verschwinden nicht verzeihen konnte.

»Ist der Vertrauensbruch nicht derselbe?«, überlegte Constanze.

»Ja, sehe ich auch so«, stimmte Levke zu. »Weg ist weg!

Das Gefühl, von dem Menschen, dem man vertraut hat und den man liebte, im Stich gelassen worden zu sein, ist absolut vergleichbar.«

»Auf jeden Fall!«, nickte Susanne.

Evi tat sich plötzlich selbst sehr leid, und ihr stiegen die Tränen in die Augen. Ihr Schmerz, mit dem sie so tapfer umging, wurde von den anderen verstanden und gesehen. Sie nahm einen tiefen Schluck Wein.

»Was hindert dich daran, deinen Mann zumindest mal für eine Zeit rauszuschmeißen?«, schwenkte Birgit wieder auf Merles Problematik um.

»Ich kenne mich«, sagte Merle mit Tränen in den Augen. »Wenn ich erst mal mit ihm abschließe, dann ist es für mich vorbei, und dann will ich ihn auch nicht mehr zurück!« Sie schnäuzte in das Taschentuch, das Rosi ihr fürsorglich vor die Nase hielt.

»Du willst ihn behalten?«, fragte Sabine entgeistert.

»Ich weiß es nicht …«

»Warum? Hast du Angst davor, allein zu sein?« Bente schaute sie mitfühlend an.

»Ja … schon …«

»Aber manchmal kann man doch auch mit jemandem zusammen viel einsamer sein, als wenn man wirklich allein ist!«, gab Sabine zu bedenken.

»Ich muss einfach noch mal ein bisschen darüber nachdenken«, schniefte Merle.

»So ein Mistkerl«, schimpfte Levke.

»Ja, wirklich!«, stimmten die anderen zu.

»Wie sieht denn der Mann dieser Kundin aus? Kannst du

nicht einfach den nehmen?« Bente war immer an pragmatischen Lösungen interessiert.

»Nee, das ist ein fieser glatzköpfiger Fettsack«, entsetzte sich Merle. »Bloß nicht! Da komme ich ja vom Regen in die Traufe ...«

Die Runde lachte.

»Aber vielleicht hat er tolle innere Werte? Oder ist ein fantastischer Liebhaber?«, schien Sabine ihm eine Chance geben zu wollen.

»Mag sein, aber ich habe nicht die geringsten Ambitionen, dieses Geheimnis zu lüften«, sagte Merle bestimmt und schenkte sich Wein nach. »Es tut aber sehr gut, so offen mit euch zu reden«, seufzte sie.

»Ist das der eigentliche Grund, warum du dich angemeldet hast?«, erkundigte sich Evi.

»Ehrlich gesagt, ja. Immer, wenn ich auf den Ball eintrete, stelle ich mir vor, es wäre Söhnke«, kicherte Merle.

»Gut so!«, rief Birgit.

»Sollen wir vielleicht ein Foto von ihm draufkleben?«, schlug Sabine vor.

Die Runde lachte und bemerkte nicht, dass eine Ziege ins Glashaus geschlendert kam und sich interessiert umschaute. Neugierig schnupperte sie an Sabines Hand, die beiläufig nach unten schaute, und dann erschrocken aufschrie. Die Ziege hatte begonnen, ihre Hand abzuschlecken.

»Das ist Louise«, lachte Levke. »Die ist sehr gesellig.«

»Und Louise läuft hier einfach so frei herum?«, fragte Sabine und rieb sich die Hand wieder trocken.

»Nur die Ziegen und die Gänse. Die anderen Tiere sind eingezäunt.«

»Innerhalb einer langen Ehe kann es schon mal einen Seitensprung oder einen One-Night-Stand geben«, konstatierte Gabi, als Louise, die einmal den Tisch umrundet hatte und sich von allen hatte streicheln lassen, wieder nach draußen geschlendert war. »Das ist ja nur Sex, das kriegt man deshalb vielleicht gerade noch weggesteckt. Aber sich zu verlieben ist eine ganz andere Nummer. Das ist natürlich schon echt scheiße. Wenn Gefühle ins Spiel kommen, wird es wirklich ernst, wie schon Herbert Grönemeyer in »Was soll das?« sang: *Zu einer betrogenen Nacht hätt ich vielleicht nichts gesagt, aber du hast ja gleich auf Liebe gemacht ...«* Die Zeilen hatte Gabi wirklich geträllert.

Lachen und Applaus in der Runde.

»Einer Zweitkarriere als Popstar steht nichts im Wege, denke ich«, grinste Susanne.

»Das Schlimme ist der Vertrauensbruch! Du kannst ihm doch nie wieder vertrauen, wenn er dich ein halbes Jahr lang angelogen hat. Und du willst ja auch nicht den Rest deines Lebens misstrauisch sein, oder?« Birgit schnaubte.

»Ich könnte nie wieder mit dem ins Bett gehen«, sagte Sabine.

»Nun sei mal nicht so puritanisch«, mahnte Constanze. »Eine Affäre kann für das eheliche Sexleben manchmal auch sehr belebend sein.« Sie schmunzelte. »Zumindest, wenn die andere Frau ihm ein paar neue Tricks beigebracht hat ...«

»Brrrrrr!« Sabine schüttelte angewidert den Kopf.

»Wie heißt eigentlich diese Handy-App, wo man immer sehen kann, wo der andere ist?«, fragte Merle.

»Die heißt ›Wo ist?‹«, erklärte Levke. »Aber leider gibt es die nur für iPhones, und der andere muss dafür zustimmen. Einfacher ist es, du schmeißt ihm einen Apple-Tracker ins Auto. Die kosten dreißig Euro. Kriegst du im Netz.«

»Aber das Problem ist, dass die nur über Handynetze funktionieren. Besser ist ein GPS-Tracker«, wusste Birgit.

»Aha, Miss Marple. Guter Tipp«, lachte Levke.

»Vergesst es!«, rief Gabi. »Der hat garantiert ein Zweithandy!«

»Hast du mal versucht, dich in seinen E-Mail-Account einzuloggen?«, fragte Rosi. »Die meisten verwenden die Namen ihrer Haustiere oder Kinder als Passwort.«

»Das hat er doch mit Sicherheit schon längst geändert«, sagte Susanne. »Oder er hat auch da einen Zweitaccount.«

»Ich war einfach immer viel zu naiv«, jammerte Merle. »Zu nett und arglos.«

»Nett ist die kleine Schwester von scheiße!«, lachte Susanne.

»Apropos Schwestern, kennt ihr die Serie *Bad Sisters*, die auf Apple TV läuft? Darin geht es um vier Schwestern, die den Betrug des Mannes der einen sühnen wollen. Sehr lustig ...«

»Ja, die kenne ich«, rief Levke. »Die ist genial!«

»Vielleicht sollten wir uns alle gemeinsam mal deinen Gatten vornehmen ...«, schlug Sabine vor.

»Melde dich doch einfach bei Tinder an, und zahle es ihm mit gleicher Münze heim«, schlug Gabi vor.

»Vergiss es«, winkte Birgit ab. »Für Frauen ab fünfzig ist es wahrscheinlicher, von einem Ufo gekidnappt zu werden, als einen Partner zu finden. Frauen, die die Ein-halbes-Jahr-hundert-Marke überschritten haben, gelten als unbumsbar, obwohl man ja eigentlich sagt, dass man auf alten Schiffen gut Segeln lernt. Auf Schwäbisch heißt es sogar: Alte Hüh-ner gebet die bescht Supp!«

Die Runde lachte.

»Ein paar Bubis mit Milf-Macke oder Seniorinnen-Fe-tisch hätten sicher Interesse«, gab Gabi zu bedenken.

»Milf?«, fragte Merle irritiert.

»Abkürzung für Mother I'd like to fuck«, erklärte Gabi.

»Es gibt schon ein paar jüngere Männer, die aus reiner Neugier mal mit einer älteren Frau ins Bett gehen wollen«, sagte Constanze. »Aber die sind natürlich nichts für eine ernsthafte Beziehung!«

»Männer in unserem Alter sind besetzt – oder beschis-sen«, stimmte Sabine zu. »Und sie suchen Frauen, die min-destens zwanzig Jahre jünger sind als sie – es sei denn, sie stehen auf Greisinnen.«

»Ich bin keine Greisin!«, rief Merle empört.

»Ja, aber deine fuckability ist so, als wärest du eine«, lachte Levke.

»Das wüsste ich aber«, schnaubte Merle.

»Das dachte ich auch«, gab Birgit zu, »deshalb wollte ich dem Schicksal eine Chance geben und habe mich bei einem Online-Dating-Portal angemeldet. Das war wie mit dem Lottoschein: Ohne ihn abzugeben, gibt es keine Aus-sicht auf Gewinn.«

»Und??«, fragte Evi neugierig.

»Ich habe kaum Kontaktanfragen bekommen und dachte, es läge daran, dass ich damals schon neunundfünfzig war und das auch nicht verheimlicht habe. Ich schreibe in meinem Profil auch ziemlich genau, was ich suche und was ich keinesfalls mehr brauche. Ich glaube, das hat viele abgeschreckt. Außerdem werde ich oft schon nach wenigen Stunden wieder verabschiedet, weil ich nicht sofort reagiert habe. Das Angebot ist echt ernüchternd.«

»Inwiefern?«, fragte Evi.

»Ach, irgendwie ist das ein perverses Psychopathen-Planschbecken. Viele komische Eso-Typen, die in Melancholie und Räucherstäbchen schwelgen.«

Die Runde lachte.

»Das ging mir genauso!«, rief Rosi. »Aber außer meinem Alter habe ich auch noch meine korrekte Größe angegeben. Großer Fehler – im wahrsten Sinne des Wortes!«

Lautes Lachen.

»Ich habe tatsächlich nicht eine einzige Zuschrift bekommen! Dann habe ich mich auf hundertfünfundsiebzig Zentimeter geschrumpft. Den Blick meines Matches hättet ihr mal sehen sollen, als ich aufstand, um ihn zu begrüßen.«

Die Frauen bogen sich.

»Kein Mann will eine Frau, die größer ist als er. Die suchen alle kleine, niedliche Mäuschen.«

»Ich bin ein kleines, niedliches Mäuschen und trotzdem Single!«, warf Birgit ein.

»Na, soooo niedlich bist du nun auch wieder nicht«, gab Constanze zu bedenken.

»Bitte?«, rief Birgit empört.

»Ich wollte damit sagen, dass du kein willenloses Püppchen bist, sondern eine erwachsene Frau mit einer Meinung und Ansprüchen«, erklärte Constanze. »Das hast du ja gerade erzählt.«

»Online-Dating ist ja heutzutage ganz normal«, sagte Gabi. »Ich habe gelesen, dass mittlerweile jeder Zweite seinen Partner virtuell kennengelernt hat. Nennt mich altmodisch, aber ich habe meine Beziehungen bislang alle analog bei Rossmann, in der Bank, im Supermarkt, beim Spaziergang, in der S-Bahn oder so kennengelernt.«

»Ich hatte auch die besten Matches im Real Life«, stimmte Sabine zu. »Bei Parship hab ich echt Kohle gelassen. Und schöne, intelligente und tolle Männer getroffen – leider nie in einer Person vereint. Was sie allerdings gemeinsam hatten, war die Partnerin an ihrer Seite.«

Die Runde lachte.

»Sie suchten alle einen Seitensprung mit Niveau ... Erschreckend!«

»Parship ist schrecklich«, bestätigte Levke. »Vier Monate intensives Gruseln, dann hatte ich die Nase voll!«

»Aber durchhalten lohnt sich«, sagte Gabi. »Ich habe nach drei Jahren Frösche küssen vor fünf Monaten endlich meinen Prinzen getroffen. Er ist vor zwei Wochen zu mir auf die Insel gezogen, und ich bin sehr glücklich«, strahlte sie. »Amor kann also auch noch jenseits der Wechseljahre treffen, Mädels!«

»Wie alt ist denn dein Freund?«, fragte Susanne.

»Thomas ist drei Jahre älter als ich.«

»Oh, dann ist er einer dieser ganz raren Spezies Mann, die tatsächlich eine Frau auf Augenhöhe sucht. Das freut mich sehr für dich«, sagte Sabine mit vom Wein leicht schwerer Zunge. »Liebe kann so schön sein ...«

»Ja, tatsächlich!«, grinste Gabi verträumt. »Ich fühle mich wie mit siebzehn.«

»Themawechsel, ihr Lieben«, ergriff Evi plötzlich das Wort und erhob sich. »Ich wollte euch schon den ganzen Abend fragen, was ihr davon haltet, wenn wir demnächst mal als komplette Mannschaft gegen eine andere spielen.«

»Du meinst, wir alle zehn gegen ein anderes Team?«, versicherte sich Birgit.

»Ja, das macht doch viel mehr Sinn, als wenn wir immer nur vier gegen fünf spielen.«

»Aber müssen wir nicht eigentlich elf sein?«, wandte Gabi ein.

»Eigentlich schon, aber es nützt ja nichts«, hob Evi die Hände. »Dann muss sich das andere Team eben auch auf zehn Spieler beschränken.«

»Gute Idee«, fand Levke. »Endlich mal ein richtiges Spiel!«

»Und an welches Team hast du gedacht?«, fragte Constanze.

»An die Jungs des Jugendcamps?«, schlug Evi vor.

»Perfekt!«, freute sich Susanne.

»Alt gegen Jung!«, lachte Rosi.

»Darauf einen Dujardin!«, rief Levke und stellte eine Flasche Cognac auf den Tisch. »Wer möchte einen Absacker?«

Alle Arme gingen hoch. Levke füllte zehn Cognac-schwenker.

»Dieser edle Tropfen lagerte zwanzig Jahre in alten Ei-chenfässern ...«, erklärte sie und erhob ihr Glas.

»Macht ja nix!«, kicherte Bente und stürzte den Schnaps in einem einzigen großen Schluck hinunter.

»So sollte man es eigentlich genau nicht machen«, lachte Levke und schwenkte den Weinbrand demonstrativ in ihrem Glas und wärmte ihn mit ihren Händen, bevor sie ge-nießerisch den Duft einsog und einen kleinen Schluck pro-bierte.

Bente macht große Augen.

Der Abend ging in bester Stimmung zu Ende. Als die Frauen sich aus dem mittlerweile gemütlich mit Kerzen er-leuchteten Gewächshaus herzlich voneinander verabschie-deten, war es schon fast zwei Uhr morgens.

Susanne war von dem herrlichen Abend aufgekratzt wie sel-ten. Endlich passierte wieder etwas in ihrem Leben. Endlich fühlte sie sich wieder so jung und lebendig, wie sie ja auf dem auch Papier war. Sie hatte noch nicht die geringste Lust, zum mürrischen Joachim nach Hause zu fahren, und beschloss deshalb spontan, ans Rote Kliff in Kampen zu brausen. Sie parkte ihr Cabrio auf dem Parkplatz vor der *Sturmhaube*, schnappte sich die Wolldecke, die im Koffer-raum lag, und tapste, immer dem Taschenlampenlicht ihres iPhones nach, den Holzsteg hinunter zum Strand. Am Was-sersaum schlüpfte sie aus ihren Birkenstöckern und ließ ihre Füße vom dunklen Wasser überspülen. Mit einem Lächeln

im Gesicht setzte sie sich anschließend in einen der Strand-
körbe, kuschelte sich in die Decke und beobachtete, wie
der Himmel in Zeitlupe immer rosafarbener wurde. Da die
Sonne auf der Wattseite aufging, stieg Susanne, tief in die
Decke gehüllt, das Holzpodest wieder hinauf und beobachtete das orangerote Schauspiel von einer Bank auf der Aus-
sichtsplattform aus. Wann hatte sie zuletzt einen Sonnen-
aufgang beobachtet? Wann hatte sie eine Nacht durchge-
macht? Vollkommen erfüllt von dem Naturschauspiel, aber
vom Morgentau nun doch etwas fröstelig, trat sie den Heimweg an. Hoffentlich schlief Joachim noch ...

17

Ziemlich verkatert, mit beängstigend instabilem Kreislauf und dröhnendem Schädel klopfte Evi am nächsten Morgen an die Bürotür des Leiters des Jugend-Fußballcamps und trug ihren Vorschlag vor.

»Jung gegen Alt?«, lachte der. »Ich kann die Jungs ja mal fragen, ob sie Lust darauf haben.«

»Es brauchen auch nur zehn zu sein«, sagte Evi.

»Wieso das?« Der Leiter blickte Evi erstaunt an.

»Weil wir aktuell nur zu zehnt sind«, gab Evi etwas beschämt zu.

»Ach so, kein Problem«, meinte der blonde Mittdreißiger. »Es kann ja einer von unseren Jungs bei euch mitspielen.«

»Nein, wir wollen es allein versuchen. Darum geht's ja gerade«, lächelte Evi.

»Ooookaaayy ...?« Er sah irritiert aus. »Wie ihr wollt.«

Evi ließ ihm ihre Handynummer da, und entgegen ihrer Befürchtung erhielt sie ein paar Stunden später tatsächlich einen Terminvorschlag, den sie sofort in der WhatsApp-

Gruppe rumschickte, die sie gestern Abend noch in »Die Sylt-Kröten« umbenannt hatte.

Die Frauen sendeten begeisterte und aufgeregte Nachrichten zurück. Endlich würden sie gemeinsam als eine Mannschaft antreten und ein »richtiges Spiel« machen. Der Termin war in acht Tagen, und Evi berief deshalb für den kommenden Mittwoch eine Vorbesprechung ein.

»Das Hauptproblem für uns wird sein, die kompletten neunzig Minuten durchzuhalten«, begann Evi.

»Können wir die Jungs nicht bitten, die Spielzeit auf zweimal dreißig Minuten zu reduzieren?«, fragte Birgit.

»Nein, lasst uns doch einfach mal die volle Distanz versuchen«, entgegnete Levke. »Es geht ja um nichts, und wer nicht mehr kann, ruht sich eben zwischendurch etwas aus!«

»Wie denn?«, lachte Sabine. »Sollen wir uns Klappbetten aufs Spielfeld stellen?«

»Eher Sauerstoffzelte!«, ergänzte Merle.

»Blödsinn. Ihr könnt dann doch einfach etwas weniger laufen und versuchen, wieder zu Luft zu kommen!«

»Das müsste gehen«, überlegte Bente.

»Dann lasst uns mal eine Mannschaftsaufstellung machen«, regte Evi an. »Wer spielt an welcher Position?«

Es wurde festgelegt, dass Rosi im Tor stehen würde. Susanne sollte die Mittelstürmerin sein, Merle und Sabine rechte und linke Verteidigerinnen, und alle anderen sollten sich dort einsetzen, wo sie sich gebraucht fühlten. Die Positionen würden sie bei der nächsten Trainingseinheit auf dem Feld üben, und zusätzlich sollten alle Frauen noch mal hart an ihrer Konditionsverbesserung arbeiten. Spontan wurde per WhatsApp eine Nordic-Walking- und eine Krafttrainingsgruppe initiiert.

Der große Tag war ein Sonntag mit angenehmen Temperaturen, mäßigem Wind und blauem Himmel. Die Jungs-Mannschaft wärmte sich bereits auf dem Platz auf, als die Frauen, nach einer kurzen Motivationsrede von Evi in der Umkleide, aufs Feld liefen.

Zehn Jungs zwischen zehn und vierzehn Jahren gegen zehn Frauen zwischen siebenundvierzig und einundsechzig. Natürlich hatte sich dieses seltsame Spiel bei den Eltern rumgesprochen, die neugierig den Spielfeldrand säumten. Auch Freunde, Familien und Kollegen der Sylt-Kröten waren gekommen, um sich das Match anzuschauen. Sabine hatte sogar einen befreundeten Moderator des lokalen Radiosenders R.SH Sylt informiert, der sich das Ereignis nicht entgehen lassen wollte und ihr fröhlich zuwinkte, als sie aufs Feld trabte.

Susanne trug die Kapitänsbinde und gewann den Münzwurf gegen Björn, den dreizehnjährigen Spielführer des Jungs-Teams. Um Punkt siebzehn Uhr dreißig pfiff der Schiedsrichter, der der Trainer der Jugendmannschaft war, das Spiel an. Susanne schoss den Ball zu Bente, die die Annahme verfehlte, dabei ausrutschte und hinfiel. Gelächter aus der Zuschauermenge. Ein blonder Junge schnappte sich den Ball, stürmte damit übers Feld, ohne von irgendeiner Frau gestoppt zu werden – und versenkte ihn im Tor.

Beifall und Jubel ertönten.

»Das macht nichts«, rief Susanne den Frauen zu. »Wir müssen erst mal ins Spiel kommen.«

Anstoß Sylt-Kröten. Merle warf den Ball zu Sabine, die ihn mit dem Kopf annahm, entsetzt »Autsch!« schrie, sich schmerzverzerrt über die Haare rieb und dabei den Ball vollkommen aus den Augen verlor. Ein rothaariger Lockenkopf nutzte den Ballverlust aus und schoss das zweite Tor.

Dilettantisch, ungeschickt und klischeehaft verloren die Sylt-Kröten immer wieder den Ball, schossen ihn ins Aus, verpassten Abgaben, stolperten über die Beine der Jungs, drehten sich ängstlich zur Seite, anstatt um Bälle zu kämpfen, fielen hin und schlurften bereits nach zwanzig Minuten mit hochroten Gesichtern und nach Atem ringend über den Platz. Dennoch hatten sie viel Spaß und lachten. Zum Beispiel über Bente, die immer wieder das eigene Tor anpeilte.

Das Spiel war ein einziges Desaster: Nach neunzig Minuten hatten die Sylt-Kröten haushoch verloren. 27:1 stand an der Tafel. Das einzige Tor der Frauenmannschaft war ein versehentliches Eigentor der Jungs gewesen, als dem Torwart beim Abstoß der Ball vom Fuß rutschte.

Restlos fertig taumelte die Damenmannschaft nach dem Abpfiff in die Umkleidekabine. Schweißüberströmt und keuchend nach Luft schnappend ließen sich die Frauen erschöpft auf die Umkleidebänke fallen.

»Das war spitze, ihr Lieben!«, rief Evi begeistert, die energischen Schrittes als Letzte in den Raum marschierte.

»Hä?«, brachte Merle hechelnd hervor. »Spinnst du? Wir

haben so haushoch verloren wie vermutlich noch nie eine Mannschaft in der Geschichte des Fußballs zuvor.«

Die anderen Frauen stimmten ihr betreten zu.

»Das ist doch vollkommen unwichtig«, strahlte Evi. »Wichtig ist doch nur, dass wir durchgehalten haben! Wir haben erstmals komplette neunzig Minuten gespielt, ohne dass eine von uns vom Platz getragen werden musste!« Sie sah sich euphorisch um. »Hut ab, Mädels! Ich bin stolz auf euch!«

Die restlos erschöpften Frauen schauten sie fassungslos an. »Die Kondition haben wir – jetzt müssen wir nur noch an unserer Technik arbeiten!«, rief Evi.

»Du klingst wie ein Politiker, der gerade Millionen Wählerstimmen verloren hat und das vor der Presse schönredet«, fand Sabine.

»Interessanter Realitätsabstand!«, stimmte Constanze zu.

»Ist doch egal, Ladys! Hauptsache, wir hatten Spaß!« Evis Euphorie war nicht zu bremsen.

»Hast du Drogen genommen?«, fragte Susanne.

»Wenn, dann möchte ich die auch!«, rief Gabi.

»Aber sie hat doch recht«, schaltete sich Levke ein. »Wir hatten doch echt totalen Spaß, oder?«

»Jawoll!«, rief Merle und zog sich ihr Trikot aus. »Und jetzt ab unter die Dusche!«

»Und danach feiern wir unsere legendäre Niederlage«, rief Gabi und zog eine Flasche Prosecco aus ihrer Sporttasche.

18

Rosi fühlte sich restlos gedemütigt, als sie mit schmerzender Schulter und Krämpfen in den Oberschenkeln Tick, Trick und Track begrüßte und ihnen ihr Futter gab. Sie hatte keinen einzigen Torschuss gehalten. So ging das nicht weiter. Trotz Evis motivierender Rede kam sie sich wie eine totale Versagerin vor. Sie musste dringend härter trainieren und hatte auch schon eine Idee: Sie würde einfach bei ihrer Freundin Karen auf dem Tennisplatz die Ballmaschine anstellen und versuchen, die kleinen gelben Filzbälle zu fangen. Das müsste doch ein prima Training sein. Außerdem wollte sie eine der Sylt-Kröten bitten, auf dem Fußballplatz gesondert mit ihr zu trainieren. Ihre Teamkollegin sollte aufs Tor schießen, und sie würde versuchen, den Ball zu halten. Das wäre für beide ein wunderbares Training!

Da ihr trotz der Dusche immer noch alle Glieder wehtaten, ließ sie sich ein heißes Bad ein. Langsam entspannte sie sich in den weißen Schaumwolken und blätterte in dem leicht vergilbten Buch *Mit Spaß zum Erfolg. Torwarttraining mit Sepp Maier*, das sie sich gebraucht in einem Antiquariat bestellt hatte und das heute mit der Post gekommen war. Sepp

Maier war in den Siebzigerjahren zur Legende geworden. Er war fünfundneunzigfacher Nationaltorwart, ab 1984 Torwarttrainer beim FC Bayern München und ab 1987 Bundestorwarttrainer.

Der Torwart steht zwischen den Pfosten und Extremen wie kein anderer, las Rosi. *Manchmal ist er der umjubelte Held, manchmal aber auch die tragische Figur – besonders nach Niederlagen.*

Eine dicke Selbstmitleidsträne kullerte ihr die Wange herunter. Vielleicht war es aber auch ein Schweißtropfen von der Stirn, denn das Badewasser war kochend heiß.

Der Torwart trägt die Nummer eins. Er ist ein Spezialist und gleichzeitig einer der wichtigsten Spieler seiner Mannschaft. Er ist das Rückgrat seines Teams – er verhindert nicht nur Tore, sondern von ihm gehen auch die Gegenangriffe aus. Der Torhüter kann Fehler der Mitspieler ausbügeln – ein Torwartfehler hingegen hat häufig fatale Folgen.

Rosi wurde übel. Wollte sie eine derart große Verantwortung überhaupt tragen? Konnte sie das? Dass sie die wichtigste Person auf dem Spielfeld war, war ihr nicht klar gewesen …

Beklommen blätterte sie weiter in Maiers Trainingsratgeber, der für ein »*gezieltes, abwechslungsreiches und lockeres Torwarttraining*« warb, das möglichst vielen Torhütern dazu verhelfen sollte, *mit Spaß zum Erfolg zu kommen,* und dafür etliche gezeichnete Anweisungen enthielt. Puh, da hatte sie ja einiges zu tun! Leicht gestresst legte Rosi das Buch zur Seite, kletterte aus der Wanne und trocknete ihren von der Hitze knallrot gefärbten Körper ab.

Der laue, windstille Sommerabend, der die Sylter Touristen und Einwohner auf die eigenen oder auf die Restauranttterrassen trieb, hielt auch Rosi nicht in ihren vier Wänden. Sie beschloss, Evi einen spontanen Besuch abzustatten. Vielleicht hatte sie ja Lust, ein Glas Wein mit ihr zu trinken.

Mit vom Schaumbad schon etwas entspannteren Gliedern und noch feuchten Haaren schlenderte sie wenig später über den Platz. Der Himmel war lavendelfarben, Grillen zirpten, der Duft von Heckenrosen und Dünengras lag in der Luft, und der rote Streifen der untergehenden Sonne färbte die Wolkenflocken am Himmel rosa. Die Campingplatzgäste saßen vor ihren Caravans, lachten, tranken und speisten bei Kerzenschein. Auch Evi hatte es sich vor ihrem Wohnwagen mit einer Flammen-Imitat-Lampe gemütlich gemacht.

»Hey, Rosi, du glaubst nicht, wer mich gerade angerufen hat«, begrüßte Evi Rosi freudig und schwenkte wie zum Beweis ihr Handy hin und her. Während der Schein der künstlichen LED-Flammen orangerot auf ihr Gesicht flackerte, berichtete sie aufgeregt, dass der R.SH-Moderator soeben angefragt hatte, ob er einen kleinen Radiobericht über die Frauenmannschaft machen dürfe und ob nicht ein paar von ihnen Lust hätten, in die Sendung zu kommen, um über ihre Initiative zu berichten.

»Nee, oder?«, war das Einzige, das Rosi dazu einfiel, während sie sich setzte.

»Ist das nicht super?«, freute sich Evi. »Dann können wir dort gleich einen Aufruf über den Äther schicken, dass uns noch ein paar Frauen fehlen!«

»Und dass wir einen Sponsor brauchen könnten«, ergänzte Rosi pragmatisch.

Darauf stießen sie an.

Das Pflaster auf Susannes linkem Knie trieb Joachim die Zornesröte ins Gesicht. Zudem kleidete sie sich in letzter Zeit auch noch so leger! Statt in Kostüm oder Kleid hatte er sie vergangene Woche zweimal in Jeans und T-Shirt vom Einkauf zurückkommen sehen. Und gestern hatte sie tatsächlich überhaupt kein Make-up aufgelegt. Und war sie nicht neulich erst morgens nach Hause gekommen, wenn er das richtig gehört hatte? So ging das nicht weiter!

Als sie sich abends zum Essen in der *Sansibar* trafen, stellte er sie zur Rede: »Ich finde, du lässt dich in letzter Zeit etwas zu sehr gehen, meine Liebe«, tadelte er mit strengem Blick.

Susanne schaute überrascht von ihrem Tuna-Sashimi hoch. »Ach ja?«

»Du weißt, dass ich großen Wert auf ein adäquates Äußeres lege ...« Er tupfte sich mit einer Serviette den Mund ab und schaute sie ernst an.

»Ja, Joachim, das weiß ich, du sagst es mir ja oft genug.« Auch Susanne tupfte sich die Lippen ab. »Es ist aber leider so, dass ich es gerade ganz befreiend finde, nicht immer in engen Röcken und auf High Heels herumzustöckeln.« Sie schaute ihn kampfeslustig an. »Das machst du ja schließlich auch nicht!«

»Das ist ja wohl die Höhe!«, empörte sich Joachim. Die

Zornesröte schoss ihm ins Gesicht. »Ich bin ein Mann, warum sollte ich auf hohen Hacken laufen?«

»Weil auch deine Beine dann schöner aussehen würden – genau wie du es immer von meinen behauptest«, schmunzelte Susanne belustigt. Hach, machte das einen Spaß, ihn zu provozieren! »Es würde deine schlanken Waden perfekt zur Geltung bringen«, zwinkerte sie ihm zu.

»Das ist lächerlich«, beschloss er und atmete tief durch, um sich zu beruhigen. »Ich mache mir ernsthaft Sorgen um deinen Verstand, meine Liebe.« Akribisch faltete er die Serviette zusammen und legte sie neben seinen Teller.

»Dein neuer Kleidungsstil ist gegen unsere Abmachung!«, zischte er dann bemüht beherrscht. »Du weißt, dass ich eine repräsentative Position in der Sylter Gesellschaft innehabe! Ich muss dich nicht an unseren Ehevertrag erinnern, oder?«

»Nein, das brauchst du nicht, werter Gatte.« Susanne nahm einen Schluck Riesling. »Es wäre nur schön, wenn du begreifen würdest, dass du einen Menschen geheiratet hast – und keine Schaufensterpuppe.«

»Das ist albern«, schnaubte er.

»Allerdings«, sagte Susanne, legte ebenfalls ihre Serviette neben ihren Teller, erhob sich und streifte sich demonstrativ die quälend hochhackigen Sandaletten vom Fuß. »Schönen Abend noch!« Energischen Schrittes verließ sie das Lokal – barfuß.

Joachim blieb fassungslos zurück.

Im Taxi reflektierte Susanne den Abend. Ihr Verhalten würde Konsequenzen haben, das war ihr klar. Aber seit sie

Fußball spielte, hatte sie das Gefühl, nach langer Zeit endlich wieder einen winzigen Zipfel ihrer eigenen Persönlichkeit zu fassen zu kriegen. Und den würde sie auf keinen Fall wieder loslassen.

Dass sich ihre Kondition deutlich verbesserte, merkte Bente vor allem im Bett. Während Henner nach ihren Horizontalrunden atemlos nach Luft schnappte und anschließend erschöpft in einen komatösen Tiefschlaf fiel, hätte sie neuerdings noch ein paar Runden nachlegen können. Und wollen!

Sport verbessert die sexuelle Leistungsfähigkeit und regt die Libido an, hatte sie irgendwo gelesen. Das konnte sie nur bestätigen. Zudem hatte sie deutlich weniger Appetit auf Süßes. Neulich hatte sie zu Henners Entsetzen zum Abendessen sogar einen Salat gemacht statt der üblichen Bratkartoffeln mit Schnitzeln.

Auf ihre neue Lust an der Lust wollte sie auf keinen Fall mehr verzichten. Während Henner neben ihr schnarchte, beschloss sie, sich erstmals in ihrem Leben einen Vibrator zu bestellen. Sie wollte den armen Henner ja nicht restlos überfordern.

Nie hätte Levke gedacht, dass diese Frauenmannschaft tatsächlich Biss entwickeln würde. Sie hatte eher einen Hausfrauenklub erwartet, dessen Motivation sich nach zwei, drei Versuchen in Luft auflösen würde. Aber das Gegenteil war der Fall. Die Frauen hatten »Eier«, wie man so schön sagte, und dachten keinesfalls ans Aufgeben. Das gefiel ihr genauso gut wie die Selbstverständlichkeit, mit der sie Levkes sexuelle Orientierung akzeptiert hatten. Seit langer Zeit fühlte sie sich wieder zugehörig. Und merkwürdigerweise auch aufgehoben, obwohl sie die Frauen ja noch gar nicht richtig kannte ... Glücklich schmunzelnd fütterte Levke die Ziegen und weckte anschließend ihre Mutter, um einen Morgenspaziergang mit ihr zu machen. Es war wichtig, dass sich die alte Dame bewegte, damit ihr Gehirn Sauerstoff bekam.

19

Evi und Rosi hatten immer noch Muskelkater, als sie bei leichtem Regen und starkem Wind gemeinsam nach Westerland radelten. Der Radiomoderator erwartete sie um elf Uhr im R.SH-Studio. Ehrfürchtig und sehr aufgeregt betraten sie das Gebäude, das am Ende der Fußgängerzone Friedrichstraße fast direkt am Strandübergang lag. Der Moderator, der sie am Empfang abholte, begrüßte sie herzlich und führte sie in ein schalldichtes Aufnahmestudio, dessen Wände und Decken mit Schaumgummi gepolstert waren. Evi fand die Akustik darin sehr unangenehm. So gedämpft, als hätte man Watte in den Ohren.

Der Moderator überreichte ihnen Kopfhörer und bat sie, vor einem ebenfalls in Schaumgummi gehüllten Mikrofon Platz zu nehmen. Und dann ging es auch schon los: Launig moderierte er Evi und Rosi als Mitglieder der ersten Sylter Ü45-Frauenfußballmannschaft an und fragte, wie sie auf die Idee gekommen waren. Evi blieb vor Aufregung die Stimme weg, Rosi war hochrot im Gesicht.

»Wir wollten etwas für unsere Fitness tun, aber kein Alte-Damen-Pilates machen«, krächzte Evi.

»Oder Eurythmie!«, ergänzte Rosi.

»Mich hat außerdem die Frauenfußball-WM motiviert«, sagte Evi mit nun schon etwas festerer Stimme.

Der Moderator erkundigte sich, ob denn mit über fünfzig die Kondition noch reichen und ihnen die Verletzungsgefahr nichts ausmachen würde. Er fragte, wie die Ehemänner reagierten und ob sie vorher schon Fußball gespielt hätten. Rosi und Evi antworteten immer abwechselnd.

»Nun habt ihr in eurem ersten richtigen Spiel ja eine krachende Niederlage erlitten«, konstatierte der Moderator schließlich. »Nagt so etwas am Selbstbewusstsein oder der Motivation? Schmeißt ihr jetzt hin?«

»Ach, Quatsch«, lachte Evi. »Das war doch nur zum Spaß.«

»Außerdem haben wir ja auch noch gar nicht richtig trainiert und haben noch keine vollständige Mannschaft«, erklärte Rosi sehr ernsthaft und hoffte, der Moderator würde nicht auf die siebenundzwanzig von ihr kassierten Tore zu sprechen kommen.

»Ihr seid noch nicht vollständig?«, fragte der Moderator überrascht.

»Nein, wir sind ja bislang nur zu zehnt, und eine Mannschaft besteht ja in der Regel aus elf Spielerinnen«, erklärte Evi. »Uns fehlen also noch ein paar Frauen!«

»Dann lasst uns doch gleich hier einen Aufruf starten!«, schlug der Moderator vor.

»Gern«, stimmten Evi und Rosi zeitgleich zu.

»Also, liebe Zuhörerinnen«, begann der Moderator, »wer sich vorstellen kann, die Sylt-Kröten-Damenmannschaft zu ergänzen, der wende sich doch bitte an unsere Redaktion. Wir vermitteln dann den Kontakt.«

»Mindestalter fünfundvierzig Jahre!«, rief Evi ergänzend ins Mikro.

»Das ist klar«, lachte der Moderator. »Gibt es sonst noch irgendwelche Voraussetzungen?«

»Eigentlich nicht«, sagte Rosi. »Aber eine gewisse Sportlichkeit und ein bisschen Ehrgeiz wären kein Hinderungsgrund.«

»Außerdem fehlt uns auch noch ein Trainer«, nutzte Evi die Gunst der Stunde. »Sollte sich also ein Trainer oder eine Trainerin berufen fühlen, uns auf Kurs zu bringen, wären wir ziemlich begeistert.«

»Allerdings ginge das bislang nur ehrenamtlich«, ergänzte Rosi.

»Deshalb wäre ein Sponsor auch nicht schlecht«, nahm Evi die Steilvorlage auf. »Wenn wir einen Sponsor hätten, könnten wir eventuell auch ein kleines Gehalt zahlen ...«

»In Ordnung. Was braucht ihr noch?«, fragte der Moderator lachend.

Evi dachte kurz darüber nach, einen Harti-Vermissten-Aufruf über den Äther zu schicken, verwarf die Idee aber wieder, denn ihr fiel auf, dass sie ihn eigentlich gar nicht mehr vermisste. Im Gegenteil. Sie hatte in letzter Zeit immer seltener an Harti gedacht. Jedes Mal, wenn ihr das aufgefallen war, hatte sie sich darüber erschrocken. Die Erinnerung an ihn und ihre Ehe verblasste zunehmend wie ein von der Sonne mehr und mehr ausbleichendes Foto. Aktuell war sie so beschäftigt wie seit Jahren nicht mehr und hatte mehr Freude, Unterhaltung und Freundinnen als jemals zuvor. Und sie hatte eine Aufgabe! Sie hatte einen Verein gegründet, und die anderen Frauen zählten auf sie.

Im Grunde würde es ihr momentan gar nicht so gut passen, wenn er zurückkäme, gestand sie sich ein. Denn dann müsste sie das Fußballspielen vermutlich wieder aufgeben und auch den Wohnwagen – und mit ihm zurück ins Haus ziehen. Um ihre angestaubte Ehe fortzusetzen. Eine Vorstellung, die sie gerade überhaupt nicht reizte ... Wie es im Winter aussehen würde, wenn der Campingplatz schloss, es im Wohnwagen kalt werden und wahrscheinlich auch das Fußballtraining sprichwörtlich auf Eis liegen würde, wusste sie noch nicht. Und sie wollte darüber jetzt auch nicht nachdenken. Ihr Bedürfnis nach Sicherheit hatte sie lange genug in Ehe und Eigenheim eingesperrt.

»Gut, meine Damen!«, beendete der Moderator das Interview. »Ich denke, wir warten einfach mal, was sich in den nächsten Tagen an Rückmeldungen tut. Ich danke euch für euren Besuch und wünsche euch weiterhin viel Spaß bei diesem ungewöhnlichen Sport!« Beim Klang der ersten Töne von *Three lions on a shirt*, der englischen Fußballhymne, setzte er nach: »Ich finde das toll!«, und sofort ertönte die berühmte Songzeile: *It's coming home* – was gerade sehr passend war.

Der Aufruf, der in Tausende Sylter Küchen, Wohnzimmer, Autoradios, Supermärkte, Restaurants und Büros schallte, war erfolgreich: Es meldeten sich tatsächlich drei weitere

Frauen in der Redaktion des Radiosenders, die Lust hatten, bei den Sylt-Kröten einzusteigen. Außerdem meldete sich Ben Boller, der etliche Herrenmannschaften im TSV Sylt in Tinnum trainierte und Interesse an dem ehrenamtlichen Trainerposten hatte, und die Nord-Ostsee-Sparkasse zeigte sich bereit, das Sponsoring zu übernehmen.

Zu diesem Thema meldete sich Herr Mommsen von der Sparkasse eines Morgens überraschend bei Evi, die sich zum Zeitpunkt seines Anrufs gerade in den Campingplatz-Sanitärräumen die Zähne putzte.

»Guten Morgen, Frau Hansen«, schmetterte Herr Mommsen in den Hörer. »Wir haben Ihren Aufruf bei R.SH gehört! Das ist ja ganz erstaunlich, was Sie da machen, liebe Frau Hansen.«

»Mmohmm, Herr Mommffffnn«, grüßte Evi mit Zahnpastaschaum im Mund zurück. »Mmmmt!«

»Hallo?«, fragte Herr Mommsen irritiert.

»So, jetzt bin ich bei Ihnen«, rief Evi fröhlich, nachdem sie ausgespuckt und gespült hatte. »Guten Morgen!«

»Schön! Wie gesagt: Wir haben Ihr Radiointerview gehört und möchten in Ihren Fußballklub gern als Sponsor einsteigen! Schicken Sie mir dazu doch mal Ihren Mann vorbei, dann können wir alles in Ruhe besprechen.«

»Mein Mann hat damit nichts zu tun«, sagte Evi und fühlte, wie Ärger in ihr aufstieg. Die Fußballgruppe war allein ihr Verdienst, und kaum wurde sie öffentlich ernst genommen, wollten die Männer übernehmen und alles unter sich regeln.

»Ach so ...« Herr Mommsen klang ratlos.

»Wie würde Ihr Sponsoring denn aussehen?«, erkundigte sich Evi, die den Sanitärraum inzwischen verlassen hatte, zurück zum Wohnwagen ging und dabei einer Platznachbarin zuwinkte.

»Wir dachten an Trikots mit dem Sparkassen-Schriftzug auf der Front ...«

»Also T-Shirts?«

»Hosen auch. Oder brauchen Sie eher Röcke?« Herr Mommsen kicherte. Er fand das offenbar witzig.

Evi nicht. »Sie können uns gern Röcke schenken«, konterte sie mit eisiger Stimme. »Aber Fußball spielen werden wir darin sicher nicht.«

»Verzeihung«, räusperte sich Herr Mommsen. »Kleiner Scherz!«

»Extrem lustig!« Die Ironie in Evis Stimme war nicht zu überhören.

»Sportschuhe würden wir Ihnen natürlich auch stellen – in Kooperation mit dem Sporthaus Schröder!«

»Ballerinas?«, grinste Evi.

»Äh?« Herr Mommsen verstand nicht.

»Kleiner Scherz!«

»Verstehe. Schicken Sie mir doch am besten eine Liste mit den Konfektions- und Schuhgrößen der fußballspielenden Damen, dann leite ich alles in die Wege«, versuchte Herr Mommsen, der Evis Schlagfertigkeit nicht gewachsen war, das Gespräch wieder zu versachlichen.

»Schon unterwegs!«, sicherte Evi fröhlich zu.

»Eine ganz andere Frage noch, wo wir gerade sprechen, liebe Frau Hansen«, schlug Mommsen nun plötzlich einen säuselnden Tonfall an, und Evi ahnte schon, was jetzt kommen würde: »Haben Sie noch mal über unser Angebot betreffs Ihrer Immobilie nachgedacht?«

»Hängt das unmittelbar mit Ihrem Sponsoring zusammen?«, fragte sie scharf.

Mommsen lachte gekünstelt. »Aber natürlich nicht, liebe Frau Hansen. Wo denken Sie hin? Aber wir bieten jetzt auch ein ganz neues, sehr interessantes Teilverkaufsmodell an. Dadurch bekommen Sie sofort einen sechsstelligen Betrag ausgezahlt, bleiben aber trotzdem Eigentümer Ihres Hauses!«

Davon hatte Evi schon gehört, weil in den Medien eindringlich davor gewarnt wurde. Man verkaufte einen Teil seines Hauses an die Bank, die dann Miteigentümer wurde, und bekam dafür Geld ausgezahlt. Im Gegenzug musste man aber ein Nutzungsentgelt an die Bank zahlen und alle eventuellen Reparaturen selbst übernehmen. Eine totale Milchmädchenrechnung. Doch Evi wurde durch diese Offerte vonseiten Herrn Mommsens klar, dass sie mit ihrer Immobilie einen Hebel hatte, die Bank betreffs des Sponsorings unter Druck zu setzen.

»Ich denke drüber nach«, ließ sie Mommsen deshalb bewusst zappeln. »Schicken Sie doch erst mal die Trikots und die Schuhe!«

»Natürlich«, sagte Herr Mommsen beflissen.

»Ach, ganz wichtig«, fiel es Evi noch ein, »es muss unbedingt unser Sylt-Kröten-Maskottchen auf die Trikots – und die Trikots müssen rosa sein.«

»Verstehe«, sagte Herr Mommsen mit hörbar zusammengebissenen Zähnen. »Die Schuhe auch?«

»Das wäre natürlich prima«, rief Evi begeistert.

»Ich werde mal schauen, was sich machen lässt ...« Herr Mommsen klang zerknirscht.

»Wunderbar«, verabschiedete sich Evi flötend.

Beim nächsten Training waren die Frauen, die natürlich alle das Radiointerview gehört hatten, absolut beflügelt. Nun bekam die ganze Sache Hand und Fuß, und sie hatten alle das Gefühl, etwas Besonderes auf die Beine zu stellen, für das es sich einzusetzen lohnte. Die Trikots und Schuhe, die die Sparkasse in Rekordzeit organisiert und geliefert hatte, passten perfekt und gaben dem Team einen professionellen Anstrich. Und sie waren rosa – genau wie ihr Fußball. Sie würden diese »Uniform« natürlich nur zu richtigen Spielen tragen – trainieren würden sie weiterhin in den Shirts, die Sabine hatte drucken lassen.

»Warum macht die Sparkasse das eigentlich?«, fragte Merle, während sie im Klubraum auf die drei neuen Frauen warteten, die sich heute vorstellen wollten. »Das kostet doch ziemlich viel Geld, und die sind doch eigentlich so knauserig?«

»Die versprechen sich natürlich Gratiswerbung und eine Imagepolitur«, erklärte Sabine.

»Werbung?«, fragte Merle.

»Ja, die rechnen garantiert damit, dass zum Beispiel die *Sylter Rundschau* einen Bericht über uns machen wird und wir dann schon die Trikots tragen.«

»Und? Machen die einen Bericht?« Bente klang interessiert.

»Bislang hat sich noch niemand bei mir gemeldet«, sagte Evi.

»Dann melde du dich doch bei ihnen«, schlug Bente vor.

»Aber warum?«, fragte Evi. »Was wir wollten, haben wir doch bereits: Neue Mitglieder, Trikots – und einen Trainer.«

»Stimmt«, nickte Merle.

In diesem Moment betraten die drei neuen Sylt-Kröten den Raum und stellten sich vor: Beate Sievers war dreiundfünfzig, Single, arbeitete im Tinnumer Baumarkt an der Kasse und zog auf dem Grundstück ihres geerbten Elternhauses eine kleine Ziegenherde auf. Sie hatte eine kräftige Statur und ein offenes Gesicht mit roten Wangen und einem fröhlichen Lächeln. Sie kam in knitterigen Shorts, einem ausgewaschenen Hoodie und einer geflickten, ehemals blauen Steppweste zum ersten Training, die überall grüne Grasflecken hatte. Sie war offenbar total uneitel, und man sah sowohl ihrem Outfit als auch ihren schwieligen, unmanikürten Händen an, dass sie handwerklich und landwirtschaftlich zupacken konnte. Früher hätte man eine Frau wie Beate »patent« genannt, dachte Evi.

Die zweite Frau hieß Britta Boyens, war siebenundfünfzig und arbeitete in der Verwaltung der Gemeinde. Sie war schlank, blond und groß und trug stolz ein lilafarbenes T-Shirt auf dem *Zuckerbrot ist alle* stand, weil sie nach einer stressigen und teuren Scheidung auf dem Emanzipationstrip war, wie sie erklärte.

Die Dritte stellte sich als Elke Wolters vor und war dreiundsechzig. Sie war eine gelangweilte, übergewichtige Hausfrau, deren Mann als Automechaniker bei der Tinnumer Mercedes-Niederlassung arbeitete und die die Idee, Fußball zu spielen, »witzig« fand. Sie erschien in silbernen Leggings und grauem Leo-Print-Sweatshirt, auf dem in rosa Neonlettern L(I)EBE! gedruckt war.

Evi hieß die drei Frauen im Namen der Sylt-Kröten herzlich willkommen und war gerade dabei, ihnen die Trainingszeiten zu erklären, als der neue Trainer in den Klubraum tänzelte. »Moin, Mädels!«, strahlte er launig. Er war jung, braun gebrannt, hatte einen von der Sonne gebleichten blonden Wuschelkopf und sah alles in allem aus wie ein kalifornischer Sonnyboy. Er trug ein weißes T-Shirt und kurze Jeansshorts, und nicht nur Susannes Blick blieb an seinen muskulösen, äußerst wohlgeformten Oberschenkeln hängen, auf denen ausgebleichte Härchen mit tiefbrauner Haut kontrastierten.

»Sorry, dass ich zu spät bin«, grinste er fröhlich, »aber beim Wipe Out ist meine Leash gerissen. Dauerte etwas, bis ich das Board zurückhatte.«

Die Damen verstanden nur Bahnhof.

»Ihre was ist wobei gerissen?«, fragte Britta und hoffte wohl, dass es nichts Sexuelles war.

»Och nö, nicht so steif hier bitte«, lachte Ben. »Lasst uns uns duzen, okay?«

»Klar«, murmelten die Frauen.

»Meine Leash ist gerissen«, erklärte er. »Das ist diese kurze Leine, mit der man das Surfbrett am Fußknöchel befestigt, damit es nicht abdriftet, wenn man runterfällt.«

»Ach so«, nickte Sabine.

»Okay, dann stelle ich mich am besten mal vor«, sagte er und baute sich mit breiter Brust vor den Frauen auf, die ihn so fasziniert und hypnotisiert anstarrten, als wäre er einer der Striptease-Tänzer der *California Dream Men.* »Mein Name ist Ben Boller, ich bin vierunddreißig, habe in Köln Sport studiert und trainiere seit drei Jahren ein paar Herrenmannschaften im Team Sylt. Ich finde eure Initiative total klasse, und als ich euer Interview im Radio gehört habe, hatte ich spontan Lust, euch auf Trab zu bringen.«

Er strahlte Beifall heischend in die Runde, die ihn aber, anstatt zu applaudieren, weiterhin nur fasziniert anstarrte.

»Also, Mädels, dann lasst uns gleich loslegen, damit ich mir ein Bild von eurem Status quo machen kann! Hopp, hopp, Abmarsch aufs Spielfeld!« Er klatschte in die Hände, und die Damenriege erhob sich, um ihm artig auf den Platz zu folgen.

Ben ließ die Sylt-Kröten nach einer kurzen Aufwärmrunde fast eine Stunde lang Elfmeter schießen, Ecken werfen, Pässe zielen und Anstöße machen, bis er abpfiff und vor den rotgesichtigen, nach Luft hechelnden Damen sein Resümee verkündete: »Okay!! Wir haben einiges zu tun, aber Potenzial ist eindeutig vorhanden. Ich habe schon ein paar erste Ideen. Wenn ihr mich als Trainer haben wollt, wovon ich ja nicht einfach ausgehen kann«, er lächelte unwiderstehlich charmant mit blendend weißen Zähnen in die Runde, »werde ich mir ein detailliertes Trainingsprogramm überlegen.«

»Also gut«, übernahm Evi das Wort – und packte die Gelegenheit beim Schopfe. »Dann lasst uns doch einfach abstimmen: Wer ist für Ben als Trainer?« Alle Arme gingen hoch. Selten war eine Abstimmung eindeutiger gewesen. Die Sylt-Kröten waren ab sofort nicht mehr trainerlos.

20

Mit Ben und seinem professionellen Trainingsplan nahm das Spielvermögen der Sylt-Kröten deutlich Fahrt auf. Die Frauen kickten nicht mehr nur chaotisch und planlos herum, sondern wurden stetig besser. Und je besser sie wurden, desto mehr Spaß machte es. Der schöne, junge Kerl mit der positiven Winner-Ausstrahlung ließ die gestandenen Frauen zu kleinen, ihn anhimmelnden Mädchen mutieren, die um seine Aufmerksamkeit buhlten: Bente brachte ihm regelmäßig Kuchen mit, Sabine kochte ihm Marmelade, Beate mixte Eierlikör »mit Eiern von eigenen Hühnern«, und Elke überreichte ihm selbst gestrickte Wollsocken »für nach dem Surfen«.

Birgit ließ ihn dauernd ihre angeblichen Zerrungen und Muskelkrämpfe massieren, und Constanze brauchte immer wieder Hilfe bei technischen Problemen mit ihrem Handy. Wenn Ben es ihr geduldig erklärte, hörte sie gar nicht zu, sondern schaute ihn nur fasziniert an. Die Einzige, die gegen seine Reize gefeit schien, war Levke, die angesichts der Backfischisierung ihrer Teamkolleginnen nur noch den Kopf schüttelte. Natürlich war allen Frauen klar, dass sie bei

Ben in erotischer Hinsicht chancenlos waren, zumal er eine sehr hübsche Freundin hatte, dennoch genossen sie es, so intensiv mit einem attraktiven jungen Kerl zu tun zu haben, der ihre Flirtversuche charmant retournierte. Bens Nachname wurde dementsprechend schnell für Kalauer jeder Art missbraucht: »Je boller, desto doller« oder »Boller ihn rein, Sabine!«. Unter sich nannten sie ihn liebevoll »Bollermann« oder »Bollermännchen«. Unter den Damen war eine akute Bolleritis ausgebrochen.

Ein ungeplanter Nebeneffekt der Ben-Verehrung war, dass sie den sportlichen Ehrgeiz der Frauen anheizte. Jede wollte besser sein als die andere und dadurch etwas mehr Aufmerksamkeit von ihm erhaschen. Und so kristallisierten sich ihre verschiedenen Begabungen heraus: Bente konnte sehr gut dribbeln, Merle treffsicher zuspielen, Beate Bälle prima annehmen, und Susanne war als die Jüngste im Team mit ihrer noch fast jugendlichen Power eine erstklassige Stürmerin. Auch Rosi, die jeden Abend ihr Sepp-Maier-Buch studierte und an Falltechniken und ihren Reflexen arbeitete, wurde mit jedem Training fangsicherer.

Ben initiierte ein schweißtreibendes Aufwärmtraining mit Kniebeugen, Dehnungsübungen und Sprints und übte anschließend mit den Frauen Dribblings um Slalomstangen und Hütchen. Er zeigte ihnen, wie sie zielgenaue Pässe spielten und ihre Treffsicherheit mithilfe der Torwand verbesserten. Er skizzierte im Klubraum spielrelevante Szenarien an dem Flipchart und schlug effektive Spielzüge vor. Sie durften auch die Ballkanone des Jugendcamps benutzen, die die Bälle mit bis zu hundertfünfzig Stundenkilometern Geschwindigkeit und einer Distanz von bis zu achtzig Metern über das Feld schoss. Ben setzte die Maschine für das Team zum Training der Ballannahme ein – und ganz speziell für Rosi zum Halten der Bälle.

Um nicht nur in der Theorie zu bleiben, sondern in die Praxis zu kommen, setzte Ben nach drei Wochen Training ein Revanche-Match gegen die Jungs-Mannschaft an. Wieder waren die Zuschauerränge gefüllt von den Eltern, Familien und Freunden der Camp-Jungs und natürlich auch der Kröten. Aber diesmal verloren die Sylt-Kröten »nur« 9:3 und feierten ihre drei Tore jedes Mal wie Olympiasiege. Dieses sich vor Freude verschwitzt und euphorisch In-die-Arme-Fallen war ein ganz neues Gefühl für die meisten Frauen.

Sie hatten nun das deutliche Gefühl voranzukommen. Der konditionelle, technische und spieltaktische Aufbau der Mannschaft kam ihnen vor, als würde man nach und nach eine verfallene Hausruine wieder instand setzen: Die Außenmauern und Wände wurden aufgebaut, geflickt und verputzt, das Dach wurde dicht gemacht, der Boden abgeschliffen, und plötzlich wurde vorstellbar, dass das Haus wieder schön aussehen und bewohnbar sein könnte, dass sie an einem phänomenalen Ergebnis arbeiteten – einer Wandlung beziehungsweise Verwandlung. Zweifellos zahlte sich die Mühe des Trainings aus.

Alles andere als Rasenschach – die Fußball spielenden Sylt-Kröten bezaubern die Insel, titelte am nächsten Tag die *Sylter Rundschau* und machte mit einem großen Foto einer Tor-Jubelszene auf, auf dem sich Susanne, Sabine und Levke in die Arme fielen. Weder Evi noch Ben noch eine der anderen Frauen hatte gewusst, dass sich ein Redakteur der *Sylter Rundschau* das Spiel angeschaut hatte, dementsprechend überrascht waren sie alle über die unerwartete Prominenz.

»Was ist denn Rasenschach?«, fragte Rosi, als sie sich gemeinsam mit Evi, vor Stolz fast berstend, den langen Artikel durchlas, nachdem Evi die Zeitung beim Brötchenkaufen beim Bäcker gesehen hatte und damit sofort zurück zu Rosi geradelt war.

Evi zuckte nur mit den Schultern.

»Moment«, sagte Rosi und googelte den Begriff mit ihrem Handy. »Stark an Sicherheit vor Ballverlust orientiertes Spielverhalten«, gab sie bekannt.

»Das heißt, die meinen, wir hätten mutig gespielt?«, fragte Evi.

»Zumindest nicht zimperlich«, nickte Rosi und beschloss heimlich, den Artikel rahmen zu lassen und in ihrem Büro aufzuhängen.

Während Rosi sich ihren Campingplatzwart-Tätigkeiten widmete, setzte Evi sich für ein zweites Frühstück vor ihren Wohnwagen und zog Resümee: Das Projekt »Frauenfußballmannschaft« war von einer vagen Vision zu einer Institution geworden, über die sogar die Zeitungen berichteten. Evi hatte immer noch Mühe, dies zu realisieren. Es war, als hätte sie ein Bild gemalt, das plötzlich lebendig geworden war. Sie war zum ersten Mal in ihrem Leben stolz auf sich – ein gänzlich neues Gefühl! Als Harti ihr damals einen Heiratsantrag gemacht hatte, war sie auch stolz gewesen. Aber es hatte sich nicht so angefühlt, als wäre das ihr Verdienst gewesen. Als hätte etwas funktioniert, das sie erfunden hätte.

Sie hatten geheiratet, weil man das eben so machte. Die Einwohner in Morsum, wo sie aufgewachsen war, lernten sich meist schon als Kinder kennen, die Jungs und Mädchen waren schnell untereinander vergeben, und man musste zusehen, rechtzeitig jemanden abzubekommen, um nicht als Single zu enden. So war es auch bei Harti und ihr gewesen. Schon als sie beide neun Jahre alt waren, war eigentlich klar, dass er später ihr Mann sein würde. Ob sie jemals wirklich verliebt in ihn war? Sie wusste es nicht. Wie fühlte sich wirkliches Verliebtsein denn an? Sie hatte ihn immer gemocht. Sie hatten viel zusammen gelacht – aber zumindest sie hatte sich auch viel gelangweilt. Ob es ihm auch so gegangen war, wusste sie nicht ...

Die Ehe war keinesfalls ein Rausch gewesen. Und Leidenschaft hatte sie auch selten gefühlt. Eher gar nicht, wenn sie ehrlich war.

Evi lehnte sich zurück und schaute in den Himmel, wo ein paar Möwen kreisten. Was hatte sie nur getan? Warum hatte sie ihr Leben so plan- und wunschlos vor sich hin tröpfeln lassen. Warum hatte sie nie den Anspruch gehabt, ein Leben in Farbe zu führen – statt nur in Schwarz-Weiß? Sie schüttelte innerlich verwundert den Kopf. Egal jetzt! Es nützte nichts, über die Vergangenheit zu jammern. Die Zukunft lag vor ihr – und war rund: Ihre Welt drehte sich nun erst mal um ihren Fußballverein. Wie würde es damit weitergehen? Was wären die nächsten Ziele? Natürlich ächzten und bockten die über ein halbes Jahrhundert alten Knochen,

Gelenke, Sehnen und Muskeln der Frauen gehörig, und Schmerzsalben, Eisbeutel und Stützverbände machten die Runde, aber bislang war noch keine wieder ausgestiegen oder hatte sich beschwert. Evi überlegte, wie sie die Euphorie weiter anheizen oder zumindest aufrechterhalten könnte ...

Bling! Bling! Bling! Auf Levkes Handy wurden die Mitteilungen, dass eine WhatsApp-Nachricht eingegangen war, schon fast zum Dauerton. Die *dpa* hatte den Bericht der *Sylter Rundschau* in ihren Presseverteiler aufgenommen, woraufhin ihn etliche andere Zeitungen aufgegriffen hatten – unter anderem die Berliner *taz*. In der Folge hatten sich erstaunlich viele ehemalige Frauengruppen-Kolleginnen bei Levke mit anerkennenden Kommentaren gemeldet. Eine Nachricht jedoch ließ sie innerlich vor Freude jubeln, und sie konnte sich kaum zurückhalten, diese nicht sofort an die Sylt-Kröten weiterzugeben. Sie beschloss, die Mitteilung beim nächsten Training zu verkünden und sich so lange auf die Zunge zu beißen, was ihr sehr schwerfiel. Doch sie wollte die tolle Überraschung auf keinen Fall zu früh verraten. Sie wollte die Bombe mit größtmöglicher Effektivität platzen lassen!

Henner, Bentes Ehemann, feierte die Presse-Präsenz seiner Frau, indem er sie zur Feier des Tages ins *Block House* in Westerland einlud. Das Steakhaus war Bentes Lieblingslokal, seit sie vierzehn war. Sie fand es immer so beruhigend, dass sich die Gerichte auf der Speisekarte, genau wie die Gestaltung der Speisekarte und das Interieur, nie geändert hatten. Immer noch gab es den leckeren, knackfrischen, erstaunlich kühlen Salat mit Champignons, roten Zwiebeln und American Dressing vorweg. Und immer flankierten das Knoblauchbrot, das so beliebt war, dass man es inzwischen auch im Supermarkt kaufen konnte, und die Ofenkartoffel mit Sour Cream das Steak, dessen verbrannte Grillstreifen immer noch leicht bitter schmeckten. Verlässliche kulinarische Grundsäulen. Hier war die Welt noch in Ordnung, stehen geblieben in den Siebzigerjahren und heimelig wie die IKEA-Restaurants.

»Ich bin so stolz auf dich, Schatz«, schmatzte Henner, ein Stück Steak zerkauend. Bente hoffte, dass seine erst kürzlich eingesetzte Brücke das Zermalmen des Fleisches aushielt.

»Ich hab den Artikel allen meinen Feuerwehrkumpels gezeigt!«

Bente lächelte geschmeichelt. Es tat ihr gut, dass Henner stolz auf sie war.

»Ach, übrigens«, sagte er und nahm einen Schluck Bier. »Da ist heute ein Paket für dich angekommen.«

»Hast du es geöffnet?«, erkundigte sich Bente bang, die ahnte, welchen Inhalt es hatte.

»Nein, warum?«

»Ach, nur so ... Möchtest du noch einen Nachtisch?« Um das Thema zu wechseln, fuchtelte Bente hektisch mit der Dessertkarte vor Henner herum. Ihr eigenes Dessert würde heute aus Silikon sein – und in dem Paket zu Hause auf seinen Einsatz warten.

Im Hause Neumann hing der Haussegen am Tag nach dem Spiel so schief, dass er schon fast senkrecht stand. Wütend knallte Joachim die *Sylter Rundschau* auf den Tisch.

»Das muss jetzt sofort aufhören!«, schrie er empört. »Ich möchte, dass du noch heute aus diesem Verein austrittst!« Schnaubend zeigte er auf das Torjubel-Foto, das Susanne mit schweißnassem, erdfleckigem Trikot, derangierter Frisur und blutig-zerschrammten Knien zeigte. Auf einem weiteren Foto war sie gemeinsam mit Evi Arm in Arm mit Trainer Ben zu sehen.

»Du machst mich zum Gespött der Leute! In meiner Kanzlei fragen sie schon, ob du ein Genderproblem hast. So benimmt sich keine Gattin der besseren Gesellschaft!«

»Aber Constanze ...«, begann Susanne, auf Joachims Respekt vor ihrer adeligen Freundin spekulierend.

»Es ist mir egal, ob Constanze dort auch mitmacht oder nicht«, schrie Joachim. »Ich habe dich geheiratet, damit du mir zur Seite stehst und mich repräsentierst – und nicht, damit du dir auf dem Fußballplatz den Körper ruinierst!«

»Ach, DESHALB hast du mich geheiratet?«, fragte Susanne eisig.

»Wirst du jetzt auch noch dämlich?«, bellte Joachim. »Solange du noch zu lesen imstande bist, schau doch einfach mal in den Ehevertrag!«

»Was du brauchst, ist ein Model, keine Ehefrau«, rief Susanne und stürmte wütend aus der Küche. »Ich schicke dir nachher die Nummer vom Hostessen-Service.« Sie knallte die Tür zu, öffnete sie dann aber wieder und setzte ein »Falls du sie nicht schon hast!« nach.

Im Badezimmer schnappte sie nach Luft. Ihre Ehe war von Anfang an zu Ende gewesen, konstatierte sie. Sie hatte sich eingeredet, Joachim würde sie wirklich lieben, könne es einfach nur nicht so zeigen. Ein fataler Irrtum. Joachim liebte einzig und allein sich selbst und seinen Status – und war zu Gefühlen für andere überhaupt nicht fähig. Die Eigenschaft, in seinem kühlen, analytischen Denken von keinerlei Empathie für Klienten oder Angeklagte beeinträchtigt zu werden, hatte ihm als Anwalt sehr geholfen und ihn erfolgreich gemacht. Für eine funktionierende Ehe war diese emotionale Retardiertheit allerdings eher hinderlich.

Susanne hatte gar nicht mehr gemerkt, WIE einsam sie in der angeblichen Zweisamkeit ihrer Ehe geworden war. Sie fühlte sich, als wäre sie nach einer langen Eiszeit wieder aufgetaut worden. Der Sport und die menschliche Wärme der Frauen hatten sie aus ihrer Ehe-Frost-Isolation befreit, aber die Ketten würde sie selbst sprengen müssen. Da es ein heißer Tag zu werden schien, beschloss sie, spontan in die Strandsauna zu gehen. Das würde sowohl ihrer Seele als auch ihrer Psyche guttun. Um Joachim zu provozieren, schlüpfte sie in ihre Birkenstock-Sandalen und ihre auf alt getrimmten Designer-Jeans. Offensichtlich indigniert, quittierte Joachim, der in der Küche immer noch seine morgendliche Presseschau betrieb, ihr Outfit.

»Birkenstock-Sandalen trägt sogar Heidi Klum, mein lieber Gatte«, flötete Susanne ihm beim Rausgehen zu. »Deshalb habe ich dir auch welche bestellt!«

»Lustig«, zischte Joachim und schickte ihr einen giftigen

Blick über den Rand seiner Lesebrille, während sie demonstrativ fröhlich die Haustür öffnete.

»Wir haben heute eine White-Dinner-Einladung bei den Brenners«, rief Joachim ihr hinterher. Klang das ein bisschen flehentlich?

»Guten Appetit!«, winkte Susanne ihm zu. »Und denk an deine Histamin-Tabletten!«

»Susanne? Was ...?«, setzte Joachim fassungslos an, aber da war sie schon aus der Tür.

21

Levke hatte Evi zugeraunt, dass sie den Frauen vor dem Training etwas mitteilen müsse – und es war ihr anzusehen, dass sie sehr aufgeregt war. Etwas ängstlich fragte Evi sich, was Levke wohl so brennend auf dem Herzen liegen mochte, und hoffte, dass sie nicht ihren Austritt aus der Mannschaft verkünden wollte.

Kaum hatten sich alle Frauen schnatternd und giggelnd in der Umkleide versammelt, platzte es auch schon aus Levke heraus, die sich offenbar schon den ganzen Tag gefragt hatte, wie die Frauen wohl reagieren würden, wenn sie ihnen die kleine Sensationsinfo mitteilen würde, die sie aus Berlin erhalten hatte: »Ladys, hört mal einen Moment zu! Ich habe eine großartige Überraschung für euch!«, verkündete sie euphorisch. Augenblicklich wurde es so still im Raum, dass man einen Floh hätte hüpfen hören können.

»Die Lilis, meine ehemalige Berliner Frauenfußballgruppe, haben mir den Tipp gegeben, dass das dänische Wechseljahre-Portal *smukke kvinder* einen deutsch-dänischen Frauen-Best-Ager-Cup ausgerufen hat! Er startet Anfang

September in Kopenhagen.« Levke strahlte die Frauen an, die sie verständnislos ansahen.

»Smukke Kvinder?«, fragte Birgit.

»Lilis?«, echote Bente.

»Lili ist die Abkürzung für Lila Liberos, so heißt das Berliner Frauenfußballteam – und *smukke kvinder* heißt übersetzt etwa ›hübsche Frauen‹«, erklärte Levke.

»Und was ist dieser Cup genau?«, wollte Susanne wissen.

»Das ist ein Wettkampf wie bei einer WM oder EM!«, sagte Levke. »Zwölf Frauenmannschaften aus verschiedenen Städten oder Landkreisen in Dänemark und Deutschland treten gegeneinander an.«

»Und die sind alle so alt wie wir?«, fragte Gabi.

»Exakt! Über fünfundvierzig Jahre alt zu sein ist Teilnahmevoraussetzung!«

»Machen die das zum ersten Mal? Ich hab davon noch nie etwas gehört ...«, wunderte sich Constanze.

»Ich glaube, ja«, nickte Levke. »Das Portal wurde ja erst letztes Jahr gegründet.«

»Und um was geht es in diesem Portal?«, erkundigte sich Bente.

»Um die Rehabilitierung von Frauen ab fünfundvierzig und deren Sichtbarmachung in der Gesellschaft.«

»Aber wir sind doch sichtbar – oder seht ihr mich nicht?«, lachte Sabine und drehte sich mit ausgebreiteten Armen. Levke rollte mit den Augen. »Es geht darum, dass reifere Frauen gesellschaftlich oft diskriminiert werden«, erklärte sie. »Es gibt zum Beispiel kaum Filmrollen für Frauen ab fünfzig. Mit dreißig ist man als Schauspielerin weg vom

Fenster und darf dann mit Glück ab siebzig wieder eine Omi spielen. Das gilt übrigens besonders auch für Hollywood!« Levke hatte tatsächlich den Zeigefinger erhoben, dabei hatte sie gar nicht vorgehabt, einen derart detaillierten und mahnenden Vortrag zu halten.

»Stimmt!«, nickte Birgit. »Männer ab fünfzig sind sexy Silberrücken mit grauem Dreitagebart – und Frauen gelten als unbumsbar. Nicht mehr fruchtbar, also aussortiert. Das ist doch scheiße!«

»Da haste recht«, stimmte Britta ihr zu. »Deshalb hat sich mein Silberrücken gerade mit einer Dreißigjährigen davongemacht. Familienplanung nicht ausgeschlossen.« Es klang sehr bitter.

»Wie schrecklich für ihn!«, rief Constanze entsetzt. »Ich würde auf gar keinen Fall jetzt noch mal ein Kind kriegen wollen! Das würden meine Nerven nicht mehr mitmachen.«

»Das müssen die Nerven der Herren der Schöpfung, die in späten Jahren noch mal Vater werden, ja meist auch gar nicht, weil das die jungen neuen Ehefrauen alles für sie erledigen. Ein perfektes System ...«, zischte Britta sarkastisch.

»Ja, das ist sooooooo ungerecht!«, jammerte Birgit.

»Du kannst dir doch auch 'ne junge Frau suchen, die dann noch mal Kinder kriegt!«, schlug Levke sexuell fortschrittlich vor.

»Nee danke«, winkte Birgit ab. »Eine Frau zu heiraten wäre bestimmt nicht schlechter als die Ehe mit einem Mann, aber ist nicht so mein Gebiet.«

»So eine Plattform für Frauen in den Wechseljahren gibt

es doch auch in Deutschland, oder?«, kam Beate wieder auf den Ursprung der Diskussion zurück.

»Exakt«, nickte Levke. »Bei uns gibt es das Portal *Palais Fluxx*, das diese Antischreck-Drops erfunden hat, die Männern die Angst vor reifen Frauen nehmen sollen.«

Sabine lachte laut auf. »Antischreck? Wie geil! Wie lustig ist das denn?«

»Ja, musst du mal googeln. Ist echt ein tolles Portal. Die machen unheimlich viel für Frauen unserer Altersgruppe!«, schwärmte Levke.

»Hängen die zusammen mit dieser Wir-sind-9-Millionen-Kampagne des Bundestags?«, erkundigte sich Gabi.

»Was ist das denn?«, fragte Sabine.

»Die Kampagne wurde letztes Jahr ins Leben gerufen«, wusste Gabi, »weil aktuell über neun Millionen Frauen in Deutschland in den Wechseljahren sind.«

»Ja, von der Aktion habe ich auch schon gehört!«, rief Britta begeistert. »Die Kampagne ist genial!«

»Es haben sogar einige Bestsellerautorinnen und Schauspielerinnen so ein T-Shirt mit dem Aufdruck getragen«, erzählte Gabi.

»Es gibt eine Website dazu: www.wirsindneunmillionen.de«, hatte Evi schnell gegoogelt. »Hört mal, was da steht: Etwa zwei Drittel der Frauen leiden unter Beschwerden, ein Drittel davon unter schweren. Diese Beschwerden verursachen Schadensfälle in der Arbeitswelt. Trotz dieser bemerkenswerten Zahl wird das Thema weitgehend ignoriert.«

»Oha«, staunte Beate.

»Moment, es wird noch interessanter«, rief Evi, die von ihrer Recherche selbst vollkommen verblüfft war. »Laut einer Studie der renommierten Mayo Clinic aus diesem Jahr verliert die US-amerikanische Wirtschaft jedes Jahr 1,8 Milliarden US-Dollar allein durch den Ausfall von Arbeitsstunden aufgrund von Wechseljahresbeschwerden. Für Deutschland gibt es noch keine ähnlichen Zahlen, sie werden gerade erhoben.«

Die Frauen starrten Evi mit großen Augen an. Keine sagte etwas.

»Die Wechseljahre sind nach wie vor ein Tabu. Sie werden weder kulturell noch gesellschaftlich oder politisch thematisiert, dabei betreffen sie die Hälfte aller Menschen direkt und die andere indirekt«, referierte Evi weiter. »Und jetzt haltet euch fest: Laut einer Studie wird 2030 eine Milliarde Frauen weltweit in den Wechseljahren sein!«

»Eine Milliarde schwitzender Frauen«, rief Sabine entsetzt. »So viel Klimawandel ist doch bestimmt nicht gut für den Klimawandel!«

Großes Gelächter im Raum.

»Vielleicht könnte man die Energiekrise mit uns meistern?«, schlug Gabi vor. »Zum Beispiel, indem man uns an die Fernwärmeleitungen koppelt ... Wollen wir mal 'ne Eingabe an Habeck machen?«

Die Frauen kringelten sich vor Lachen.

»Ihr Heim ist zu kalt im Winter? Dann holen Sie sich einfach eine Wechseljahresfrau ins Haus«, formulierte Sabine den perfekten Werbeslogan.

Gekicher und Gekreische. »Genau!«, rief Rosi.

»Was will denn das Portal nun genau bewirken?«, erkundigte sich Britta.

»Moment!« Konzentriert wischte Evi auf ihrem Handydisplay herum. »Hier steht es: *Wir haben es uns zum Ziel gesetzt, die Wechseljahre gesellschaftlich zu enttabuisieren, für den Arbeitsplatz zu thematisieren und auf die gesundheitspolitische Agenda zu setzen.*« Evi ließ das Handy sinken und schaute in die Runde. »Da machen zahlreiche Ärztinnen und Prominente mit. Es gibt sogar Wechseljahresberaterinnen«, referierte sie staunend.

»Wow! Toll!«, applaudierten Britta und Birgit. »Endlich passiert mal was!«

»Und dass jetzt auch noch ein Best-Ager-Cup für Klimakteriums-Kickerinnen initiiert wird, ist doch genial!«, freute sich Sabine.

Levke nickte bestätigend und schaute fragend in die Runde. »Wie sieht es denn nun aus: Habt ihr Lust, an dem Wettkampf teilzunehmen?«

»Wir sind doch bestimmt noch längst nicht gut genug!«, gab Elke zu bedenken.

»Stopp! Alarmknopf!«, rief Constanze empört. »Nicht gut genug zu sein ist typisches Frauendenken! Lasst es uns doch einfach probieren, dann wissen wir's!«

»Gute Idee«, fand Bente.

»Was würde das denn logistisch bedeuten?«, erkundigte sich Gabi. »Ich arbeite ja Vollzeit und könnte nur an den Wochenenden ...«

»Die Spiele finden auch nur an den Wochenenden statt«, sagte Levke. »Wir müssten dann einfach zusammen zu den Spielorten hinfahren – mit der Bahn oder mit einem Bus.«

»Aha ...« Gabi nickte.

»Aber wird das jetzt nicht alles etwas zu ernsthaft?«, gab Merle zu bedenken. »Wir spielen doch eigentlich nur so zum Spaß. Dann müssen wir doch bestimmt viel mehr trainieren!«

»Nur, wenn wir unbedingt gewinnen wollen«, lächelte Evi. »Aber das müssen wir natürlich nicht. Wir können ja auch einfach so zum Spaß mitmachen.«

»Nö!«, rief Susanne entschieden. »Nix is scheißer als Platz zwei! Wenn schon, denn schon! Wenn wir mitmachen, dann sollten wir auch das Ziel haben, den Cup zu holen, finde ich.«

»Das finde ich auch«, stimmte Bente zu.

»Okay, dann lasst uns doch wieder mal abstimmen«, schlug Evi vor. »Wer ist dafür, dass wir überhaupt mitmachen?«

Alle Arme hoben sich.

»Und wer ist dafür, dass wir gewinnen – und dafür vermutlich das Training intensivieren müssten?«

Acht Arme gingen hoch.

»Okay, dann sind wir jetzt offiziell im Cup«, lachte Evi. »Dann lasst uns doch gleich mal das Bollermännchen informieren.«

Hintereinander trabten sie aus der Umkleidekabine zum Training auf den Platz, wo Ben bereits wartete. »Ach, kommen die Damen auch mal? Das ist ja ganz reizend!«, rief er sauer und schaute vorwurfsvoll auf seine Uhr. »Ich stehe hier schon seit zehn Minuten!«

»Sorry, Bennlein«, säuselte Susanne lächelnd. Es klang wie »Männlein«. »Wir mussten was besprechen.«

»Ach ja?«, überging Ben die freche Verniedlichung seines Vornamens. »Was gab es denn so Wichtiges?«

»Unser erstes Turnier!«, strahlte Susanne und erzählte ihm von dem Best-Ager-Cup und dass sie beschlossen hatten, daran teilzunehmen, weil sie beweisen wollten, dass Frauen über fünfzig noch etwas auf die Beine stellen konnten. Sie wollten das Ganze nicht zu ernst nehmen – aber auch nicht zu locker.

»Das ist ja absolut großartig!«, begeisterte sich Ben. »Und außerdem super-instagrammable, Ladys!« Er klatschte euphorisch in die Hände. »Ich werde zu Hause sofort einen Sylt-Kröten-Account für euch eröffnen und euer Training und eure Spiele dokumentieren. Wäre das okay für euch?«

»Instagrammable bedeutet vermutlich, dass es sich für Instagram eignet?«, fragte Britta und schob ihre Brille die Nase hoch.

»Korrekt!«, nickte Ben.

»Und was haben wir davon?«, fragte Britta.

»Ich könnte mir vorstellen, dass ihr jede Menge Follower bekommt – und das bedeutet mehr Aufmerksamkeit, mehr Geld, mehr Support«, erklärte er.

»Werden wir dann berühmt?«, freute sich Bente und sah sich im Geiste schon Autogrammkarten unterschreiben.

»Vielleicht ...«, schmunzelte Ben. »Zumindest, wenn ihr nicht gleich in Runde eins wieder rausfliegt.«

»Kann man in diesen Account reinschreiben, dass ich einen Mann suche?«, erkundigte sich Birgit.

Ben lachte laut auf. »Bestimmt – aber vielleicht nicht gleich sofort.«

»Ich suche auch!«, meldete sich Sabine.

»Me too!«, rief Britta.

»Okay, beruhigt euch«, lachte Ben. »Ich hab's verstanden. Aber zunächst ist der Account keine Singlebörse, sondern soll euer Team supporten, okay?«

Die Damen nickten widerwillig.

»Und deshalb werden wir jetzt das Training verschärfen! Los geht's!«

Ben ließ den Ball, den er unter dem Arm trug, aufs Feld fallen, kickte ihn zu Susanne und rief: »Auf, auf, Ladys! Aufwärmtraining!«

22

Damit die Sylt-Kröten beim BAC, wie sie den Best-Ager-Cup mittlerweile abkürzten, nicht vollkommen abschmieren würden, schraubte Ben das Training auf zweimal die Woche zwei Stunden hoch – und er erhöhte die Ansprüche: Statt »nur« auf flachem Gelände, ließ er die Frauen nun die Holztreppen der Dünenwege rauf- und runterlaufen, im Westerländer und im Wenningstedter Wald um die Bäume dribbeln und statt auf dem Rasen im weichen Sand am Strand joggen, was besonders anstrengend war.

Die Krönung seines Bootcamp-Konditionstrainings bildete die Uwe-Düne, die die höchste Erhebung der Insel war und deren steile Treppe er die Frauen fünfmal hoch- und runtersteigen ließ. Angesichts einer Höhe von zweiundfünfzig Metern und hundertneun Stufen, brachte das etliche Frauen an den Rand des Kreislaufzusammenbruchs, ächzten diverse Kniegelenke, und nicht selten fing eine beim Training an zu heulen und behauptete, nicht mehr zu können. Liebevoll wurde sie dann von den anderen in den Arm genommen, getröstet und wieder auf die Beine gestellt. »Wir funktionieren nur als Team: Eine für alle – alle für eine!«, lautete in dem Fall der moralische Leitspruch.

Die neuen sportlichen Anforderungen stellten eine heftige Herausforderung für die Körper der Frauen dar. Zerrungen, Muskelkater, Gelenkschmerzen und Verspannungen waren die Folgen. Und natürlich gab es jede Menge Dramen und Probleme: Sabines und Beates Gelenke standen die ungewohnte Sportbelastung nicht durch, und die beiden mussten frustriert zwei Wochen auf der Ersatzbank pausieren. Bente und Birgit gerieten nach einem Foul auf dem Platz derart aneinander, dass sie kurzzeitig beide nicht mehr mitmachen wollten und sich nur durch ein intensives Deeskalationsgespräch und Konflikt-Coaching vonseiten Levkes und Sabines wieder versöhnten. Gabi schaffte es einfach nicht, den Ball am Fuß zu halten, und fiel derart oft hin, dass sie von den anderen »Stolperinchen« getauft wurde.

Der Keitumer Dorfarzt Dr. Rörich war von der permanenten Behandlung von Schürfwunden, Gelenkproblemen und Zerrungen derart überfordert, dass er seine Sprechstundenhilfe irgendwann entnervt anwies, Terminwünsche der Sylt-Kröten-Spielerinnen bitte an eine andere Praxis weiterzuleiten.

Merle kapierte die Abseitsregeln nicht und rannte stur in jede Abseitsfalle, was zuverlässig jede herausgespielte Torchance zunichtemachte – und Elke fand eines Morgens, dass das alles keinen Sinn mache, und rief in der Sylt-Kröten-WhatsApp-Gruppe deshalb zur Meuterei in Form einer Gegenoffensive mit Netflix-Streaming-Nachmittagen und

Gratis-Kuchen auf. Zum Glück löste sich ihre Revolte aufgrund gänzlich fehlender Meuterei-Teilnehmerinnen schnell in Luft auf.

Doch auch privat hatten die Sylt-Kröten zu kämpfen: Evi fiel fast der Kaffeebecher aus der Hand, als ihre neugierige Ex-Nachbarin Irmi eines Morgens vor ihrem Wohnwagen auftauchte. »Ich habe ein Schreiben für dich!«, verkündete sie sensationslüstern und kramte in ihrer absolut schrecklichen, da hellgrünen Plastik-Handtasche.

»Ah, hier ist es ja!« Diabolisch grinsend, zog sie eine Postkarte heraus und überreichte sie Evi. »Deine Mieter haben sie mir gestern gegeben, und ich dachte, sie interessiert dich vielleicht.«

»Danke, Irmi, nett von dir«, erwiderte Evi, deren Magen sich zusammenschnürte, als sie die Karte entgegennahm und die Handschrift darauf sofort erkannte.

Irmi blieb eisern stehen und erwartete offenbar, zum Dank zum Kaffee eingeladen zu werden. Noch wichtiger schien ihr allerdings zu sein, mitzubekommen, wie Evi auf die Karte reagieren würde, wenn sie sie las. Was Irmi vermutlich schon längst getan hatte.

»Sonst noch etwas, Irmi?«, fragte Evi scharf, die nicht die geringste Lust hatte, Irmi an ihrer emotionalen Talfahrt teilhaben zu lassen. Denn dass es eine werden würde, ahnte sie, seit sie erkannt hatte, dass die Karte von Harti war.

»Ich muss nämlich jetzt sofort los. Ich habe einen Termin bei der Sparkasse«, log Evi.

»Oh, bist du in finanzieller Not?«, gierte Irmi mit aufgerissenen, spiegeleigroßen Augen nach neuen Sensationen.

»Nein, mach dir keine Sorgen.«

»Willst du die Karte denn gar nicht lesen?«

»Das mache ich später«, sagte Evi und erhob sich.

»Ach ...«, entfuhr es Irmi enttäuscht, und sie trat ratlos
von einem Bein aufs andere.

»Was steht denn drauf?«, fragte Evi deshalb listig.

»Das weiß ICH doch nicht!!«, rief Irmi empört.

»Schade. Ich muss dann jetzt wirklich! Tschüss, Irmi,
und noch mal danke!« Evi flüchtete in den Wohnwagen.

»Ja ...« Irmi stand noch zwei Minuten ratlos vor Evis
Klapptisch, schwang sich dann endlich wieder auf ihr Fahrrad und radelte davon.

Mit zitternden Händen inspizierte Evi die Karte. Sie war
in Südamerika gestempelt und zeigte ein Motiv vom Zucker-
hut.

*Liebe Evi, ich weiß, du wirst mir das nie verzeihen, aber ich habe
während der Elektrosanierung des Syltness-Centers Isabella kennengelernt und lebe jetzt in São Paulo mit ihr zusammen. Es geht mir gut –
ich hoffe, dir auch. Irgendwann erkläre ich dir alles. In Liebe, dein
Hartmut.*

Evi wurde speiübel. Das durfte doch wohl nicht wahr
sein! Die Worte São Paulo, Isabella und Syltness-Center hall-
ten in ihrem Kopf nach. Also doch eine andere Frau! Aber
warum hatte er ihr das nicht einfach gesagt, anstatt still
und heimlich mit dem Wohnmobil zu verschwinden? Überhaupt, diese ganze Aktion mit dem Wohnmobil: Was sollte
das denn eigentlich, wenn er bereits wusste, dass er an Tag

zwei mit dem Ding abhauen würde? Und warum hatte er es dann in Hannover sofort wieder abgegeben? Fragen über Fragen ... Heiße Wut kochte in ihr hoch.

»So ein Vollidiot!«, schrie sie zornesrot und riss die Karte in kleine Stücke. »Es ist doch nicht zu fassen!«

»Vollidiot sagt man nicht mehr«, grinste Rosi, die unbemerkt durch die Tür getreten war, »sondern Mensch mit interessantem Realitätsabstand!«

In diesem Moment brach Evi in einen Heulkrampf aus und warf sich schluchzend in Rosis starke Torhüterinnen-Arme.

»Weißt du, was das ist?« Joachim hielt Susanne ein offiziell aussehendes Schreiben vor die Nase. »Das ist eine Abmahnung, meine Liebe! Eine Unterlassungsklage! Dieser Instagram-Account, auf dem du zu sehen bist, muss sofort eingestellt werden!«

»Aha. Und warum?«

»Weil ich diese Fußballgruppe für nicht standesgemäß für meine Gattin halte, und das habe ich dir nun schon mehrfach gesagt!«, zischte Joachim. »Ich fliege heute zum Juristen-Kongress nach London. Wenn ich nächste Woche zurückkomme, ist dieser lächerliche Account gelöscht!« Mit diesen Worten drückte er Susanne das Schreiben in die Hand, schob seinen Rollkoffer zur Tür und verschwand.

Natürlich war Susanne neulich doch noch zum White Dinner bei den Brenners gekommen – standesgemäß nach Joachims Vorgaben gekleidet. Doch das hatte den Ton, den ihre eheliche Kommunikation mittlerweile angenommen hatte, auch nicht wieder entschärft. Susanne hatte in der Folgezeit viel darüber nachgedacht, ob sie sich nicht einfach scheiden lassen sollte, und hinterfragte intensiv ihren emotionalen Status quo: Liebte sie Joachim noch? Hatte sie ihn überhaupt jemals geliebt? Und war das eigentlich wichtig?

Aktuell waren ihre Gefühle restlos erkaltet, aber vielleicht konnte man sie ja wiederbeleben. Aber wie? Und wenn nicht – wäre es dann trotzdem sinnvoll, die Ehe fortzuführen? Immerhin sicherte sie ihr einen äußerst komfortablen Lebensstandard ... Im Falle einer Scheidung würde sie nicht einen Cent bekommen – das war klar. Aber sie könnte sicherlich erst mal bei Constanze in deren 250-Quadratmeter-Villa unterkommen. Und sich einen Job suchen. Verkäuferinnen oder Kellnerinnen wurden auf Sylt ja händeringend gesucht. Und vielleicht könnte sie ja sogar wieder in ihrem alten Job als Zahnarzthelferin arbeiten. Immer stärker manifestierte sich in ihr die Entscheidung, ins kalte Wasser zu springen und sich von Joachim und seinem Geld loszusagen ...

Trick war verliebt. In eine blonde, gut frisierte Pudeldame namens Jackie. Jedes Mal, wenn er Jackie auf der Hunde-Freilauffläche am Flugplatz erspähte, war er nicht mehr zu halten und stürzte sich mit Begattungsabsichten auf sie. Die Pudeldame, die Trick entschlossen wegbiss, bis er Respekt zeigte, gehörte Paolo, einem winzigen Italiener, der gern damit prahlte »immerhin einen Zentimeter größer als Madonna« zu sein.

»Nicht alles an mir ist klein«, raunte er Rosi zu, als sie

nach einer gemeinsamen Runde mit den verliebten Vierbeinern beschlossen hatten, zusammen noch eine Kleinigkeit im Flughafenrestaurant essen zu gehen, das von einem Cousin von Paolo betrieben wurde.

Sie verstanden sich gut, lachten viel, und Paolos Blicke wurden im Laufe des Abends immer intensiver.

Diese Italiener, schmunzelte Rosi im Geiste, immer müssen sie zwanghaft mit allen Frauen flirten. Paolo sah zwar sehr gut aus und schien auch ungefähr in ihrem Alter zu sein – aber angesichts der Tatsache, dass schon normal große Männer zu klein für sie waren, war Paolo mit seinen hundertdreiundfünfzig Zentimetern geradezu ein Absurdum.

Paolo schenkte Rosi ununterbrochen Primitivo nach, der sehr lecker war und ihr schnell zu Kopf stieg. Als Paolo sie spontan küsste, nachdem er von der Toilette zurückgekommen war, saß sie auf einem Restaurantstuhl, und er stand vor ihr. Auf diese Weise waren sie gleichgroß und der erste richtige Kuss ihres Lebens absolut fantastisch. Sanft, weich, lang und leidenschaftlich. Und vor allem schien er Rosi ernst gemeint.

Henner war nicht besonders erfreut darüber, dass Bente plötzlich gemeinsam mit ihm die *Sportschau* gucken wollte und akribisch die Bundesliga-Tabelle verfolgte. Auch dass sie während der Spiele vor dem Fernseher inflationär mit Fachbegriffen um sich warf und temperamentvolle Anfeuerungsrufe oder ärgerliches Stöhnen für die von ihr favorisierte Mannschaft ausstieß, störte sein stets so angenehm ruhiges und gemütliches Samstagabend-Ritual, zu dem er heimlich Chips aß und mehrere Dosen Bier trank. Bente stellte nun Gemüsesticks aus Karotten, Gurken und Kohlrabi auf den Tisch, an denen er lustlos nuckelte. Und statt Hopfenkaltschale gab es Pfefferminztee.

»Wir wollen doch fit bleiben – und nicht fett!«, strahlte Bente dazu.

Ihr neuester Wunsch war, ein Live-Spiel der Bundesliga sehen zu wollen. Also kaufte Henner Karten für den FC St. Pauli und fuhr mit ihr nach Hamburg ins Millerntor-Stadion. Der phonetische Rausch der Sprechchöre, die gigantische Zuschauerzahl und das spannende Spiel peitschten Bente derart auf, dass sie im Hotelzimmer sofort hemmungslos über Henner herfiel. »Seit ich Sport mache, habe ich viel mehr Lust auf dich, Henni-Bär«, flötete Bente nach dem Sex atemlos. »Und ich habe eine viel bessere Kondition!«

»Ist mir nicht entgangen«, keuchte Henner ermattet. »Vielleicht zieh ich mir einen Rock an und mache auch bei euch mit. Scheint ja 'ne tolle Truppe zu sein«, lachte er und ließ sich schweißüberströmt in die Laken fallen.

Levke gestand sich ein, dass sie hier auf der Insel gerade so glücklich war wie seit Jahren nicht mehr. Die Arbeit in der Gärtnerei machte ihr Spaß und erfüllte sie, und das Training mit den Sylt-Kröten heilte ihre Soziophobie.

Außerdem meinte sie, bei den letzten Trainingseinheiten ein gewisses Funkeln in den Augen von Sabine ausgemacht zu haben. Sie schaute für Levkes Gefühl stets einen

Tick zu lange, obwohl sie ja angeblich strikt heterosexuell war. Levke verspürte die ihr nur zu gut bekannte Aufregung im Bauch, wenn sie an sie dachte. Sie hatte bereits heimlich an ihr gerochen und ihren Körper beim Duschen taxiert. Sabine war füllig, hatte Form und Figur – aber Levke fand das schön. Sie liebte üppige, weiche Weiblichkeit und würde Sabine nur zu gern in die ihr unbekannten Gefilde der lesbischen Liebe einführen. Und sie hoffte, dass ihr Gaydar (so nannte man den radarartigen Spürsinn von Homosexuellen in Bezug auf andere, vermutlich ebenfalls Homosexuelle), der sie noch nie im Stich gelassen hatte, auch diesmal korrekt anzeigte.

23

In drei Wochen sollte der Best-Ager-Cup beginnen, deshalb hatte Ben für die Sylt-Kröten ein erstes Testmatch organisiert – ein Freundschaftsspiel gegen eine Mädchenmannschaft aus Kiel. Um sich darauf vorzubereiten, verlegte er die nächste Trainingseinheit an den relativ menschenleeren Strandabschnitt zwischen Kampen und Buhne 16 und steckte mit Strandgut und angeschwemmtem Holz ein Spielfeld ab. Das Einsinken und anstrengende Laufen im weichen Sand würde zusätzlich Kondition schaffen, und Stürze würden nicht so wehtun, so seine Theorie. Und Torhüterin Rosi konnte sich bedenkenlos auf jeden Ball schmeißen, ohne größere Blessuren zu befürchten.

Unter laut gebrüllten Spielanweisungen und technischen Korrekturen verausgabten sich die Frauen im warmen Sand und sahen, schweißüberströmt, wie sie waren, schnell wie frisch paniert aus. Sie übten verschiedene Spielzüge, Strategien und Taktiken wie Pressing und Abseitsfalle.

Als die Trainingseinheit beendet war, nutzten einige der Frauen die FKK-Möglichkeit, rissen sich die Trikots vom Körper, rannten zur Abkühlung nackt ins Meer und ließen sich laut kreischend in die herrliche Brandung fallen. Ben schlug vor, zur Muskelentspannung in die nahe gelegene Lister Strandsauna zu gehen, was sie geschlossen taten.

Etliche Frauen stöhnten wohlig, als sie in der finnischen Wärme die Glieder streckten und gleichzeitig durch ein kleines Fenster auf die Dünen schauten. Auch Ben traute sich zu ihnen in die dampfende Hitze – allerdings mit einem Handtuch um die Hüften, was nicht nur Susanne äußerst bedauerlich fand.

»Ist eine Respektsache, Ladys!«, lachte er. »Ich bin ja immerhin euer Chef.«

Ob er wohl nicht so gut bestückt war und sein bestes Stück deshalb unter Verschluss hielt? Diese Frage, die bestimmt nicht nur Evi, sondern, wie sie vermutete, auch etlichen anderen Frauen durch den Kopf ging, löste sich in nichts auf, als Ben nach der Sauna, nackt, wie die Natur ihn geschaffen hatte, mit ihnen in die wild brandende Nordsee sprang. Mutter Natur hatte es ausstattungsmäßig außerordentlich gut mit ihm gemeint, stellte Evi schmunzelnd fest. Jedenfalls um etliche Zentimeter besser als mit Harti.

Da es ein traumhafter Sommerabend und Joachim noch in London war, lud Susanne das Team nach dem Saunabesuch auf ein Glas Wein auf die Terrasse ihres Reetdachpalastes ein, die einen fantastischen Blick über die Kampener Wattseite bot. Es war ein Panorama wie aus dem Bilderbuch: Über den großen topgepflegten Garten blickte man auf das spiegelglatte Meer, über dem gerade ein riesiger, honiggelber Vollmond aufging. In der Luft lag der Duft von Rosmarin, frisch gemähtem Gras und Heckenrosen. Gut frisierte Buchsbäume in verschiedenen Formen zierten die Grundstücksgrenzen. Beeindruckt nahmen die Frauen auf der weißen Leinen-Lounge Platz.

»Wow! Du hast ja wohl den Hauptgewinn gezogen, Susanne!«, befand Britta und konnte ihren Neid kaum verhehlen. »Ein toller Mann, ein Traumhaus – und dazu auch noch jede Menge Kohle! Du müsstest dem Universum eigentlich jeden Tag auf Knien danken!«

Susanne zündete schweigend die Kerzen auf dem Tisch an.

»Es ist nicht alles Gold, was glänzt«, sagte sie bedeutungsschwer. »So toll, wie ihr denkt, ist es nicht!«

Sie entkorkte zwei eisgekühlte Flaschen Cremant, schenkte ihren Kolleginnen ein, setzte sich und rief: »Prosit, Mädels!«

Dreizehn Frauen stießen klirrend ihre Gläser aneinander.

»Und was genau ist nicht toll?«, erkundigte sich Birgit.

»Ach, Joachim ist in letzter Zeit wirklich unerträglich«, seufzte Susanne. »Er möchte unseren Sylt-Kröten-Instagram-Account löschen lassen und hat mir eine Unterlassungsklage angedroht, wenn ich weiter Fußball spiele. So, nun ist es raus!«

»Waaaas??«, kam es aus etlichen Mündern. »Warum das denn??«

»Er findet, dass es nicht standesgemäß für eine Anwaltsgattin ist, und möchte nicht, dass ich zerschrammte Knie bekomme«, gestand Susanne leicht beschämt.

Levke lachte sich schlapp. »Entschuldige bitte, aber in welchem Jahrhundert lebt er?«

»Und das lässt du dir gefallen?«, fragte Britta mit weit aufgerissenen Augen.

»Na ja, im Falle einer Scheidung bekomme ich keinen Cent«, sagte Susanne zerknirscht. »Ehevertrag!« Sie hob entschuldigend die Hände.

»Du Arme!«, rief Sabine lachend. »Wenn ich du wäre, wäre ich lieber ich!«

Die Runde lachte gackernd.

»Aber ich werde mich wohl trotzdem von ihm trennen, denke ich …« Susanne leerte nachdenklich ihr Glas. »Der goldene Käfig ist zwar wunderschön, aber er ist nichtsdestotrotz ein Käfig.«

»Recht hast du«, bestätigten die Frauen.

»Liebst du ihn denn noch?«, fragte Merle.

»Tja …«, sinnierte Susanne. »Ich weiß im Moment gar nicht, ob ich das jemals getan habe …«

»Überleg es dir gut!«, warnte Elke. »So einen Lifestyle bekommst du so schnell nicht wieder!«

»Ich weiß«, seufzte Susanne und hakte ihren Blick irgendwo am Horizont ein. Die Frauen schauten betreten in ihre Gläser. So recht wollte keine dazu etwas sagen.

In die Stille knurrte laut und vernehmlich Rosis Magen. »Sorry, aber ich sterbe gleich vor Hunger«, entschuldigte sie sich. »Wollen wir uns nicht ein paar Pizzen bestellen?«

»Gute Idee!«, fanden die Frauen, denen der Alkohol nach dem Training und der Sauna schnell zu Kopf stieg. Telefonisch orderten sie diverse Pizzen – und Rosi gönnte sich auch noch Tiramisu dazu.

»Wir können ja jetzt guten Gewissens ein paar mehr Kalorien vertragen, wo wir so hart trainieren«, begründete sie ihre Order. »Außerdem brauchen wir Kraft! Marathonläufer essen doch auch Unmengen von Nudeln vor dem Start, oder?«

»Na ja, mit einem Marathonlauf würde ich unser Gekicke nun nicht gerade vergleichen«, wiegelte Birgit ab.

»Ich schon – zumindest gefühlt«, lachte Sabine.

»Ich muss euch was gestehen«, platzte es plötzlich aus Rosi heraus, die durch die Pizzabestellung einen berauschenden Erinnerungsschub an ihr Date mit Paolo hatte.

»Was denn?«, fragten die Frauen neugierig.

»Ich habe jemanden kennengelernt«, strahlte Rosi. »Und ich habe mich verliebt!«

»Nee, oder?«, rief Evi begeistert. »Wie toll ist das denn?«

Die Frauen jubelten und klatschten Beifall.

»Wer ist es denn? Kennen wir ihn?«, erkundigte sich Gabi.

»Er heißt Paolo und ist Italiener«, verriet Rosi mit glänzenden Augen.

»Italiener! Amore, amore! Bella, bella!«, zwinkerte Sabine ihr zu.

»Paolo? Der Kleine vom Crêpe-Stand?« Merle schaute sie verblüfft an.

»Ja, genau!« Die Sternchen in Rosis Augen waren nicht zu übersehen.

»Aber ...«, stotterte Merle.

»Der Größenunterschied ist kein Problem«, beruhigte Rosi. »Er liebt große Frauen!«

»Aha ... Und wie ist das für dich?«

»Es ist mir egal, solange er gut küssen kann.« Rosi bekam vor Aufregung knallrote Wangen.

»Und? Kann er?«, fragte Levke.

»Und wie!!«, schwärmte Rosi und wurde noch röter.

»Und in den Knutschpausen kannst du dein Bier auf seinem Kopf abstellen«, lachte Sabine.

»Boah, wie böse!«, schimpfte Evi. »Ich freue mich total für dich!«

»Ich auch«, echoten etliche Frauen.

»Wie habt ihr euch denn kennengelernt?«, wollte Birgit wissen. »Online?«

»Nee, auf der Hundewiese«, verriet Rosi. »Mein Hund Trick hat sich in Paolos Pudeldame verliebt.«

»Perfekt!«, rief Britta begeistert. »Doppelte Liebe hält besser!«

»Sagt mal, geht es euch auch so, dass ihr seit dem Training wieder mehr Lust auf Sex habt?«, fragte Bente plötzlich laut in die allgemeine Begeisterung für Rosis neuen Beziehungsstatus. »Bei mir und Henner geht in letzter Zeit total die Post ab«, gestand sie leicht lallend.

»Was für Sex denn?«, rief Birgit entgeistert.

»Ich hab den Betrieb schon lange stillgelegt!«, gab auch Evi zu, »Ich bin froh, dass das Thema abgeschlossen ist«, erklärte sie in Gedanken an die letzten Jahre mit Harti.

»Echt?«, fragte Bente erstaunt. »Aber es ist doch so schön!«

»Bei euch vielleicht«, kommentierte Elke leicht sauertöpfisch. »Ich hätte auch durchaus noch Lust, aber mein Mann hat leider keinen Bock mehr.«

»Hat er Erektionsprobleme?«, fragte Evi. »Das war bei meinem nämlich das Problem ...«

»Da hängt der Haussegen schnell schief – im wahrsten Sinne des Wortes«, kalauerte Sabine und erntete dafür gackerndes Gelächter.

»Meiner kann noch, aber in letzter Zeit hat er es immer so eilig, als müsse er noch den letzten Zug erwischen«, gab Gabi zu. »Na ja, dann isses wenigstens schnell vorbei.«

Die Frauen lachten und klatschten Beifall, während Susanne ihnen nachschenkte.

»Die Frage ist doch, wollen Frauen in unserem Alter überhaupt noch Sex?«, warf Beate auf. »Die Wechseljahre haben so einiges im Schlepptau: Libidoverlust, Verstimmungen, Scheidentrockenheit ...«

»Dagegen hilft Olivenöl!«, warf Sabine ein. »Aber kalt gepresst! Das andere brennt.«

Die Runde lachte.

»Also diese Zitrone hat auf jeden Fall noch Saft«, sagte Sabine. »Ich kann mir nicht vorstellen, ab jetzt überhaupt keinen Sex mehr zu haben. Aber der Sex ist jetzt anders. Nicht mehr so wild und leidenschaftlich mit zackigen Stellungswechseln wie früher. Eher etwas ruhiger, langsamer und zärtlicher. Ohne dass es langweilig sein muss. Mehr Intimität kann ja alles andere als langweilig sein ...«, seufzte sie verträumt, und Levke warf ihr einen intensiven Blick zu, den sie zwar bemerkte, aber nicht erwiderte.

»Also, ich bin echt froh, dass ich keine schweißtreibenden Aktionen mehr hinlegen muss«, sagte Birgit. »Eine Tüte Chips und ein Glas Wein vor dem Fernseher sind mir inzwischen viel lieber.«

»Bei mir ist es Schokolade«, stimmte Britta zu.

»Ich habe auch oft so getan, als ob«, entfuhr es Evi plötzlich.

»Als ob was?«, fragte Sabine verständnislos.

»Na, als ob ich einen Orgasmus gehabt hätte!«

»Ah, verstehe.«

»Ja, damit er endlich Ruhe gibt und aufhört, stur die völlig falschen Punkte zu bearbeiten«, grinste Evi. Die Runde lachte.

Evi wunderte sich über ihre eigene Offenheit. Bislang war sie eher verklemmt und gehemmt gewesen, was dieses Thema betraf. Und hatte nie gern darüber geredet. Wie gut es doch tat, mal die Wahrheit auf den Tisch zu legen!

»Und das hat er nie gemerkt?«, erkundigte sich Sabine.

»Was jetzt? Die falschen Punkte – oder den gefakten Orgasmus?«, fragte Evi.

»Letzteres!«

»Ich glaube nicht …«, behauptete Evi. Sicher war sie sich natürlich nicht. War er deswegen abgehauen? Weil er sich sexuell belogen fühlte? Aber sie hatten vor seinem Verschwinden ja seit Jahren nicht mehr miteinander geschlafen, verwarf sie den Gedanken. Obwohl: Vielleicht hatte er ja auch genau deshalb keine Lust mehr auf sie gehabt. Wegen ihrer unglaubwürdigen Schauspielerei? Evi kam ins Grübeln.

»Warum hast du ihn denn feinmotorisch nicht korrigiert?«, fragte Sabine.

»Dazu war es nach zwei gefakten Orgasmen doch zu spät! Er war ab da ja überzeugt, alles richtig zu machen«, gestand Evi. »Dann hätte ich ihm ja auch gestehen müssen, dass er bislang komplett falschlag und ich geschauspielert habe.«

»Das ist ja das Dilemma«, seufzte Elke. »Eigentlich macht man dadurch alles nur noch schlimmer ...«

»Na ja, schlimm war es nun auch nicht gerade«, relativierte Evi. Es war nur absolut egal, dachte sie. So wie Staub saugen oder sich die Beine rasieren. Man machte es, weil es sein musste, und es tat ja auch nicht weh.

»Wenn mein Vibrator Rasen mähen könnte, bräuchte ich keinen Mann«, lallte Sabine. »Früher habe ich noch geglaubt, man könnte Männer verändern. Aus schlechtem Sex guten machen. Heute weiß ich, dass das nicht geht. Genauso gut könntest du versuchen, einer Kuh Primzahlen beizubringen.«

Die Runde hob zu einem neuen Lachsturm an.

»DINGGG-DONGGGG!« Die Türklingel riss sie aus ihrer erstaunlich intimen Diskussion. Die Pizzen kamen, und die Frauen machten sich ausgehungert über die vorgeschnittenen Dreiecke her, die lange Käsefäden zogen.

»Wusstet ihr, dass Paare, die länger als fünf Jahre zusammen sind, sehr oft ausgefallenen Sex haben?«, fragte Elke mit vollem Mund.

»Nee«, sagte Levke unkonzentriert.

»Montag ausgefallen, Mittwoch ausgefallen ...«

»Haha!« Die Frauen lachten lahm und verdrehten die Augen. »Wahnsinnig witzig!«

»Aber mal im Ernst«, schaltete sich Constanze ein, die noch relativ nüchtern wirkte. »In der Regel herrscht doch spätestens nach zwei Jahren Flaute im Bett, oder? Und die, die es noch machen, machen es eher routiniert und mechanisch. Wie Wäsche bügeln. Oder Geschirr spülen.«

Kreischendes Lachen.

»Glaubt ihr, dass eine Beziehung auch ohne Sex funktionieren kann?«, fragte Elke.

»Vergiss es«, winkte Beate ab. »Wie soll das denn gehen? Willst du die nächsten dreißig Jahre keinen Sex mehr haben und zum Einschlafen nur noch Bücher lesen?«

»Stricken statt f...«, kalauerte Sabine, die mittlerweile restlos enthemmt schien.

»Ganz schlechte Idee«, fand Gabi.

»Wenn du nicht mit deinem Mann schläfst, macht es eine andere«, gab Birgit zu bedenken.

Der Satz fuhr Evi wie ein Stromschlag in den Magen. Genauso war es bei ihr gewesen. Und die andere hieß Isabella und hatte ihn gleich mitgenommen.

»Aber innerhalb von längeren Beziehungen ebbt die Leidenschaft doch immer ab«, argumentierte Elke.

»Ich kann mir trotzdem nicht vorstellen, dass das langfristig funktioniert«, sagte Constanze. »Guter Sex schafft die Intimität und Nähe, die eine Beziehung nun mal braucht, wenn sie nicht nur ein Nebeneinanderherleben sein soll.«

»Kennt ihr nicht den Spruch?«, fragte Beate. »Sex zwischen Mann und Frau, das ist doch diese Sache, wo sie sich bemüht zu kommen – und er sich bemüht, nicht zu kommen. Und beide schaffen es nicht!«

Die Runde lachte.

»Genau«, rief Levke »Da ist was dran!«

»HAAATSCHII!!« Evi entfuhr ein ohrenbetäubender Nieser, dem in schneller Folge drei weitere folgten. »Sorry, Heuschnupfen!«, krächzte sie, nieste erneut heftig und schrie dann entsetzt: »Oh nein!!« Panisch sprang sie auf, griff sich mit einer Hand in den Schritt und tänzelte hektisch mit zusammengepressten Beinen herum. »Wo ist die Toilette?«

Susanne schnellte hoch und eskortierte sie in den Innenraum.

»Die Arme!«, seufzte Britta. »Habt ihr das auch, diese lästige Inkontinenz bei Niesanfällen? Oder bei Husten?«

Mehrere Frauen stimmten zu.

»Willkommen bei den Tena-Ladys«, rief Beate Evi nach, die im Haus verschwand.

Evi musste ein bisschen suchen, bevor sie im Erdgeschoss des Luxusanwesens das Gästebad fand. Diese neue Inkontinenz beim Niesen oder Husten, die offenbar mit den Wechseljahren zusammenhing, war wirklich lästig. Immer verlor sie dann ein paar Tropfen. Nicht viel, aber genug, um sich unangenehm zu fühlen.

Barfuß tapste sie über die vermutlich antiken Eichenholzplanken und genoss die Kühle des glatt geschliffenen Holzes an ihren Fußsohlen. Auf ihrem leicht schwankenden Weg bewunderte sie noch mal die offene Küche mit der Kochinsel, die so aussah, als wäre sie noch nie benutzt worden. Was für ein totaler Kontrast diese riesigen Räume doch zu ihrem winzigen Wohnwagen waren ... Endlich hatte sie die Toilette gefunden und ließ sich ächzend auf der Brille nieder. Während sie sich erleichterte, schwankte der Raum etwas. Sie hatte eindeutig zu viel getrunken! Aber es hatte sich gelohnt! Sie hatte schon lange keinen so lustigen Abend mehr gehabt. Interessiert betrachtete sie das Toilettenpapier, als sie es abriss, um ihren Aufenthalt zu beenden. Es fühlte sich samtweich an. Und war da tatsächlich das Louis-Vuitton-Logo aufgedruckt? Wer erfand eigentlich die verschiedenen Prägedrucke auf dem Toilettenpapier? War das ein gesonderter Beruf? Toilettenpapier-Designer?

Sie hatte schon als Kind immer so spinnerte Gedankengänge gehabt. Ständig waren ihr Dinge aufgefallen, die andere nicht sahen und die ihre Eltern stets mit »Ach, Evi nun wieder ...« abgetan hatten. Wann war ihr das verloren gegangen? Warum hatte sie nichts daraus gemacht? Vielleicht hätte sie Schriftstellerin werden können oder Künstlerin – oder sogar Schauspielerin? Warum hatte sie nie einen anderen Lebensweg versucht als den, den ihre Eltern ihr vorgelebt hatten? War sie denn damals wirklich so verliebt in Hartmut gewesen, dass sie ihr eigenes Leben komplett aus den Augen verlor und aufgab? Sie konnte sich kaum erinnern. Sie war durch ihre Zwanzigerjahre wie bewusstlos getaumelt. Orientierungslos. Und Harti war ihr Halt gewesen. Aber warum war sie so orientierungslos gewesen? Egal jetzt. Aktuell saß sie auf der Toilette einer Luxusvilla, und ihr wurde gerade etwas schwindlig. Höchste Zeit, zu den anderen zurückzukehren. Ob sie ihr Potenzial nicht genutzt oder falsch eingesetzt hatte, könnte sie ja heute Nacht im Wohnwagen klären, denn die Nacht würde sicherlich schlaflos werden. Sie hatte viel zu viel Alkohol getrunken und wusste jetzt schon, dass sie die Nacht mit Herzrasen und aufkommenden Kopfschmerzen verbringen würde ...

Evi kicherte, putzte sich ab und überlegte kurz, ein bisschen des edlen Papiers mit nach Hause zu schmuggeln, verwarf es dann aber wieder.

»Ihr müsst unbedingt auf Susannes Toilette gehen«, schwärmte Evi, als sie zu den anderen zurückkam. »Das habt ihr noch nicht gesehen: Sie hat Klopapier mit Louis-Vuitton-Prägung! So etwas Edles habe ich noch nie an meinen Unterleib lassen dürfen.«

»Echt? Wo ist das Klo?«, rief Sabine und sprang zum Schein auf.

»Ist euch mal aufgefallen, dass Toilettenpapier durch die eingeprägten Motive klassifiziert wird?«, fragte Evi.

»Hä?« Die Frauen schauten sie verständnislos an.

»Auf dem Lokus hat man ja meist etwas Zeit, deshalb habe ich mir die Prägungen mal genauer angesehen: Auf dem vierlagigen sind immer Herzen, auf den dreilagigen aber nur Blätter!«

»Ist nicht wahr!« Die Runde lachte. »Ist mir noch nie aufgefallen.«

»Also sind Blätter-Prägedrucke billiger«, folgerte Levke.

»Ja, für Liebe, also Herzen, muss man ja klassischerweise immer etwas mehr zahlen«, konterte Beate.

Die Runde lachte erneut.

»Das stimmt nicht«, warf Merle ein. »Ich habe neulich in der Edeka-Toilette Öko-Klopapier mit eingestanzten Tulpen gesehen. Und – jetzt haltet euch fest – es war nur zweilagig!«

Kreischendes Lachen.

»Oh nein«, rief Sabine. »Dieses dünne Papier, das durchreißt, wenn man sich damit den Hintern abwischen will, hasse ich! Dann hast du den ganzen Scheiß plötzlich an der Hand – im wahrsten Sinne des Wortes.«

»Ja, das ist schrecklich«, bestätigten mehrere Frauen.

»Die Franzosen haben ja deswegen diese Bidets«, wusste Britta.

»Aber nach gerade erledigtem großen Geschäft umsteigen aufs Bidet? Ich weiß nicht«, zweifelte Sabine. »Sind die Dinger nicht sowieso eher für nach dem Sex?«

»Keine Ahnung!« Britta hob ratlos die Hände.

»Vielleicht sollten wir mal eine Forschungsreise nach Frankreich machen«, schlug Bente vor.

»Oder wir schulen noch mal um auf Klopapier-Designerin, das wäre doch echt ein toller Beruf«, schlug Evi vor. »Was man da alles draufschreiben oder -malen könnte ...«

»Man könnte auch Politikerköpfe draufdrucken, mit denen man sich dann den Arsch abwischt«, überlegte Levke.

Die Runde lachte erneut.

»Oh ja, am besten den doofen Donald auf orangem Grund«, grinste Beate.

»Egal mit welchem Toilettenpapier, auf jeden Fall ist diese Teil-Inkontinenz echt nervig«, seufzte Bente und leerte ihr Glas.

»Diese beknackten Wechseljahre sind echt eine Strafe«, murmelte Birgit.

»Apropos Bidets«, überlegte Beate laut. »Und um noch mal auf das Thema ›Sex‹ zurückzukommen: Man sagt ja, dass eigentlich nur eine Frau weiß, wie man eine Frau richtig anfasst ...«

»Genau!«, rief Sabine. »Vielleicht sollten wir einfach alle lesbisch werden und dadurch einen Dauerplatz im siebten Ekstase-Himmel haben.«

Mehrere Frauen schauten Levke fragend an, die sich verlegen räusperte und Susanne ihr Glas hinhielt. »Kannst du da mal die Luft rauslassen?«

Grinsend schenkte Susanne ihr ein.

»So einfach ist es ja nun auch nicht«, erklärte Levke. »Guter Sex ist ja keine geschlechtsabhängige Begabung.«

»Nun mal Butter bei die Fische«, forderte Sabine. »Wie funktioniert Sex zwischen zwei Frauen? Was machen die im Bett?«

»Ich zeig es dir gern mal«, witzelte Levke und funkelte Sabine flirtend an.

Die verschluckte sich vor Schreck an ihrem Cremant und bekam einen heftigen Hustenanfall.

»Beruhig dich«, lachte Levke und klopfte ihr auf den Rücken. »Es muss ja nicht gleich hier sein.«

»Ich würde es aber auch gern mal wissen, Levke, wo wir schon mal eine diplomierte Lesbe in unserem erlauchten Kreis haben«, hakte Birgit nach. »Was ist denn der Unterschied? Was ist dran an dem Mysterium, dass nur eine Frau weiß, wie eine Frau angefasst werden möchte?«

»Echt, Mädels? Ihr wollt jetzt tatsächlich von mir wissen, was es mit dem Pornotraum eines jeden Mannes auf sich hat?«, fragte Levke. »Okay«, stimmte sie zu und lehnte sich zurück. »Ich finde, die These, dass Frauen untereinander die perfekten Liebhaberinnen sind, ist ziemlicher Blödsinn! Es gibt selbstverständlich auch Frauen, die ganz, ganz miese Performances abliefern – und umgekehrt Männer, die wundervoll berühren. Eine grobmotorische Maike kann einen genauso dilettantisch anfassen wie ein unsensibler Mike. Ich glaube, es kommt im Wesentlichen darauf an, wie gut man mit seinen sexuellen Wünschen und Bedürfnissen zusammenpasst.«

Sie räusperte sich.

»Aber eine Frau fasst sich natürlich viel weicher an als ein Mann. Alles ist viel zärtlicher und langsamer. Frauen beherrschen dieses quälend sinnliche Spiel des ›fast, aber noch nicht‹ perfekt – und sie können eindeutig besser küssen.«

Sie schob sich noch ein Stück Pizza in den Mund.

»Das heißt aber nicht, dass Frauen nur Blümchensex machen und sich lyrische Gedichte vorlesen«, schob sie nach. »Die Palette reicht von hart bis zart – genau wie bei Heteros. Lesbischer Sex kann auch ungemein leidenschaftlich und wild sein.«

Sabine starrte sie fasziniert an. »Wow! Klingt interessant!«

»Ich weiß nicht, ob das was für mich wäre«, überlegte Gabi. »Ich liebe einfach Männerkörper. Ich mag die Härte der Muskeln, die Körperspannung, den Testosteron-Geruch, die Behaarung. Ich brauche die Gier und die sexuelle Dynamik, ach, eben einfach den Kontrast!«

»Puh«, sagte Merle und fächerte sich gespielt Luft zu. »Well said!«

»Und ich liebe Penisse!«, ergänzte Gabi.

»Echt?«, fragte Beate erstaunt.

»Ja, ich finde die einfach total ästhetisch und schön!«

»Die gibt's aber auch ohne Mann dran«, grinste Levke.

»Stimmt«, kicherte Bente.

»Apropos Männerkörper«, warf Susanne verschmitzt ein. »Was haltet ihr denn eigentlich vom Body unseres Schnuckelhasen?«,

»Welcher Schnuckelhase?«, wollte Evi wissen.

»Na, Ben-Man!«

»Ja, der ist echt eine Sahneschnitte«, fand Gabi.

»Ich würde ihn nicht von der Bettkante stoßen«, schwärmte Susanne verträumt.

»Hey, hey, hey, geht da was?«, lachte Levke.

»Quatsch, der ist doch erst zwölf!«, empörte sich Susanne.

»Und außerdem hat er eine Freundin!«

»Meinst du, der ist gut im Bett?«, überlegte Sabine. »Schöne Männer sind ja oft Nieten auf dem Laken ...«

»Hä?« Gabi guckte sie verwundert an. »Warum das denn?«

»Weil sie sich keine Mühe geben müssen! Die verlassen sich einfach auf ihre Attraktivität. Wenn eine keinen Bock mehr hat, nehmen sie einfach die Nächste.«

»Einen schönen Mann hat man nie allein, hat meine Oma immer gesagt«, gab Elke zu bedenken.

»Hässliche aber leider auch nicht«, konterte Merle. »Mein Söhnke ist nun wirklich keine Schönheit, und er hat trotzdem eine Affäre.«

»Meint ihr, Ben kann gut küssen?«, fragte Sabine.

»Kommt drauf an, wo ...«, säuselte Susanne mit sehnsüchtigem Blick.

»Susi, hörst du jetzt mal auf?«, lachte Constanze. »Komm mal wieder runter von deinem Ben-Fetisch!«

»Man wird ja wohl noch träumen dürfen«, grinste Susanne.

In diesem Moment betrat Joachim die Terrasse.

24

Dreizehn beschwipste Frauen, überall Pizzakartons, Tomatenkleckse und Fettflecken auf den ehemals strahlend weißen Loungekissen und eine Gattin, die von einem anderen Mann schwärmte – das war zu viel für Joachims strapazierte Nerven. Und erst recht für sein über-pingeliges Sauberkeitsbedürfnis. Mit dem Argument, noch eine Telko zu haben, zog er sich nach einer eisigen Anstandsbegrüßung in sein Arbeitszimmer zurück.

Aber kaum, dass die Frauen gegangen waren, rauschte er aus seinem Büro wieder heraus und baute sich vor Susanne auf: »Heute hast du den Bogen endgültig überspannt, meine Liebe!«

Susanne, die der Cremant und die Solidarität der anderen Frauen übermütig gemacht hatte, strahlte ihn an. »Merk dir, was du sagen willst, Schatz. Ich wollte dir vorher nur kurz mitteilen, dass ich die Scheidung einreiche!«

Joachim fiel die Kinnlade runter. Fassungslos starrte er sie an. »Aber ...«

»Ja, ich weiß, ich verliere alles«, nickte Susanne. »Aber weißt du was: Ich gewinne mich!«

Boah, fühlte sich dieser Satz gut an!

Und richtig.

Joachim verschwand wortlos in seinem Schlafzimmer. Susanne torkelte in ihres und rief Constanze an, um zu fragen, ob sie eine Zeit lang bei ihr unterschlüpfen könnte.

»Klar, Sweetie. Gar kein Problem«, sagte die. »Endlich ziehst du es durch! Bravo!«

Anschließend packte Susanne zwei Koffer und nahm sich vor, bevor Joachim aufwachte, bereits aus dem Haus zu sein.

Während sie unkonzentriert ihre Kleidung in den Koffer warf, ploppten zahlreiche Nachrichten der Sylt-Kröten in der WhatsApp-Gruppe auf, die sich bei ihr für den schönen Abend bedankten.

Ich hab euch alle sehr lieb, schrieb Bente zum Schluss.

Dieses Gefühl hatte Susanne auch.

Der Sex-Talk bei Susanne hing Evi noch lange nach. Hartis Liebe war ihr unmerklich entglitten. Schon lange vor seinem Verschwinden hatte er ihr nicht mehr gesagt, dass er sie liebte. Er hatte ihr keine Komplimente mehr gemacht und auch längst kein Strahlen mehr in den Augen gehabt, wenn er sie ansah.

Harti lag in ihrem Ehebett direkt neben ihr und war doch Tausende Kilometer entfernt. Evi hatte angenommen, dass das eine Phase sei, durch die man durchmusste. Ein Nadelöhr, das man auf dem Weg von Verliebtheit zu ewiger Liebe zu passieren hatte. Die, die es schafften, durften sich dann an einer betonartig gefestigten Beziehung freuen, die nichts mehr erschüttern konnte. Wie falsch diese Theorie war, war ihr seit Hartis Verschwinden immer klarer geworden. Aber sie hatte ein Recht darauf, sich mit ihm auseinanderzusetzen, fand sie. Nach einunddreißig Ehejahren war er ihr Antworten schuldig! Sie beschloss, nach Isabella zu forschen, und erkundigte sich im Syltness-Center nach einer Mitarbeiterin mit diesem Vornamen.

Eine sehr hilfsbereite Frau am Informationstresen ging vor ihren Augen die Liste aller Angestellten durch, fand aber nur eine Inga. Doch plötzlich hatte die Mitarbeiterin eine Idee: »Vielleicht ist die Dame beim externen Putztrupp!« Sie kramte in ihren Unterlagen und überreichte Evi schließlich eine etwas verknitterte Visitenkarte. *Quick Clean*, stand darauf. *Wir machen blitzschnell blitzblank.*

Evi bedankte sich und steckte die Karte ein.

Wieder im Wohnwagen, gab sie die Nummer in ihr Handy ein und erfuhr, dass Isabella Gonzales fünf Jahre lang bei *Quick Clean* als Reinigungsfachkraft gearbeitet hatte, vor Kurzem aber wieder nach Brasilien zurückgekehrt sei. Eine Nummer von dort habe man leider nicht.

Sofort googelte Evi Isabellas Namen plus Wohnort São Paulo – und hatte achtundfünfzig Treffer. Resigniert ließ sie das Handy sinken.

Levke war sich immer sicherer, dass sie Sabine verführen könnte. »Heten knacken« hieß der Fachbegriff, der in der Berliner Lesbenszene dafür kursierte, eine eigentlich heterosexuelle Frau ins Bett bekommen zu haben. Aber wie sollte Levke sich ihr annähern, ohne die Freundschaft oder gar den Zusammenhalt der Mannschaft zu gefährden? Never fuck the company, hieß es doch, und Levke wollte durch ein etwaiges emotionales Chaos auf gar keinen Fall das Team sprengen. Jeder Verabredungsversuch mit Sabine allein wäre zudem viel zu durchsichtig.

Zufällig blieb sie eines Morgens beim Durchlesen der *Sylter Rundschau* am Programm des Westerländer Kino-Palastes hängen. Dort wurde eine neue deutsche Komödie namens *What a feeling* gezeigt, in der zwei Frauen im Alter der Sylt-Kröten ihre Liebe zueinander entdeckten. Die eine war bis dahin strikt hetero. »Late bloomer« nannte man in der Lesbenwelt die Frauen, die erst im reifen Alter zur gleichgeschlechtlichen Liebe fanden. Levke konnte den glücklichen Zufall kaum fassen, dass nun ausgerechnet dieser Film lief und auch noch überall hochgelobt wurde. »Habt ihr nicht mal Lust, gemeinsam ins Kino zu gehen?«, schlug Levke deshalb in der Sylt-Kröten-Gruppe vor, schickte den Link zum Film und verfasst eine kurze Inhaltsangabe: *In der österreichischen Komödie geht es um eine Ehefrau um die fünfzig, die an ihrem Hochzeitstag von ihrem Mann verlassen wird, weil er sich selbst finden möchte. Auf die Schocknachricht betrinkt sie sich hemmungslos und strandet schließlich in einer Lesbenbar, wo sie mit der bindungsscheuen Fa weitersäuft, die sie schließlich mit zu sich nach Hause nimmt. Eine stürmische und zum Teil sehr komische Romanze nimmt ihren Lauf, inklusive zögerlichem Outing vor der Tochter der Ehefrau und der konservativen Mutter von Fa. Es geht um Selbsterkenntnis, den Mut zum Neuanfang und um Entscheidungen, die sich richtig anfühlen, ganz egal, was die anderen denken oder sagen.*

»Wow, klingt super!«, kam es sofort von Britta zurück.

»Die eine Frau wird von Caroline Peters gespielt, die ihr vielleicht aus *Mord mit Aussicht* kennt, diese Krimiserie, die dauernd in der ARD läuft«, schickte Levke hinterher, weil sie sich nicht sicher war, ob die Thematik des Films bei allen Frauen auf Interesse stoßen würde.

»Caroline Peters ist großartig«, jubelte Birgit. »Die liebe ich!«

»Ich auch«, schickte Elke.

»Tolle Idee!«, antworteten viele Sylt-Kröten – auch Sabine.

»Ehefrau um die fünfzig, die von ihrem Gatten verlassen wird«, klang es in Evi nach und sorgte für ein schmerzhaftes Ziehen in der Magengegend. Sie war also nicht die Einzige. Dass Männer in der Midlife-Crisis ihre Frauen verließen, wurde nun offenbar auch schon im Kino thematisiert. Ihre eigene, nicht mehr existente Ehe entsprach also voll dem Zeitgeist, und ihr Schmerz war kein Einzelschicksal. Aber was nützte ihr diese Erkenntnis? Gar nichts, beschloss Evi und schickte ein »Ich bin dabei!« in die Gruppe.

Die erste Nacht mit Paolo verlief unkomplizierter als gedacht. Rosi hatte befürchtet, dass der Größenunterschied von fast einem halben Meter eventuell beim Sex hinderlich sein könnte. Schließlich kam er höchstwahrscheinlich nicht überall gleichzeitig dran. Aber Paolo erwies sich als erstaunlich erfahrener und fantasievoller Liebhaber, und hinderlich waren letztlich nur Tick, Trick und Track, die permanent bellten und jaulten, weil sie befürchteten, ihrem Frauchen würde Schreckliches angetan, so laut, wie sie ein paarmal aufstöhnte.

Am nächsten Morgen schaute Rosi den kleinen Mann in ihrem Bett verliebt an, während er noch schlief. Sollte das nun tatsächlich die Liebe ihres Lebens sein? Beide durch außergewöhnliche Körpermaße vereint?

Gestern hatten sie, bevor sie übereinander herfielen, noch über ihre katastrophalen Erlebnisse beim Online-Dating gesprochen.

»Die Frauen suchen alle Männer ab hundertachtzig Zentimetern«, hatte Paolo berichtet. »Offenbar fühlen sie sich von einem großen Mann beschützter als von einem kleinen. Sobald ich meine Größe verraten habe, haben die Frauen den Kontakt abgebrochen.«

»Bei mir war es genau umgekehrt«, gab Rosi zu.

»In Italien sind die Frauen auch klein«, sagte Paolo und hob theatralisch die Hände in die Höhe. »Aber hier: Dio mio – alle groß!«

»Möchtest du denn eigentlich lieber eine kleine Frau?«, fragte Rosi erschrocken.

»Nein!!!«, rief Paolo empört. »Das ist ja gerade das Problem: Ich liiiiiebe große, blonde Frauen – am liebsten so groß wie du!« Er gab ihr einen leidenschaftlichen Kuss, der die Initialzündung ihrer ersten Nacht wurde.

25

Das Testspiel gegen die Kieler Mädchenmannschaft fand an einem Samstagnachmittag Mitte August statt. Die Frauen hatten zusammengelegt und einen Bus gemietet, mit dem sie in die Landeshauptstadt fuhren. Nach der Anmietung war in der WhatsApp-Sylt-Kröten-Gruppe eine heiße Diskussion darüber entbrannt, ob der Bus einen Namen bekommen sollte:

»Wie wäre es mit Boller-Wagen?«, schlug Levke vor und erntete dafür zahlreiche Schlapplach-Emojis.

»Nein, das können wir ihm nicht antun«, entschied Evi.

»Mein VW-Bus heißt Böbchen«, warf Sabine in die Gruppe.

»Warum das denn?«, fragte Bente.

»Weil er einfach aussieht wie ein Bob. Und Böbchen ist halt die Verniedlichung.«

»Mein weißer Mini heißt Zuckerwürfel«, gestand Britta.

»Mein Suzuki-Jeep heißt Susi« – das kam von Beate.

»Mein Schrubber heißt Helene Wischer!«, steuerte Elke bei.

»Und mein Sauerteig Gärlinde«, schrieb Merle.

»Und warum nicht Gärtrud?«, fragte Sabine.

Wieder prasselte es zahlreiche Schlapplach-Emojis.

»Bei mir haben Sachen keine Namen, ich rede aber mit ihnen«, textete Rosi. »Nach einer langen Fahrt streichle ich manchmal über den Kotflügel oder klopfe anerkennend auf die Motorhaube und sage: Gut gemacht!«

»Wie lustig! Das mache ich auch!«, pflichtete Levke ihr bei. »Ich glaube ja, dass auch Dinge eine Seele haben.«

»Ich auch«, bestätigte Sabine.

»Mein Wagen heißt wahlweise alte Schrottkarre oder süßer Hase – je nachdem, wie gut er funktioniert«, schrieb Elke.

»Meine Spülmaschine heißt Kurt«, schrieb Bente und erntete dafür etliche Grinse-Emojis.

»Ein Mann, der brav den Abwasch übernimmt! Sehr schön!«, kommentierte Constanze.

»Unsere Waschmaschine muss immer mal wieder gestreichelt werden, da sie schon etwas älter ist«, schrieb Merle. »Wir loben oft, wie toll sie arbeitet, reden aber sonst wenig über sie, denn Küchengeräte haben Ohren!«

»Apropos Küchengeräte!«, fiel Birgit ein. »Kennt ihr den fiesen Spruch von Bernie Ecclestone?«

»Wer ist denn Bernd Eckstein?«, fragte Levke.

»Irgend so ein Formel-1-Manager.«

»Und was sagt er?«

»Er findet, Frauen sollten immer ganz in Weiß gekleidet sein wie all die anderen Küchengeräte.«

»Boah!«, empörten sich die Frauen. »So ein Pascha!«

»Ladys, zurück zum Thema!«, mahnte Evi. »Wie soll der Mannschaftsbus denn nun heißen?«

»Heißen Busse von Rockbands nicht immer Nightliner?«, fragte Sabine. »Warum nennen wir ihn nicht einfach Sylt-Kröten-Liner?«

»Perfekt!«, »Super!«, »Top!«, lobten die Frauen, und damit war das Mannschaftsfahrzeug getauft. Sabine druckte daraufhin in ihrer Agentur eine Klebefolie mit dem rosafarbenen Schriftzug *Sylt-Kröten-Liner on Tour*, die sie an die Seiten klebte.

Ben saß am Steuer.

Wie früher auf einer Klassenfahrt stiegen die Frauen schnatternd und mit reichlich selbst gebackenem Proviant in den Bus, obwohl Ben sie gestern noch ermahnt hatte, am Tag vor dem Spiel nur noch leicht verdaulich, vitaminreich und kohlenhydratlastig zu essen – und vor allem keinen Alkohol zu trinken. »Damit ihr genug Power habt!«

Alle waren sehr aufgeregt, freuten sich über den Ausflug, gackerten und lachten in der ersten Stunde laut durcheinander und verzehrten begeistert die angeblichen Vital-Kekse, die Bente herumreichte. Doch je länger die Fahrt dauerte, desto mehr beruhigten sich die Frauen, hörten Musik mit EarIns (statt wie früher mit Kopfhörern und dem ersten Walkman), daddelten auf ihren Handys, quatschten oder schliefen ein.

Die Fahrt dauerte aufgrund des komplizierten Transfers mit dem Sylt Shuttle über drei Stunden, und als sie endlich an der Sportanlage des SV Hammer ankamen, mussten etliche Frauen erst mal die eingerosteten Glieder strecken. Kurz vor ihrer Ankunft hatte Ben per Lautsprecher noch mal die Spieltaktik durchgegeben und die Mannschaft motivationsmäßig eingeschworen. »Ihr könnt gewinnen, denn ihr seid körperlich viel kräftiger und erfahrener – ihr müsst es nur wollen!«

Rund um den Rasenplatz des SV Hammer, der etwas außerhalb von Kiel idyllisch im Grünen lag, hatten sich bereits zahlreiche Zuschauer versammelt. Das war nicht weiter verwunderlich, denn die *Kieler Nachrichten* hatten über das anstehende Spiel berichtet und auch R.SH hatte einen kleinen Beitrag gesendet. Die Frauen stiegen aus dem Bus und gingen, verblüfft über die ansehnliche Zuschauerzahl, in die Umkleidekabine, wo sie von Ben nochmals eingenordet wurden.

In ihren rosa Trikots liefen die Sylt-Kröten wenig später auf den Platz, wo sich die Mädchenmannschaft Kieler Kickerinnen bereits warm spielte. Die Mädchen waren zwischen acht und vierzehn Jahre alt und hatten, ähnlich wie die Frauen der Nationalmannschaft, überwiegend lange Haare, die sie zu Pferdeschwänzen oder geflochtenen Zöpfen hochgebunden hatten, und sahen alles in allem eher wie Mitglieder einer Girlgroup aus denn wie Spielerinnen einer Fußballmannschaft.

Susanne trug die Kapitänsbinde und übernahm den Anstoß. Das Spiel lief ruhig an. Offenbar wollte das Mädchen-Team erst mal herausfinden, wie fit die Sylt-Kröten waren und was sie so draufhatten. Die Frauen lieferten ein paar erstaunlich gut funktionierende Spielzüge, und sogar Ballabgaben und -annahmen klappten erstaunlich präzise. Doch dann erhöhten die Kielerinnen plötzlich drastisch das Tempo und erzielten unter lautem Applaus der Zuschauer zwei schnelle Tore.

Enttäuscht und atemlos schlurften die Sylt-Kröten in der Halbzeitpause in die Kabine, wo Ben, der während des Spiels ununterbrochen Anfeuerungen und Anweisungen vom Spielfeldrand gebrüllt hatte, sie bereits erwartete, um jeder einzelnen Spielerin taktische Tipps zu geben, verkrampfte Waden zu massieren und drei Auswechslungen vorzunehmen. Birgit, Beate und Sabine sollten Merle, Bente und Constanze Gelegenheit zur Praxis geben.

»Stellt auf offensive Spielweise um«, wies er die Mannschaft an. »Legt den Schwerpunkt nicht mehr auf Verteidigung, sondern auf Angriff!«

Gesagt, getan: Die Kielerinnen waren in der zweiten Halbzeit so überrascht von der neuen Dynamik der Sylt-Kröten, dass Levke bereits in der ersten Spielminute ein überraschendes Tor gelang, das die Mädchenmannschaft so demoralisierte, dass Susanne zehn Minuten später mit einem Kopfball den Ausgleich schaffte. Susanne jammerte nach dem Köpfer zwar, anstatt zu jubeln, und rieb sich mit schmerzverzerrtem Gesicht die Stirn, aber die Sylt-Kröten fielen ihr trotzdem begeistert um den Hals.

Der Gleichstand gab den Sylt-Kröten weiteren Auftrieb, setzte ungeahnte Kräfte frei und machte den Kielerinnen dadurch schwer zu schaffen. Sie fanden nicht in ihren Spielrhythmus zurück und verloren immer öfter ihre Bälle. Levke gelang noch ein Schuss aufs Tor, der allerdings am Pfosten abprallte. Die Spielzeit näherte sich dem Ende. Alles lief auf ein Unentschieden hinaus, doch kurz vor Spielende ging den sich völlig verausgabt habenden Sylt-Kröten die Puste aus. Mehrere Spielerinnen brachen vor Erschöpfung fast zusammen. Merle bekam keine Luft mehr, Bente war knallrot, und Evi hatte Seitenstechen. Constanze blieb immer wieder stehen und streckte ihre Wade, weil sie offenbar einen Krampf hatte.

»Durchhalten, Mädels!«, brüllte Ben von der Seitenlinie. »Nur noch drei Minuten!«

Und dann passierte es: In der letzten Spielminute preschte die Kapitänin der Kielerinnen durch eine Verteidigungslücke und schaffte das Siegtor. Die Zuschauer jubelten so laut auf, dass sie den Abpfiff übertönten.

Die Sylt-Kröten ließen sich fix und fertig auf den Rasen fallen. Merle und Bente weinten vor Enttäuschung.

Auf der Rückfahrt herrschte im Kröten-Liner trotzdem ausgelassene Stimmung. Sie hatten zwar verloren, aber so gut gespielt wie noch nie, wie Ben geradezu euphorisch verkündete. »Das wird was, Mädels!«, klatschte er seiner Mannschaft Beifall. »Das Turnier kann kommen!« Er ließ eine Spotify-Playlist mit Hits der Siebziger und Achtziger laufen, dem Sound der Kröten-Jugend, Prosecco-Flaschen wurden herumgereicht, und ein paar der weniger lädierten Frauen tanzten sogar im Gang.

Für die nächsten drei Tage ordnete Ben eine strikte Trainingspause an, damit sich die geschundenen Frauenkörper wieder erholen konnten. Levke schlug als Ersatz in der

WhatsApp-Sylt-Kröten-Gruppe den von ihr angedachten Kinobesuch vor.

26

»Möchtet ihr auch ein Aperölchen?«, fragte Sabine in die Runde. Rosi, Evi, Levke, Gabi, Bente, Merle, Britta, Birgit und sie selbst standen im Foyer der *Kinowelt Sylt*, einem modernen Glasbau mit vier Hightech-Kinosälen.

»Mixen die hier denn Cocktails?«, fragte Birgit ungläubig.

»Nein, die gibt es schon fertig in kleinen Flaschen«, lachte Sabine und zeigte auf eine Glasvitrine, in der zahlreiche kleine Fläschchen standen, die mit orangefarbener Flüssigkeit gefüllt waren.

»Ach so«, nickte Birgit. »Ja, gern!«

»Ich nehme lieber ein Bier«, sagte Levke.

»Ich auch«, schloss sich Beate an.

»Also sieben Aperol und zwei Bier«, fasste Sabine zusammen und ging zum Verkaufstresen. Levke eilte ihr nach, um ihr beim Tragen zu helfen.

Mit ihren Getränken in der Hand und drei riesigen Tüten Popcorn machten sich die Frauen anschließend auf den Weg in ihren Saal und nahmen in der vorletzten Reihe nebeneinander Platz.

»Ich freue mich total«, strahlte Bente. »Ich war ewig nicht mehr im Kino!«

»Ich auch nicht«, bestätigte Evi.

»Das ging zur Corona-Zeit ja auch gar nicht – und dann habe ich es mir irgendwie abgewöhnt und stattdessen Netflix geschaut«, erzählte Britta.

»Geht mir genauso«, nickte Merle.

Die Popcorntüten wurden herumgereicht, die Frauen stießen an, und das Licht ging aus. Der Vorhang zog sich auf – und die unvermeidlichen Werbespots prasselten auf sie nieder, bevor dann endlich der Film startete.

Die Frauen amüsierten sich prächtig, lachten viel, litten mit den Darstellerinnen und hatten zwischendurch sogar ein paar Tränchen in den Augen.

»Toller Film!«, fanden alle, als sie sich nach der Vorstellung erhoben und die Popcornkrümel von ihrer Kleidung fegten.

»Wollen wir noch was trinken gehen?«, schlug Levke, der der Film natürlich besonders gut gefallen hatte, aufgekratzt vor, als sie um kurz nach zehn wieder vor dem Eingangsportal standen und die Ersten sich anschickten, sich zu verabschieden.

»Boah, ich glaube, ich muss ins Bett, Mädels«, gestand Bente. »Man sagt doch, ab fünfzig ist zwanzig Uhr das neue Mitternacht – das kann ich nur unterschreiben. Mir fallen echt die Augen zu!«

»Mir auch«, pflichteten ihr Birgit, Britta und Rosi bei, und auch Evi musste zugeben, dass sie sich brennend nach ihrer Matratze sehnte, um ihre immer noch strapazierten Glieder auszustrecken.

»Esst ihr auch schon um achtzehn Uhr zu Abend?«, fragte Merle. »Früher habe ich immer erst abends um neun gegessen – das könnte ich heute nicht mehr. Ich würde die ganze Nacht mit Verdauungsproblemen wach liegen.«

»Jaaa!«, stimmten fast alle Frauen zu.

»Ich vertrage neuerdings den Wein auch schlechter«, verriet Birgit. »Ab zwei Gläsern liege ich nachts mit Herzrasen wach – das ist echt ärgerlich!«

»Kenne ich«, nickte Gabi. »Das liegt an den Hormonen! Da kannst du aber was machen!«

»Ja, ich weiß ...«

»Wenn ich jetzt noch etwas trinken würde, dann hätte ich morgen und übermorgen Kopfschmerzen. Das Besäufnis neulich bei Susanne hat mir schon gereicht! Da hatte ich noch drei Tage dran zu knacken. Man ist echt nicht mehr zwanzig, und in diesem Punkt finde ich es wirklich ärgerlich«, schimpfte Merle.

»Also, ich mach jetzt mal die Biege«, verabschiedete sich Bente kurz entschlossen. »Ich komme mit«, rief Evi schnell und hakte sich bei ihr ein.

Die anderen Frauen folgten ihnen nach und nach, bis Levke schließlich allein vor dem Kino stand und leicht frustriert zu ihrem Auto ging. Den weiteren Verlauf des Abends hatte sie sich gänzlich anders vorgestellt. Der Film war doch eine Steilvorlage gewesen – warum hatte sie im Kino nicht zufällig Sabines Hand gestreift, die ja neben ihr gesessen hatte? Zum Beispiel, als die Popcorntüten dauernd hin- und hergereicht wurden? Warum hatte sie danach in irgendeiner Bar keine Diskussion über lesbische Liebe angeregt? Weil sie gar nicht mehr in eine Bar gegangen waren!, gab sie sich selbst Absolution.

Aber wie sollte sie denn jetzt bloß noch mal auf das Thema zurückkommen? Sie wollte ja auch nicht penetrant sein. Enttäuscht fuhr sie nach Hause und legte sich sofort ins Bett, konnte aber nicht einschlafen. Aufgewühlt lag sie wach, schaute durchs Dachfenster in den Sternenhimmel und ärgerte sich, nichts aus der vermeintlichen Chance gemacht zu haben. Der Film hatte brennende Sehnsüchte in ihr belebt, und die ganze Zeit über hatte sie Sabines Duft eingesogen, aus den Augenwinkeln ihr schönes Profil mit den vollen Lippen angeschaut und kaum die Elektrizität ausgehalten, die sie zwischen ihren Körpern gespürt hatte ... Sie hätte wetten können, dass Sabine Shalimar benutzte, ein Parfüm, das vor über zwanzig Jahren auch die erste Frau getragen hatte, mit der Levke geschlafen hatte.

Gegen ein Uhr stand sie entnervt auf, um sich einen Tee zu machen. Gerade als der Wasserkocher zu sprudeln anfing, klopfte es leise an der Haustür. Erschrocken öffnete Levke und sah zu ihrer größten Überraschung Sabine vor sich stehen, unsicher grinsend und mit einer Flasche Rotwein in der Hand.

»Du hattest mir doch neulich angeboten, mir etwas zu zeigen«, brachte sie verlegen hervor.

»Ja? Äh, was denn?« Vor Überraschung hatte Levke plötzlich eine totale Leere im Gehirn. Ihr Puls raste, ihre Wangen brannten.

»Na, das hier!« Mit diesen Worten zog Sabine Levke zu sich heran und küsste sie.

»Ach, kommst du auch mal wieder nach Hause?«, begrüßte Henner Bente, als sie nach dem Kinobesuch nach Hause kam, und schaute vorwurfsvoll auf die Küchenuhr. »Ob ich hier verhungere, ist dir scheinbar egal!«

»Wie bitte?«, fragte Bente überrascht, zog sich ihre Jacke aus und hängte sie an die Garderobe.

»Du machst mir schon seit Tagen keine Schnittchenteller mehr zum Abendbrot«, rief Henner in den Hausflur.

»Wie alt bist du?«, lachte Bente und kam in die Küche zurück. »Zwölf?« Sie setzte sich bei ihm auf den Schoß und streichelte ihm über den Kopf. »Entschuldige, Bärchen, aber du weißt doch, dass ich unterwegs war.«

»Du warst in der letzten Woche aber nicht jeden Abend unterwegs«, maulte er. »Und du hast mir trotzdem keine Schnittchen gemacht!«

»Stimmt. Aber ich versuche gerade, mich gesünder zu ernähren, Schatz, und nach achtzehn Uhr nichts mehr zu essen, um etwas fitter zu werden! Und wenn ich dir dann einen Schnittchenteller machen würde, würde ich so einen Appetit bekommen, dass auch ich voll zuschlagen würde. Du kennst mich ja!«

»Hmpf«, machte Henner.

»Ich bin außerdem davon ausgegangen, dass du durchaus in der Lage bist, dir selbst ein Brot zu schmieren.«

»Das schmeckt aber nicht so gut wie deine Schnittchen«, maulte Henner.

»Ach, du armes, armes, aller-, allerärmstes Bärchen!«, nahm Bente ihn auf die Schippe. »Komm, dann mach ich dir eben schnell noch einen Imbiss, bevor du gänzlich abmagerst.« Sie stand auf und ging zum Kühlschrank.

»Nee, lass mal«, winkte Henner ab. »Ich habe mir schon Pommes und Currywurst bei Rudi geholt.«

»Und warum sagst du das nicht gleich, anstatt hier so ein Theater zu machen?«

»Weiß ich auch nicht«, murmelte Henner zerknirscht. »Bleibt das denn jetzt so?«, fragte er ängstlich. »Keine Schnittchen mehr?«

»Vielleicht«, sagte Bente schelmisch, setzte sich wieder auf seinen Schoß und küsste ihn. »Dafür hast du aber eine ganz heiße Schnitte in deinem Bett!«

»Uff«, ächzte Henner grinsend und wischte sich gespielt nicht vorhandenen Schweiß von der Stirn. »Na gut, einverstanden!«

27

»Ihr habt siebenundfünfzig neue Follower!«, verkündete Ben strahlend beim nächsten Training. »Ich habe das Spiel gegen die Kielerinnen gefilmt und die besten Szenen als Reels gepostet. Und offenbar finden das etliche Leute super!« Er applaudierte den Frauen, die sich gerade für das Aufwärmtraining dehnten.

»Deshalb werde ich ab sofort auch euer Training filmen«, beschloss er. »Wenn wir über fünfhundert Follower zusammenbekommen, ist es nämlich schon möglich, Einnahmen zu erwirtschaften. Und ab tausend Follower sind kleinere Kooperationen denkbar! Also: The only way is up!« Er ließ seinen erhobenen Daumen wie eine Rakete Richtung Himmel schießen.

Die Frauen klatschten begeistert.

»Ihr wart toll gegen Kiel, aber für das Turnier müssen wir so gut wie irgend möglich werden«, sagte er dann. »Deshalb habe ich mir ein paar neue Übungen ausgedacht!«

Ben scheuchte die Frauen barfuß durch den Wald, um ihre Fußsohlen zu sensibilisieren. Er ließ sie in der Fußgängerzone um die Passanten dribbeln und auf dem Feld mit verbundenen Augen den Flug des Balls erspüren. Stets kreierte er neue, äußerst ungewöhnliche Trainingsmethoden, um den Frauen den letzten Schliff zu verpassen, und schlug vor, dass sich das Team für die letzte Woche vor dem Turnier in einem großzügigen dänischen Ferienhaus mit Outdoor-Whirlpool und Sauna einmieten solle, um den Teamgeist zu fördern. Die Frauen stimmten zu, obwohl die Männer von Bente, Gabi, Merle und Elke nicht gerade begeistert darüber waren, sich eine Woche lang selbst versorgen zu müssen.

Je zwei Frauen teilten sich ein Schlafzimmer, und keine hegte auch nur den geringsten Verdacht, als Sabine und Levke sich für ein Zimmer im Dachgeschoss zusammentaten. Bens schwuler Kumpel Jörgi, ein gelernter Koch, übernahm die kulinarische Versorgung und bereitete gesunde proteinhaltige Gerichte für die Truppe zu. Und Jannis, ein Physiotherapeut, der im nahe gelegenen Küstenort Hvide Sande wohnte, schaute jeden zweiten Tag für Massagen gegen Verspannungen, Muskel- oder Gelenkprobleme vorbei. Bezahlt wurde das Ganze vom Sponsorenduo aus Sparkasse und Sportgeschäft, die aufgrund der steigenden Followerzahlen kostenlose Werbung witterten.

Das Programm für die Woche war tough: Ben ließ die Damen schon morgens um sieben Uhr aufstehen und zu einer Runde Barfußjoggen am Strand antreten, der intensives Stretching und ein Sprung ins Meer folgten. Danach durften die Frauen heiß duschen und ihr Frühstück einnehmen, das aus Kaffee, Kräutertees und Müslis mit frischem Obst bestand. Danach stand Training am Strand oder auf dem Rasenplatz auf dem Plan, dem eine Einheit im Meer mit Wasserball folgte. Das war besonders gelenkschonend und gleichzeitig, wegen des Wasserwiderstandes, muskelaufbaufördernd. Nachmittags folgten dann Massagen, Sauna oder eine Relax-Einheit im heißen Whirlpool.

Abends am großen Esstisch wurden Taktiken, Techniken und Spielstrategien besprochen. Meist sahen sie sich auf dem Fernseher dazu ein paar beispielhafte Fußballspiele an oder studierten Lehrvideos von Spielzügen.

Ben regte die Frauen an zu versuchen, telepathisch mit ihren Mitspielerinnen Kontakt aufzunehmen, und ließ sie am Esstisch mit verbundenen Augen wortlos miteinander kommunizieren, was anfangs nicht besonders gut klappte, im Laufe der Woche aber tatsächlich ein paarmal funktionierte. Und er versuchte, den Teamgeist mit Vertrauensspielen wie »sich rückwärts in die Arme einer Kameradin fallen lassen« zu fördern.

»Wenn wir das Turnier gewinnen wollen, müssen wir uns gegenseitig spüren, füreinander einstehen, eine Familie sein«, forderte er markig.

Die innovativste Übung war »Fußball im Dunklen«. Dazu mussten die Frauen in einer komplett abgedunkelten Halle den Ball erspüren.

Die Frauen kamen sich teilweise vor, als wären sie in einer Mischung aus Bootcamp, Straflager und Gehirnwäsche-Institution kaserniert, machten aber brav mit, da die Bewegung, der Sport, die Wellnesseinheiten, die gesunde Ernährung und vor allem auch das Zusammensein in der

Gemeinschaft jeder Einzelnen von ihnen erstaunlich guttaten.

Keine der Frauen ahnte, dass Susanne die ganze Zeit über ein Geheimnis mit sich herumtrug: Von dem Nachmittag vor drei Wochen, an dem sie Ben zufällig am Strand in Wenningstedt getroffen hatte, hatte sie nämlich noch keiner von ihnen erzählt. Ben hatte gerade eine Surfrunde hinter sich, und Susanne wollte schwimmen gehen. Sie hatten sich lange unterhalten, waren irgendwann hoch zu *Onkel Jonnys Strand-Restaurant* gegangen, um etwas zu trinken, und ihre Unterhaltung hatte sich bis in den Abend hingezogen. Die Anziehung war magisch, offenbar auch für Ben, obwohl Susanne über dreizehn Jahre älter war als er.

»Ich finde dich faszinierend«, hatte er irgendwann einfach gesagt. »Ich mag reife Frauen.«

»Hast du einen Mutterkomplex?«, fragte Susanne, die nicht glauben konnte, dass dieser knackige Leckerbissen von Kerl tatsächlich auf faltiges Fleisch stand.

»Nein, ich finde, dass ältere Frauen einfach viel erfahrener und selbstbewusster sind, nicht nur im Bett. Deshalb trainiere ich euch ja auch so gern!«

Susanne hatte ihn offenbar skeptisch angeschaut, denn er lachte plötzlich, seine strahlend weißen Zähne blitzten. »Natürlich nicht ZU alt! Ich bin kein Schabrackenizer!«

Da musste auch Susanne lachen, und sie bestellten einen weiteren Gin Tonic.

Was genau dazu geführt hatte, dass sie später in den Dünen hemmungslos übereinander herfielen, konnte Susanne im Nachhinein nicht mehr genau konstruieren, nur dass es absolut fantastisch war – trotz Sand im Getriebe. So fantastisch, dass sie es fortan zu jeder Gelegenheit wiederholt hatten. Nur sollten die anderen Frauen nichts davon erfahren, und es war sehr schwer für Susanne, sich in dieser Woche zusammenzureißen. So nah bei Ben und doch so fern! Es war, als hätte man großen Hunger, und es würde eine extrem leckere Torte vor einem stehen, die man aber nicht anrühren durfte.

Doch Susanne setzte die Frustration in Sportenergie um und verausgabte sich mehr als alle anderen bei den Übungen. Ben, der die Ursache ihrer sportlichen Verausgabung gut nachvollziehen konnte, zwinkerte ihr mehrfach heimlich zu.

Doch das ungewohnt intensive Training hatte auch Schattenseiten: »Ich kann nicht mehr!« Heulend brach Elke am dritten Tag auf dem Strand zusammen. »Und ich will auch nicht mehr«, schluchzte sie. »Das ist doch alles vollkommen albern. Was machen wir hier eigentlich? Das ist doch totale Folter!« Tränenüberströmt rieb sie sich ihr sichtlich geschwollenes Fußgelenk.

»Du spinnst ja wohl, du Heulsuse«, fuhr Constanze sie empört an. »Jetzt reiß dich mal zusammen! Gegen einen Triathlon ist das hier Zuckerschlecken! Komm! Jetzt steh endlich wieder auf!« Entschlossen zog Constanze an Elkes Trikot. Die schlug ihre Hand weg und wollte gerade empört etwas erwidern, als Ben dazwischenging.

»Hey, hey, hey, jetzt mal ganz ruhig!«, schob er Constanze von Elke weg. »Was ist denn los?«

»Ich kann einfach nicht mehr«, jammerte Elke und sah dabei wirklich erbärmlich aus. »Mir tut alles weh! Ich glaube, mein Körper macht das nicht mehr mit!«

Auch Evi hatte Probleme mit ihren Fußknöcheln und Hüftgelenken. Auch ihr tat fast jeder Millimeter ihres Körpers weh. Etliche Frauen trugen Bandagen oder Stützverbände. Insgesamt sahen sie aus wie Verwundete nach einer Schlacht. Waren sie wirklich auf dem richtigen Weg? War es sinnvoll, Frauen in der Wechseljahresphase, die eigentlich nach Ruhe und Entspannung lechzten, zu sportlichen Höchstleistungen zu treiben? Immerhin hatten sie alle ziemlich abgenommen, konstatierte Evi. Auch sie selbst. Trotz ihrer Blessuren fühlte sie sich so fit und schlank wie schon lange nicht mehr. Das war immerhin ein gelungener Nebeneffekt. Und genau damit sollte man vielleicht punkten.

»Mir tut auch alles weh«, gab Evi zu. »Aber lasst uns doch jetzt nicht aufgeben! Dann wären die ganzen Strapazen der letzten Wochen doch umsonst gewesen!«

Die Frauen nickten zustimmend.

»Und habt ihr mal bedacht, wie viele Kilos wir insgesamt schon verloren haben?«, rief Evi lachend. »Das ist bestimmt ein ganzer Laster voll Butter!«

Elke grinste zwischen den Tränen. »Das stimmt natürlich«, wisperte sie.

»Vielleicht sollten wir für den Rest des Tages mal eine Ruhepause einlegen«, schlug Ben vor. »Eure Körper müssen sich ja auch schließlich erholen.«

»Gute Idee«, sagte Evi und reichte Elke die Hand. »Komm, Süße, ich helf dir hoch! Und dann machen wir es uns auf den Sofas vorm Fernseher mal so richtig gemütlich.«

»Okay«, willigte Elke ein.

Auch Streits blieben in dieser intensiven Phase des Aufeinander-Hockens nicht aus:

»Du hast mir ein Bein gestellt, du blöde Kuh!«, schrie Birgit in Richtung Beate, nachdem sie lang hingeschlagen war und sich mühsam wieder aufgerappelt hatte. Eine blutige Schramme lief quer über ihr Knie.

»Quatsch, hab ich nicht«, konterte Beate empört. »Selber schuld, wenn du nicht schaust, wo du hinläufst!«

»Also, das ist ja wohl eine Frechheit«, empörte sich Birgit und schickte sich an, auf Beate loszugehen.

»Außerdem nervt mich sowieso schon die ganze Zeit dein ewiges Genöle und Gejammere«, setzte die nach. »Kannst du nicht mal laufen, ohne die ganze Zeit zu stöhnen wie eine drittklassige Pornodarstellerin?«

Sabine und Susanne kicherten. Auch Evi musste Beate heimlich recht geben. Birgits Gestöhne auf dem Platz und beim Training war tatsächlich grenzwertig.

»Wie bitte?«, schrie Birgit mit hochrotem Kopf. »Was soll das denn jetzt heißen?«

»Du hörst dich so an, als müsstest du ständig eine Tonne Steine schleppen, so sehr, wie du ächzt. Kannst du nicht etwas mehr Freude am Spiel vermitteln?«, provozierte Beate sie weiter.

»Du spinnst ja wohl!« Birgit sah so aus, als würde sie gleich anfangen zu heulen. Ihre Mundwinkel zitterten, und ihre Gesichtszüge drohten zu entgleisen. »Welche Laus ist dir denn über die Leber gelaufen?«, brachte sie mit brechender Stimme hervor.

»Stopp, stopp, stopp!«, ging Ben wieder dazwischen. »Jetzt mal ganz ruhig, ihr beide!«

»Ach, die nervt mich einfach«, winkte Beate verächtlich ab.

»Jetzt entspannen wir uns mal wieder und reichen uns die Hand«, forderte Ben. »Und du entschuldigst dich für deine Beleidigungen, Beate!«

»Hä?«, fragte die. »Echt jetzt?«

»Ja, echt!«, sagte Ben mit ungewohnt scharfer Stimme. »Fußball basiert auf Fairness und Teamgeist. Und das, was du Birgit gerade an den Kopf geknallt hast, war alles andere als fair. Und unverschämt sowieso!«

Die anderen Frauen schauten Beate erwartungsvoll an.

»Na gut«, gab die schließlich klein bei, ging zu Birgit und reichte ihr die Hand. »Tut mir leid. Ich bin wohl auch etwas angespannt gerade.«

»Schon okay«, nickte Birgit versöhnlich.

»Wir sind alle etwas überspannt und ausgelaugt, aber das müssen wir ja nicht aneinander auslassen«, sagte Ben. »Und ich persönlich finde Birgits Gestöhne ehrlich gesagt ziemlich sexy«, ergänzte er.

Auf diese Weise charmant rehabilitiert, huschte ein Lächeln über Birgits Gesicht, und die Sache war vergessen.

Leider hatten sie die ersten Tage der Trainingswoche auch ziemliches Pech mit dem Wetter. Zunächst war es »nur« kalt und stürmisch, aber am fünften Tag schüttete der Regen ohne Unterlass. Sie hatten trotzdem den ganzen Tag trainiert und waren nachmittags triefnass und durchgefroren in die hauseigene Sauna geflohen.

Nun war es Abend, und sie saßen in der gemütlichen offenen Wohnküche zusammen. Der Regen prasselte auf das Dach und gegen die Fenster, aber drinnen war es umso wärmer und gemütlicher. Im Kamin knisterte ein Feuer, Kerzen zauberten oranges Licht, und leise Chill-out-Musik klang aus unsichtbaren Boxen.

Constanze hatte Jörgi angeboten, ihm beim Kochen zu helfen, und schnippelte mit ihm gemeinsam in der Küchenzeile Gemüse. Ein paar Frauen lümmelten sich auf der geräumigen Couch der Wohnecke und lasen, andere beschäftigten sich am langen Esstisch mit ihrem Handy.

»Ich würde euch gern mal einen kurzen Text von dieser Affenforscherin vorlesen, die lange Zeit in Afrika mit Schimpansen zusammengelebt hat«, sagte Birgit, die eine Zeitschrift gelesen hatte, plötzlich in die friedliche Geschäftigkeit hinein.

»Ach, du meinst Jane Goodall?«, fragte Gabi. »Ist die nicht gerade neunzig geworden?«

»Ja, genau! Hört mal zu. Der Text heißt: *Wenn ich mein Leben nochmals leben könnte!*« Birgit räusperte sich. »*Ich wäre im Bett geblieben, als ich krank war. Ich hätte weniger gesagt und mehr gehört. Ich hätte bei den Geschichten, die mein Vater über seine Jugend erzählt hat, genauer hingehört. Wenn meine Kinder mich küssen wür-*

den, würde ich nie sagen: ›Jetzt nicht. Geh dir erst einmal die Hände zum Abendessen waschen.‹ Es gäbe mehr: ›Ich liebe dich‹. Mehr ›Sorry‹. Aber mehr als alles andere würde ich jede Minute nutzen, um meinem Leben wirklich Aufmerksamkeit zu schenken, intensiver zu leben. Hör auf, dich um unbedeutende Dinge zu sorgen. Schenke niemandem, der dich nicht mag, deine Aufmerksamkeit. Fühle und schätze stattdessen die Beziehungen, die du mit denen hast, die dir und deiner Seele gut-tun.«

»Wow!«, entfuhr es Beate, die auch auf der Couch lag, ihr Buch beiseitegelegt hatte und tief berührt aussah.

»Großartig«, fand auch Britta. »Intensiver leben – das ist ein guter Plan. Und das machen wir ja auch gerade!«

»Der leider viel zu früh verstorbene Roger Willemsen hat doch mal gesagt, dass es eher darum geht, den Tagen mehr Leben einzuhauchen als dem Leben mehr Tage – das finde ich sehr klug«, rief Constanze aus der Küche.

»Würdet ihr auch etwas anders machen wollen, wenn ihr noch mal zwanzig wärt?«, fragte Birgit.

»Das sind ja eigentlich zwei verschiedene Punkte«, wandte Gabi ein. »Zum einen, ob man noch mal zwanzig sein möchte – zum anderen, ob man sein bisheriges Leben lieber vollkommen anders gestaltet hätte.«

»Ich wäre gern ein bisschen mutiger gewesen – in jeder Hinsicht«, griff Merle den zweiten Punkt auf. »Hätte mehr ausprobiert, wäre mehr gereist und hätte mehr riskiert, an-statt mit zweiundzwanzig schon zu heiraten und Kinder zu kriegen.«

»Das kann ich auch unterschreiben«, bestätigte Evi. »Ich

finde, schon unser Fußballklub zeigt ja, was plötzlich alles möglich ist, wenn man unkonventionelle Wege beschreitet.«

Beifall von den Frauen.

»Irgendjemand hat mal gesagt, man müsse dem Schicksal die Chance auf Wunder geben«, warf Susanne ein.

»Ja, wenn du keinen Lottoschein abgibst, kannst du auch nicht gewinnen«, lachte Elke.

»Es gibt doch diesen wunderschönen Spruch vom Fallen und Fliegen«, rief Beate aus der Loungeecke. »Moment!« Sie googelte auf ihrem Handy. »Ach hier, ich hab's: *What if I fall? Oh, but my darling, what if you fly?*«

»Toll! Von wem ist das?«, fragte Gabi.

»Steht hier nicht. Aber es gibt tausend Postkartenmotive damit ...«

»Mut ist ja angeblich das Wichtigste für ein erfülltes Leben«, wusste Britta. »Ich habe mir dazu mal eine schöne Affirmation aufgeschrieben. Möchtet ihr sie hören?«

»Gern!«

»Du kannst nicht aufrichtig sein, wenn du nicht mutig bist. Du kannst nicht liebevoll sein, wenn du nicht mutig bist. Du kannst nicht vertrauen, wenn du nicht mutig bist. Du kannst die Wirklichkeit nicht erkunden, wenn du nicht mutig bist. Deshalb ist Mut das Wichtigste. Alles andere folgt von selbst.«

Feierlich klappte sie ihr Notizbuch zu. Die Frauen spürten den Zeilen schweigend nach.

»Ich lese gerade ein wunderschönes Buch mit dem Titel *Selbstmitgefühl*«, sagte Merle. »Darin geht es darum, sich nicht immer nur selbst zu kritisieren, sondern nachsichtig mit sich zu sein.«

»Das finde ich sehr wichtig – und sehr richtig!«, sagte Evi.

»Kann ich das Buch auch mal lesen?«, fragte Gabi.

»Gern!«

»Ohne Selbstliebe kommt man sowieso nicht weiter«, fand Beate.

»Ist das hier jetzt eine Philosophiegruppe?«, warf Evi ein, die sich über den plötzlichen Tiefgang sehr wunderte.

»Wäre das schlimm?«, fragte Birgit.

»Nein, natürlich nicht«, gab Evi zu.

»Wir sind fast alle über ein halbes Jahrhundert alt«, sagte Birgit. »Da ist es doch ganz nützlich, wenn wir uns mal gegenseitig unsere bisherigen Lebenserkenntnisse mitteilen, anstatt nur still und heimlich für uns selbst an unserer Weisheit zu arbeiten.« Sie lachte und stand auf, um ihren Rücken zu strecken.

»Okay, dann leg ich mal los«, schaltete Sabine sich ein. »Ich finde ja, dass Großzügigkeit eines der wichtigsten Attribute im Leben ist. Und zwar nicht nur materiell, sondern auch emotional, gegenüber sich selbst und anderen! Warmherzig eben. Nicht umsonst ist Metta, also Herzensgüte in Form von Mitgefühl, Achtsamkeit, Toleranz und Bescheidenheit, bei den Buddhisten der höchste Erkenntnisgrad.«

»Toll«, pflichtete ihr Constanze aus der Küche bei.

»Aber loslassen können ist auch wichtig!«, fand Rosi. Am Bahnhof hatte sie neulich ein Buch mit diesem Titel gesehen. »Erst als ich aufgehört habe, einen Partner zu suchen, wurde ich von einem gefunden!«

»Ja, Loslassen ist das Ding schlechthin«, fand Birgit. »Vielleicht sogar das Wichtigste im Leben!«

»Und im Jetzt leben«, ergänzte Gabi. »Das ist wirklich Lebensqualität, wenn man das mal erreicht, für sich selbst!«

»Und was heißt das für dich konkret?«, fragte Evi nach.

»Einfach zu versuchen, jeden Moment zu genießen und anzunehmen – egal ob er doof oder toll ist«, erklärte Gabi.

»Das klingt jetzt aber sehr geläutert«, fand Sabine. »Wenn ich zum Beispiel dringend mal aufs Klo muss und keine Toilette in der Nähe ist, genieße ich den Zustand bestimmt nicht!«

Die Frauen lachten.

»Doch, du könntest dich zum Beispiel sehr lebendig fühlen«, schlug Gabi vor.

»Ich weiß nicht. Ich glaube, das ist mir zu abgehoben«, zweifelte Sabine.

»Eine gewisse Glücksbegabung erleichtert das Leben sicherlich«, fand Beate. »Aber das sind ja meist nur Momente wie Schluckauf und nichts, was über Stunden, Tage oder Jahre auf gleichem Niveau bleibt. Zufriedenheit scheint mir viel eher erreichbar. Man kann nicht ewig immer nur glücklich sein, und das ist auch gar nicht mein Ziel!«

»Nicht?«, fragte Rosi erstaunt. »Aber was denn sonst? Geht es im Leben nicht darum, möglichst oft glücklich und erfüllt zu sein?«

»Ich finde, es geht eher darum, seine Möglichkeiten auszuleben«, sagte Beate.

»Was denn für Möglichkeiten?«, erkundigte sich Merle.

»Das ist es ja gerade: Alles ist möglich!«, triumphierte Beate.

»Das macht mich total nervös«, seufzte Merle. »So wie an der Käsetheke im Supermarkt: Tausend Sorten, riesige Auswahl, und ich weiß auf einmal gar nicht mehr, was ich nehmen soll!«

»Willkommen in der Welt der Luxusprobleme!«, rief Levke sarkastisch. »Glaubt ihr, in Afrika setzt sich ein Hungerleidender hin und grübelt, wie er am besten alle Möglichkeiten seines Lebens ausschöpft?«

»Das ist jetzt aber sehr plakativ!«, mahnte Birgit.

»Nein, ich finde es durchaus angebracht, ab und an mal zu reflektieren, wie gut wir es eigentlich haben«, erwiderte Levke.

»Das stimmt«, gab Birgit zu.

Betretenes Schweigen. Nur das Schaben von Constanzes Möhrenschäler war zu hören.

»Ich habe die paradoxe Erfahrung gemacht, dass es, um so richtig glücklich zu sein, wichtig ist, auch mal eine Zeit lang total unglücklich zu sein«, erzählte Britta.

»Da kann ich auch ein Lied von singen«, bestätigte Evi. »Rückschläge können sehr antreiben und motivieren, denn im günstigsten Fall entdeckt man dadurch auch bislang unbekannte Potenziale in sich selbst. Ich wusste zum Beispiel nicht, dass ich Fußball spielen kann. Und es auch noch mag!«, lachte sie.

»Glücksforscher haben in einer Dreiklang-Formel festgelegt, was wirklich wichtig ist im Leben«, kam es von Beate aus der Loungeecke. »Nämlich Haben, Lieben und Sein. Also genug Geld, viele Freundschaften und einen erfüllenden Beruf.«

»Da haben die Forscher aber Fußball vergessen!«, warf Sabine ein.

Großes zustimmendes Gelächter.

»Viele haben die Zielsetzung, einfach mehr haben zu wollen«, kommentierte plötzlich Ben. »Nach dem Motto: Ich möchte noch das und das – und dann bin ich glücklich! Für diese Menschen wird es immer ein Ich-möchte-noch geben. Das ist ein Spiel ohne Ende. Dieses Wenn-dann-Denken halte ich für extrem gefährlich: Wenn ich fünf Kilo weniger wiege, dann ist mein Leben toll. Wenn ich das neue Auto kaufe, bin ich glücklich. Das ist eine Falle! Die einzige Möglichkeit, ihr zu entkommen, ist, den Ist-Zustand – auch den körperlichen – zu akzeptieren und zufrieden zu sein.«

»Das sehe ich auch so!«, stimmte Gabi zu. »Nicht zu sehen, was man hat, sondern nur zu beklagen, was man NICHT hat, ist wirklich total dumm. Es gibt viele Sichtweisen auf Dinge – und man kann sich seine Sichtweise selbst aussuchen.«

»Neid ist der sicherste Weg ins Unglück!«, ergänzte Britta. »Unglaublich viele Menschen sind unglaublich neidisch auf andere. Die verhindern ihr eigenes Glück dadurch, dass sie ständig nach links und rechts gucken und alles wollen, was andere haben. Dadurch werden sie total grantig und geraten regelrecht in einen Teufelskreis.«

»Aber Ängste und Selbstzweifel sind auch nicht ohne! Ich wünschte wirklich, ich hätte mich etwas weniger von meinen Ängsten und meinem daraus resultierenden Sicherheitsbedürfnis terrorisieren lassen«, seufzte Merle.

»Das klingt so resigniert«, rief Sabine empört. »Es ist doch noch nicht zu spät! Du kannst jeden Tag alles ändern!«

»Genau«, klatschte Elke Beifall. »Je oller, desto doller!«

»Vor allem mit Ben Boller!«, kalauerte Sabine.

Lautes Gekreische.

Ben, der ganz hinten in der Kaminecke versucht hatte, ein Buch über Fußballtaktiken zu lesen, verdrehte genervt die Augen.

»Ihr seid ja zu dieser späten Stunde richtig tiefgründig«, schmunzelte er. »Ich fasse mal zusammen: Tiefpunkte sind wichtig und die Fähigkeit zu Zufriedenheit, zum Erleben von Glücksmomenten, zur Bescheidenheit, zum Im-Jetzt-Leben – und Selbstverwirklichung, in welcher Richtung auch immer.«

»Und vielleicht ist das Wichtigste ja auch, nicht dauernd darüber nachzudenken, was das Wichtigste ist!« Bente dachte pragmatisch.

»Das Leben genießen – das ist für mich der Sinn des Lebens«, sagte Sabine schmunzelnd und schob sich demonstrativ genüsslich ein Stück Schokolade in den Mund.

»Oder Zweiundvierzig!«, warf Ben aus der Ecke ein.

»Zweiundvierzig?«, fragte Sabine irritiert.

»Ja«, lachte Ben. »In dem Kultroman *Per Anhalter durch die Galaxis* ist diese Zahl am Ende der Sinn des Lebens!«

Die Runde lachte.

»Wir sind fast alle über fünfzig, Mädels«, schmetterte Sabine. »Die Hälfte unseres Lebens ist vorbei, also lasst uns jetzt gefälligst mal die Arschbacken zusammenkneifen und was erleben! Man bereut bekanntlich nur, was man nicht getan hat. Also lasst uns die letzten zwanzig bis dreißig Jahre nutzen, um mal ordentlich auf die Kacke zu hauen. Habt ausschweifend Sex, gebt all euer Geld aus, riskiert was!«

Stille im Raum, während die letzten Silben verhallten.

»Das war ein gutes Fazit«, fand Birgit.

»Das kann ich aber noch toppen«, rief Beate von der Lounge. »Kennt ihr das großartige Zitat von der noch viel großartigeren Meryl Streep?«

»Oh, die habe ich in *Mamma Mia* sooo geliebt!«, begeisterte sich Elke.

»Ich fand sie toll in *Jenseits von Afrika* oder *Die Brücken am Fluss*«, schwelgte Merle.

»Meryl ist immer toll!«, stellte Sabine fest. »Also, was hat sie gesagt?«

»Sie ist ja mittlerweile fünfundsiebzig«, setzte Beate an.

»Waaaas? Die ist schon fünfundsiebzig?«, entsetzte sich Britta.

»Erstaunlicherweise ja. Jedenfalls sagt sie: *Ich habe keine Geduld mehr für bestimmte Dinge. Nicht weil ich arrogant geworden bin, sondern einfach nur, weil ich einen Punkt in meinem Leben erreicht habe, an dem ich keine Zeit mehr mit dem, was mir missfällt oder mir wehtut, verschwenden will.*

Ich hab den Willen verloren, denen zu gefallen, die mich nicht mögen, die zu lieben, die mich nicht lieben, und die anzulächeln, die mich nicht anlachen wollen. In Freundschaften mag ich Mangel an Loyalität und Verrat nicht. Ich komme nicht klar mit solchen, die keine Komplimente oder ein Wort der Ermutigung geben können.

Übertreibungen langweilen mich, und ich habe Schwierigkeiten, Menschen zu akzeptieren, die keine Tiere mögen. Und obendrein habe ich keine Geduld für alle, die meine Geduld strapazieren.« Beate klappte ihr Notizbuch zu. Es herrschte andächtige Stille im Raum.

»Wow«, sagte Birgit schließlich. »Das ist ja wohl der Abend der gehaltvollen Zitate!«

»Ja, mit zunehmendem Alter hat man tatsächlich immer weniger Zeit und Energie zu verplempern«, bestätigte Britta.

»Älter zu werden hat aber auch durchaus seine guten Seiten«, wandte Constanze ein. »Ich möchte nicht noch mal zwanzig sein. Ich hab das Gefühl, mittlerweile ein bisschen was vom Leben kapiert zu haben, auch wenn mein Körper nicht mehr so geschmeidig ist wie früher.«

Etliche Frauen nickten und stimmten ihr zu.

»Heißt es nicht, dass fünfzig das neue dreißig ist?«, fragte Susanne und riskierte einen Blick zu Ben, der in sein Buch schmunzelte.

»Ja, deshalb spielen wir jetzt auch Fußball!«, lachte Evi.

»Ein Hoch aufs Älterwerden also«, rief Sabine und hob ihren Kräuterteebecher in die Luft.

Das Essen wurde serviert. Es gab gebratenes Gemüse mit Hummus und Kräuterquark und dazu einen knackig-frischen Salat.

»Wann habt ihr eigentlich das letzte Mal etwas zum ersten Mal gemacht?«, fragte Gabi mit vollem Mund in die genüsslich essende Runde.

Sabine schmunzelte, zwinkerte Levke zu, sagte aber nichts.

Auch Susanne schickte Ben einen verstohlenen Blick.

»Gestern!«, rief Merle plötzlich und strahlte stolz. »Als ich beim Training einfach in die Dünen gerannt bin und gepinkelt habe!«

»Ich meinte eher etwas Spontanes, Unüberlegtes oder Unvernünftiges«, sagte Gabi.

Die Runde schwieg kauend. Jede Einzelne dachte offensichtlich nach.

»Ist es nicht erschütternd, dass uns nichts einfällt?«, fasste Gabi zusammen. »Das müssen wir dringend ändern!«

»Keiner von uns kommt lebend hier raus«, rief Jörgi plötzlich aus der Küche, wo er die Töpfe und Pfannen abwusch. »Also hört auf, euch wie ein Andenken zu behandeln. Esst leckeres Essen. Spaziert in der Sonne. Springt ins Meer. Sagt die Wahrheit, und tragt euer Herz auf der Zunge. Seid albern. Seid freundlich. Seid komisch. Für nichts anderes ist Zeit. Das ist ein Zitat von dem großartigen Anthony Hopkins!«, erklärte Jörgi, trocknete sich die Hände an seiner Schürze ab und setzte sich zu den Frauen an den Tisch. »Und mein Lebensmotto!«

»Ich finde, besser hätten wir uns für das Turnier nicht motivieren können. Gehen wir raus und zeigen es ihnen, Mädels!«, rief Ben.

Als Evi abends in ihrem Bett lag und ihre Zimmernachbarin Rosi leise vor sich hin schnarchte, klangen die geballten philosophischen Erkenntnisse des Abends in ihr nach. Wie sehr ihr Leben sich doch in den wenigen Wochen seit der Vereinsgründung verändert hatte. Sie war fitter, ausgeglichener – und ehrgeiziger geworden. Hatte sich von der gehörnten, verlassenen, träge und schlapp gewordenen Ehefrau in einen sportlichen, positiven Single gewandelt und war aufgehoben in einer Gemeinschaft Gleichgesinnter, die zusammen solidarisch für etwas kämpften. Und damit war, wie sich bei dem langen Gespräch heute Abend herausgestellt hatte, nicht nur der Sieg beim BAC gemeint.

Im Grunde konnte sie Harti fast dankbar sein, dass er sie verlassen hatte. Mit diesem versöhnlichen Gedanken fiel sie in einen tiefen Schlaf.

28

Und dann begann das Turnier. Erstaunlicherweise kamen
die Sylt-Kröten in der Vorrunde und im Achtelfinale leicht-
gänger und eindeutiger voran, als sie es jemals erwartet hatten. Bens umfangreiches, innovatives Training schien sich
absolut auszuzahlen. Die ersten beiden Mannschaften er-
wiesen sich als wesentlich untrainierter und unkonzentrier-
ter als befürchtet. Offenbar hatte keine Mannschaft sich so
diszipliniert vorbereitet wie das Team aus Sylt. Sie schlugen
die Frauenmannschaft aus Berlin mit 8:3 und die Mannschaft aus Hamburg St. Pauli mit 2:0.

Das Viertelfinale fand in Köln statt – gegen die Kölner
Good Weibs – und wurde ein harter Kampf, den die Sylt-
Kröten schließlich nach Verlängerung 5:4 gewannen. Merle,
Elke, Bine und Britta heulten nach dem Spiel vor Erschöpfung, Birgit trank fast einen ganzen Liter Wasser in einem
Zug aus, und Levke hatte mehrere blutige Schrammen an
den Beinen und Susanne ein leicht blaues Auge. Überglücklich über ihren Sieg, aber restlos erschöpft und lädiert fuhren sie nach dem Spiel im Sylt-Kröten-Liner zurück ins Hotel. Keine der Frauen sagte etwas, alle schliefen oder starr-

ten ermattet aus dem Fenster. Erst im Hotel, nach ausgiebigen heißen Duschen und einem guten Essen, brachten sie die Energie auf, sich zu freuen, und ließen es an der Hotelbar richtig krachen.

Die Spiele zollten ihren Tribut, und die Fahrten in die verschiedenen Spielorte waren anstrengend und zeitaufwendig, und nicht nur eine der Frauen fragte sich, ob die Kräfte reichen würden. Und ob sich der ganze Aufwand überhaupt lohnte. Doch sie waren sich stets schnell einig darin, mittlerweile schon zu weit gekommen zu sein, um jetzt noch das Handtuch zu werfen. Ihre Followerzahlen auf Insta stiegen täglich, und der Best-Ager-Cup erregte zunehmend mehr mediale Aufmerksamkeit. *Syltsationell! Sylter Frauenmannschaft steht im Halbfinale des Best-Ager-Cups,* titelte die *Sylter Rundschau.* Und brachte einen großen Bericht über das Spiel, der von der *dpa* bundesweit verbreitet wurde.

Das Halbfinale sollte in Kopenhagen stattfinden. Ben ordnete bis dahin Ausruhen und Entspannen an und riet den Frauen, früh schlafen zu gehen, sich gut zu ernähren und möglichst keinen Alkohol zu trinken.

Die Aufregung war groß und die Frauen wieder einigermaßen fit, als sie am Tag des Halbfinales mit dem Bus nach Kopenhagen fuhren. Ben hatte sich Geheimzeichen für die Spielerinnen ausgedacht, mit denen sie sich taktische Änderungen oder Spielzüge signalisieren sollten, und übte diese auf der Anreise mit ihnen noch mal ein.

Ehemänner, Freunde, Kollegen, Familie und Fans bildeten diesmal einen mit Fähnchen und Aufklebern bestückten Autokorso, der den Sylt-Kröten-Liner eskortierte.

Die Zuschauerzahl auf dem Kopenhagener Fußballplatz war doppelt so hoch wie beim Viertelfinale in Köln und sowohl die Fans der Sylt-Kröten als auch der Kopenhagener Kickerinnen hielten Plakate, Spruchbänder und Fahnen hoch und tröteten beherzt in ihre Tröten.

Das Spiel wurde zum Thriller, da Levke in der 34sten Minute die Rote Karte erhielt und das Feld verlassen musste, weil sie versehentlich eine Gegnerin mit einer unbewussten Taekwondo-Bewegung gefoult hatte.

»Das ist irgendwie automatisch passiert. Ich habe im Eifer des Gefechts nicht nachgedacht«, entschuldigte sie sich später.

Elke erlitt drei Minuten, nachdem Levke das Feld verlassen hatte, eine heftige Zerrung und fiel ebenfalls aus. Merle musste mit Kreislaufproblemen aussetzen, und Susanne knallte beim Kopfballsprung derart heftig an den Torpfosten, dass auch sie vom Platz musste. Vier Spielerinnen fielen also aus, und da die Sylt-Kröten nur drei Ersatzspielerinnen hatten, waren sie ab der 57sten Minute in der Unterzahl, kämpften aber umso verbissener um den Sieg.

»Unmöglich heißt: Es könnte gehen!«, brüllte Ben immer wieder vom Spielfeldrand.

Die neun verbliebenen Spielerinnen gaben alles, holten das Letzte aus sich heraus, kämpften eisern mit pfeifenden Lungen, Wadenkrämpfen, Zerrungen und bedenklich hoher Pulsfrequenz – und machten so das Unmögliche am Ende tatsächlich möglich: Sie gewannen das Halbfinale 3:2 und standen damit im Finale des Best-Ager-Cups!

Ihr tapferer Kampf blieb nicht unbemerkt: Die Medien überschlugen sich vor Begeisterung, und die Frauen wurden zur *NDR-Talkshow* eingeladen, wo Evi und Levke im Plaudergespräch mit Barbara Schöneberger und Hubertus Meyer-Burckhardt eingeschüchtert Rede und Antwort standen. Die restlichen Sylt-Kröten saßen im Publikum und trugen stolz ihre rosa Trikots. Immer wieder schwenkte die Kamera auf sie, in die sie fröhlich winkten.

Am nächsten Tag hatten sie stattliche 3753 Follower mehr und wurden von Beitrittswünschen geradezu überschwemmt. Die Sylt-Kröten waren dabei, Kult zu werden, und Ben initiierte geschäftstüchtig ein Online-Sylt-Kröten-Merchandising mit Stoffschildkröten-Maskottchen, T-Shirts und Kaffeebechern, das zusätzlich ordentlich Geld in die Kasse brachte und die kostenintensiven Anreisen mit dem Bus und die Hotel-Übernachtungen deckelte.

29

Und dann war er da – der große Tag des Finales auf Sylt gegen die Mannschaft aus Roskilde! Austragungsort war das Sylt-Stadion, das zwölftausend Zuschauer fasste und im Süden von Westerland direkt hinter den Dünen zum Weststrand lag. Die Zuschauerränge bestanden aus nackten Betonstufen, die den Rasenplatz säumten. Natürlich war das Stadion nicht voll besetzt, aber außerordentlich gut besucht.

Neben den Syltern, die sich das Ereignis nicht entgehen lassen wollten, und zahlreichen Touristen, die neugierig geworden waren, waren auch viele Roskilder aus Dänemark angereist. Radioreporter, Sylt-TV, ein regionales Fernsehteam des NDR, Presse und Fotografen standen bereit, und eine Drohne filmte das Spiel von oben.

Syltsation! Ob die Inselfrauen heute tatsächlich das »Golden Goal« machen werden?, titelte die *Sylter Rundschau. Heute ist der große Tag. Nun heißt es: Alles oder nichts! Obwohl man zum Erreichen des Finales auch nicht gerade nichts sagen kann,* begann der dazugehörige Artikel.

Mit vor Aufregung zitternden Knien entschied sich Kapitänin Susanne, die den Münzwurf gewann, für die rechte Seite. Das Spiel wurde angepfiffen, und beide Mannschaften kämpften verbissen und forderten sich das Letzte ab. Birgit erlitt eine Schnittwunde über der Augenbraue, klatschte sich einfach ein Pflaster drauf und spielte trotzdem weiter. Sabine ignorierte ihre schwere Erkältung und hustete und keuchte sich über den Platz, und Constanze lief einfach über ihre krampfende Wade hinweg.

Doch trotz ihres Ehrgeizes, ihres absoluten Kampfes- und Siegeswillens und der pushenden Anfeuerungs-Choräle ihrer Freunde und Familien lagen die Sylt-Kröten zur Halbzeitpause 1:3 zurück. Vielleicht hatte das Halbfinale, das ja erst fünf Tage her war, doch zu viel Kraft gekostet, fürchtete Evi, deren Beine vor Anstrengung zitterten.

Ben versuchte in der Umkleidekabine, den Siegeswillen der Frauen noch mal anzufachen. »Kämpft, wie ihr noch nie gekämpft habt!« forderte er. »Zeigt ihnen, wozu Frauen um die fünfzig noch in der Lage sind!«

»Und was ist mit loslassen?«, fragte Merle trocken. Die Frauen lachten.

»Das könnt ihr später«, lachte auch Ben. »Jetzt holt euch gefälligst erst mal den verdienten Sieg! Macht sie fertig!«

»Wie denn??«, rief Levke verzweifelt.

»Lasst die Verteidigung komplett fallen! Geht alle in die Offensive, am besten sofort nach dem Anpfiff. Ihr müsst alle knallhart aufs Tor laufen und sie somit überraschen!«

»Okay«, nickten die Frauen.

Gesagt – getan: Kaum dass der Ball auf dem Rasen lag, schnappte Susanne ihn sich und sprintete Richtung gegnerisches Tor. Levke rannte auf der anderen Spielfeldseite parallel mit ihr mit. Susanne zirkelte einen Pass zu ihr rüber, Levke schoss – und Tor! In der 46sten Minute!

Die dänische Mannschaft war zu verdattert, um zu begreifen, was da gerade passiert war, und kassierte deshalb schon eine Minute später das zweite Tor – knallhart geschossen von Gabi.

Ausgleich.

Es stand nun 3:3, und die Sylt-Kröten hatten Blut geleckt.

Doch in der 78sten Minute passierte es: Evi dribbelte den Ball an zwei Roskilderinnen vorbei, rannte Richtung Tor – und wurde gefoult. Ein stechender Schmerz in ihrer linken Wade ließ sie sofort zu Boden gehen. Atemlos schnappte sie nach Luft. Sofort kamen drei Sylt-Kröten zu ihr gelaufen.

»Du hast bestimmt einen Krampf«, sagte Constanze, schnappte sich ihren Fuß. »Ganz ruhig! Versuch, den Muskel locker zu lassen«, befahl sie und dehnte Evis Wade.

Es tat so verdammt weh. Evi wusste nicht, ob sie weiterspielen konnte. Die Schiedsrichterin kam angelaufen und erkundigte sich nach dem Status quo und sah demonstrativ auf ihre Uhr.

»Komm hoch!«, befahl Levke, legte den Arm um Evis Hüfte und half ihr auf. »Wir brauchen dich!«

Evi rappelte sich hoch und versuchte zu stehen. Der Schmerz in ihrer Wade war immens, aber auszuhalten. Sie schaute ihre restlos erschöpften Mitspielerinnen an, und ihr wurde warm ums Herz. Diese tapferen Frauen, die schon so viel durchgehalten hatten. Wie stolz sie auf ihr Team war. Niemals würde sie ihre Kolleginnen im Stich lassen.

»Was ist denn nun?«, erkundigte sich die Schiedsrichterin. »Wollen Sie ausgewechselt werden?«

»Ich spiele weiter!«, verkündete Evi entschlossen und zog sich ihre Schienbeinschoner wieder hoch.

»Juhuuuh!!«, jubelten ihre Team-Kolleginnen und klatschten Beifall.

Beide Mannschaften kämpften, als würde es um ihr Leben gehen. In der letzten Minute stand es 4:4, und es sah so aus, als müsse das Spiel in die Verlängerung gehen. Der letzte Spielzug lief. Evi nahm einer Roskilderin den Ball ab und dribbelte eine andere aus.

»Jaaaa, Evi! Go! Go! Gooooo!«

Tosender Applaus brandete auf, während Evi sich keuchend auf dem Platz voranarbeitete. Sie aktivierte ihre letzten Kräfte, ignorierte den stechenden Schmerz in ihrer Wade, zirkelte den Ball mit pfeifender Lunge vorbei an zwei gegnerischen Spielerinnen, hatte plötzlich freies Feld vor sich – und »Tooooooor!!!! Tooooooor!!«

Frenetischer Jubel brandete auf. Tröten tröteten in ohrenbetäubender Lautstärke, Freudengesänge erklangen, die Zuschauer tobten und tanzten.

Auf dem Feld taumelten sich die Spielerinnen – restlos fertig, aber überglücklich – in die Arme. Die vollkommen erledigten Roskilderinnen saßen deprimiert auf dem Rasen, weinten und wurden von den Sylter Spielerinnen getröstet.

Arm in Arm eine Kette bildend, reihten sich die Sylt-

Kröten schließlich aneinander und verbeugten sich mehrfach vor dem Publikum, das ihnen begeistert zujubelte. Was für ein phänomenaler Triumph! Was für ein unbeschreiblich grandioses Gefühl! Evi platzte fast vor Glück. Sie hatten es tatsächlich geschafft: Sie hatten den Best-Ager-Cup gewonnen!

Bei der Siegerehrung bekamen die Frauen zu den Klängen von »We are the champions« von den *Smukke-Kvinder*-Initiatorinnen den goldenen BAC-Pokal überreicht. Evi hielt ihn für die Pressefotos hoch, und die Frauen fielen sich noch mal jubelnd in die Arme. Im Überschwang der Siegesfreude küsste Levke Sabine versehentlich direkt auf den Mund.

»Wann macht ihr es denn endlich offiziell?«, grinste Gabi, die neben ihnen stand. »Glaubt ihr im Ernst, das hätten wir nicht mitbekommen?«

»Und wann macht ihr es offiziell, Susanne?«, schloss sich Britta an. »Meinst du, wir hätten nicht geschnallt, dass Bollermann dich ordentlich durchgebollert hat?«

Sowohl Susanne als auch Levke und Sabine fielen den anderen Frauen lachend in die Arme. Diese tolle Truppe, dachte Evi. Wie sehr sie sie doch alle lieb gewonnen hatte.

30

Sie hatten vereinbart, dass jede Frau den goldenen Best-Ager-Cup-Pokal eine Woche bei sich stehen haben durfte. Aktuell stand der Pokal auf Evis Wohnwagentisch. Sie setzte sich davor und schaute ihn an. Nie hätte sie gedacht, dass ein lederner Ball ihr Leben verändern könnte. Und nicht nur ihres: Sabine hatte sexuelles Neuland betreten und war jetzt fest mit Levke zusammen, Susanne hatte sich von Joachim getrennt und ein Verhältnis mit dem sehr viel jüngeren Ben angefangen, der wiederum mit seiner Freundin Schluss gemacht hatte. Rosi hatte die große Liebe ihres Lebens gefunden, auch wenn die körperlich klein war. Gabi, Britta, Beate und Birgit hatten beschlossen, sich von der Liebe finden zu lassen, anstatt sie weiter zu suchen. Bente zelebrierte ihre neue Lust an der Lust, Merle trat selbstbewusster ihrem untreuen Mann gegenüber auf, und auch Elke ließ sich weniger von ihrem Mann gefallen.

Evi nahm den Pokal in beide Hände und gab ihm einen zarten Kuss. Wie hatte Sepp Herberger noch gesagt? *Nach dem Spiel ist vor dem Spiel.*

Und galt das nicht eigentlich auch für die Liebe?

Epilog

Im darauffolgenden Frühjahr stand Harti plötzlich vor Evis Wohnwagentür. Tiefbraun gebrannt, mit von der Sonne gebleichtem Vollbart und eine Aura von Freiheit und Abenteuer verströmend. Evi erschrak zwar über seine unerwartete Rückkehr, war mittlerweile aber zu gefestigt, als dass sein Wiederauftauchen sie noch hätte umhauen können.

Er erzählte ihr, dass er im Zuge von Elektroarbeiten im Syltness-Center die brasilianische Putzfrau Isabella kennengelernt hatte, deren riesige Großfamilie am Hungertuch nagte. Harti hatte sich »gegen seinen Willen« in sie verliebt und hatte sich mit Evis und seinen Ersparnissen in São Paulo eine vollkommen neue Existenz aufbauen wollen.

»Und mich mit leer geräumtem Konto in die Armutsfalle laufen lassen«, stellte Evi bitter fest.

»Ich dachte, du kommst schon klar«, sagte Harti unverschämterweise.

Darauf fiel Evi nichts ein. »Und warum musstest du ein Wohnmobil mieten und mich auch noch so derartig dramatisch verlassen?«, fragte sie wütend. »Warum hast du mir nicht einfach die Wahrheit ins Gesicht gesagt?«

»Es war eine spontane Entscheidung«, erklärte Harti.

»Aha. Und warum waren dann alle Klamottenschränke leer?«

»Ich wollte eigentlich noch die drei Wochen mit dir Urlaub machen und erst dann wegfahren, aber Isabella musste plötzlich zurück nach São Paulo. Ich habe ihr verraten, wo sie den Zweitschlüssel für unser Haus findet, damit sie meine Sachen packen kann.«

»Was?«

»Ja, tut mir leid, mein Engel. Es ging ja nicht anders.«

»Und wo ist Isabella jetzt? Warum bist du wieder hier?«

»Wir haben uns getrennt. Sie wollte nur mein Geld …« Er schaute traurig auf die Tischplatte. »Und dann bin ich ein bisschen durch die Welt gereist, war in Marokko und Südspanien, um wieder einen klaren Kopf zu bekommen.«

»Und was willst du jetzt hier?«

»Zurück zu dir!«, raunte Harti und schaute sie mit Hundeblick an.

»Vergiss es, mein Lieber!«, zischte Evi empört. »Ich kann dir deinen Traum beziehungsweise deine Verliebtheit verzeihen – aber ich kann nicht vergessen, dass du mich einfach im Stich gelassen hast!«

»Aber sonst wärst du doch nie aus dem Quark gekommen!«, wandte Harti ein. »Überleg doch mal, was du dadurch alles Tolles auf die Beine gestellt hast!«

»Ach, und du meinst, das wäre dein Verdienst? Ich will, dass du verschwindest. Zisch ab, mein Guter, und zwar ganz schnell!«

Evi schmiss Harti raus, obwohl sie wusste, dass er in gewisser Weise recht hatte. Ohne die Trennung hätte sie vermutlich nie die Sylt-Kröten gegründet. Aber dass sie nach Hartis Verschwinden die Kurve gekriegt hatte, war einzig und allein ihr Verdienst. Harti hatte sie fallen lassen, aber sie war nicht abgestürzt, sondern geflogen. Und es waren ihre eigenen Flügel gewesen, die sie getragen hatten. Ihre Flügel, von deren Existenz sie bis dahin nichts geahnt hatte.

Evi und Harti verkauften das Haus. Harti reiste von dem Geld weiter um die Welt, und Evi kaufte sich von ihrem Anteil ein High-End-Wohnmobil, mit dem sie erst mal auf Rosis Campingplatz blieb.

Von dem Instagram- und Merchandisinggeld, das durch den Erfolg der Sylt-Kröten in die Kasse floss, mieteten sich die Frauen Trainingseinheiten im wesentlich besser ausgestatteten Sylt-Stadion und gründeten den Sylt-Kröten e. V.

Es gab Dutzende Beitrittswünsche jeder Alterslagen, und Evi beschloss, eine Sylt-Küken-Mädchengruppe zu initiieren, um den Nachwuchs zu fördern.

Außerdem nutzte sie endlich ihre Kreativität und entwarf eine Comicserie mit einer fußballspielenden Schildkröte, die sehr erfolgreich wurde.

Und von einer neuen Liebe ließ sie sich schließlich auch noch finden …

- Ende -

Danksagung

... meinen Leserinnen und Lesern! Euer Interesse, Feedback und Support machen mich glücklich! ☺

... meiner Mutter Gisela für ihre niemals endende Unterstützung und Liebe – und für die erfolgreiche Aussaat von sprudelnder Kreativität in die Seelen ihrer Töchter.

... meinen Schwestern Julia und Lara für Liebe, Lachen und Lina.

... der »anderen« Claudia für Wärme, Witz und Wein.

... meinem Vater Klaus für seine körperliche und mentale Stärke, seine Positivität, seinen schnellen Geist und spritzigen Humor – und das Nach-den-Sternen-greifen-Gen, das er in die DNA seiner Töchter gepflanzt hat.

... meinen Schwestern Friderike, Alexandra und Katharina fürs Neu-Aufleben der Schwesternschaft. Blut ist eben doch dicker als Wasser ☺ Ich freue mich sehr, dass ihr zurück in meinem Leben seid!

... Lini-Bini für ständiges Entzücken und Dauergrinsen in meinem Gesicht. Kein Kind ist hübscher, smarter, intelligenter – und charmanter. Vor allem hat kein anderes Mädchen grünere Augen. Go for gold (on the Gymnasium), girl! ☺

... Pauline dafür, dass sie ihr weiches Wuschelfell stets bereitwillig für meine Streichelattacken hergibt, ihre wunderschönen orange-braunen Bernsteinaugen, ihr hundertprozentiges Gespür für meine Stimmungen, ihre einmalig loyale Treue, ihren Elvis-artigen Hüftschwung beim Spazierengehen und ihr beruhigend ruhiges Atmen bei unserem gemeinsamen Mittagsschlaf auf dem Sofa.

... der fantastischen Gisa Pauly für Freundschaft, hoffentlich noch jede Menge Abendessen beim Italiener und natürlich ihr tolles Zitat!

... der großartigen Susanne Matthiessen für Austausch und Inspiration.

... der fantastischen Betti Kruse für Pop & Poetry (www.bettikruse.com)

... Christina G. für warme Freundschaft, kalte Strandspaziergänge, lange Böbchen-Abende, inspirierende Gespräche und kreative Ideen.

...Martin und Quino für Freundschaft und Witz.

... Svenja H., weil sie die beste Haarkünstlerin aller Zeiten ist und sogar mein störrisches Problemhaar glänzen lässt.

... Silke vom Hundefrisör Fell-Rebell, weil sie Gleiches an Pauline vollbringt! www.fellrebell.dog

... und auch wieder dir, Anna, du Perle! Danke! ☺

... Leif Gutbier von Wohnwagen Gutbier in Husum (www.wohnwagen-gutbier.de) für tollen Service und Beratung.

... Moustafa Harrison vom Campingplatz Kampen (www.campen-in-kampen.de) für Geduld und Hilfe.

... Andreas Falkenhagen von der Bücherei Sankt Peter-Ording für seine einmalig supporteten tollen Lesungsveranstaltungen.

... der grandiosen Zahnärztin Ute Farkas-Schünemann in Garding für beeindruckend fachkundige und empathische Behandlung.

... meiner Cousine Anja und Schwippschwager Christian für Anregung und Inspiration.

... Andreas Blumenthal von Wempe Hamburg für stets grandiosen Service.

... meinen Tanten Frauke und Barbara dafür, dass sie meine geliebten Tanten sind.

... meiner geliebten Oma Annemarie.

... meinen Cousinen und Cousins Kerstin, Jan, Stefan und Nina und deren »besseren Hälften« Viola, Heike, Olli und Ingo – einfach fürs Dasein.

... Susanna für Freundschaft, Nervenstärke, Geduld und Unterstützung.

... Veronika und Friedhelm für Liebe, Wärme, Respekt, Großzügigkeit, Humor – und ihr wirklich absolut wundervolles Kind.

... Karina L. für Freundschaft und kollegiales Verständnis.

... meinem Agenten Markus Michalek für Inspiration, Positivität, Unterstützung und großartiges Management.

... Heinke Hager, Meike Herrmann, Stefan Lingg und

allen anderen Mitarbeitern der Agentur Graf für ihren großartigen Support.

... ganz besonders auch diesmal wieder Claudia Winkler vom Ullstein Verlag fürs unbeirrbare und erfolgreiche An-mich-Glauben und die wie immer inspirierende und produktive Zusammenarbeit.

... Jörg Auf dem Hövel von Rock Lobster Webdesign (www.rocklobsterweb.de) für die Gestaltung und Wartung meiner Website: www.claudiathesenfitz.de

... Elke Wenning für die tollen Lesungen im Kursaal Hoch 3.

... Florence und Patti von der *Daniela-Bar* für Freundschaft und die Teilnahme an ihrem spannenden Buchprojekt.

... *Boots by Boots*, dem besten Stiefelladen Deutschlands, für großartigen Service und wunderschöne Boots! (www.bootsbyboots.de)

... Anja und Carl für die liebevolle Pauli-Betreuung inklusive stündlicher Fotos für die besorgte Hundemami. ☺

... Levke und Kerstin für die grandiosen Schreibseminare im *Strandgut-Resort* (www.strandgut-resort.de).

... Vivien Lucks und Florian Janos für die großartigen Schreibseminare im *Arosa Sylt* (www.arosahotels.de/hotels/sylt).

... Irene von *Uptour* (www.uptour.de/themenreisen/workshops-seminare/).

... den Sankt-Peteraner Restaurants Auntie Clara (www.urban-nature.de/gastronomie/restaurant-auntie-clara), *Am Sommerdeich* (www.am-sommerdeich.de), *Buongiorno* (www.buongiornospo.de) und *Salt & Silver* (https://saltandsilver.de/restaurants/salt-silver-am-meer) für großartige Küche und Rettungsinsel-Sein in kreativen Hängephasen.

... und zum Schluss natürlich dir, Sylt, du wundervolle Insel, für deine ganz besondere Magie, das grüne Meer, die wilde Brandung und das Glück, das jedes Mal in mir aufsteigt, wenn ich deinen sandigen Boden betrete.

Übrigens

Wer Lust hat, mich persönlich kennenzulernen: Ich gebe neuerdings Schreibseminare in einigen ausgewählten Hotels. ☺

Nähere Infos zu Anmeldung und Terminen gibt es auf meiner Website www.claudiathesenfitz.de oder der Verlags-Website (https://www.ullstein.de/urheberinnen/claudia-thesenfitz).

Quellen

S. 77: *National Geographics*-Artikel von Nina Piatscheck, Veröffentlicht am 3. Aug. 2023, 08:57 MESZ. https://www.nationalgeographic.de/geschichte-und-kultur/2023/08/geschichte-des-frauen-fussballs-deutschland

S. 143: »Mit Spaß zum Erfolg. Torwarttraining«, Sepp Maier, Pfaffenweiler, Verlag Wero Press, (1. Januar 2000)

S. 175: www.wirsindneunmillionen.de

S. 236: Das Zitat ist nicht von Roger Willemsen, sondern von Cicely Saunders, geb. 1918. (»Es geht nicht darum, dem Leben mehr Tage zu geben, sondern den Tagen mehr Leben.«)

S. 237: Zitat von Erin Hanson aus dem Gedicht/poem »Fly«. Aus dem Buch »Voyage – The poetic underground 2«, Erin Hanson, Seite 82, Lulu.com, 2. November 2014

S. 240: Prof. Dr. Jan Delhey, Glücksforscher an der Otto-von-Guericke-Universität Magdeburg geht in seiner Arbeit unter anderem der Frage nach, was Menschen glücklich und zufrieden macht. Glück = 1/3 Haben + 1/3 Lieben + 1/3 Sein, lautet die Glücksformel, die er entwickelt hat. Quelle: https://gutziegenberg.de/funktioniert-unser-leben-nach-einer-gluecksformel/

S. 243: Das Zitat ist nicht von Meryl Streep, sondern von José Micard Teixeira, einem jungen portugiesischen Autor und Life Coach.

S. 245: Diese mittlerweile relativ bekannten Zeilen sind ein gutes Beispiel dafür, wie sich Falschangaben im Internet mitunter erschreckend schnell und umfangreich verbreiten. Der Text wird in letzter Zeit hauptsächlich Anthony Hopkins zugeschrieben, davor fand man ihn auch als angebliches Zitat von Richard Gere, Keanu Reeves oder anderen Schauspielern. Die Zeilen stammen aber von keinem der Genannten, sondern von Nanea Hoffman. Sie hat ihn im Jahr 2015 verfasst und auf ihrer »Sweatpants and Coffee«- Facebookseite erstmalig veröffentlicht.

Auf dem E-Bike der Sonne entgegen – ein herrlich komischer Syltroman

Die Mittfünfzigerin Marina dümpelt in ihrem öden Eheleben vor sich hin, bis sie ein Hilferuf ihrer Cousine ereilt: Marina soll sie drei Monate in ihrem E-Bike-Verleih auf Sylt vertreten. Das Problem ist nur: Marina leidet an Panikattacken. Unvorstellbar für sie deshalb, an einem fremden Ort einen Betrieb zu managen. Doch tapfer stellt sie sich der Herausforderung – und ihr Mut wird belohnt: Eine Gruppe Frauen greift ihr unerwartet unter die Arme, ein attraktiver Schäfer verwirrt sie – und auch ihr Ehemann offenbart ein überraschendes Geheimnis. Und plötzlich schlägt ihr so geordnetes Leben Purzelbäume.

Claudia Thesenfitz
Sylt im Getriebe
Ein Glücksroman

Taschenbuch
Auch als E-Book erhältlich
www.ullstein.de

ullstein

Sommer, Genuss und Lebensfreude – auf Sylt haben Diäten keine Chance

Hotelchefin Doreen Grüning, 43, durchtrainiert, kontrolliert und immer im Kaloriendefizit, soll einen abgerockten Zeltplatz auf Sylt zum Luxus-Glamping-Resort umgestalten. Keine leichte Aufgabe, denn alles soll heimlich und unauffällig vonstatten gehen, um nicht den Zorn der Sylter Heimatschutz-Aktivisten zu erregen. Doch die Jungs vom Camping-Restaurant und die eigenwillige Rezeptionistin Stine kommen ihr auf die Schliche und sind alles andere als begeistert, dass auch noch dieses Sylter Kleinod den Reichen und Schönen geopfert werden soll. Heimlich beschließt die Campingplatz-Crew, Doreen umzustimmen. Die Jungs gehen mit ihr surfen und bekochen sie. Und Stine bringt ihr zur Entspannung das Stricken bei. Schon lange hatte Doreen nicht mehr so viel Spaß. Doch als ihr ihre Hosen nicht mehr passen und das ganze Projekt zu scheitern droht, zieht sie die Notbremse: Ab sofort hält sie wieder eisern Diät und bestellt schon mal die Bagger. Wäre da nur nicht der Ur-Sylter Hinnerk, der ein so freies und anderes Leben lebt und ihr zeigt, wie gut es tut, loszulassen …

Claudia Thesenfitz
Sylt oder Süßes

Taschenbuch
Auch als E-Book erhältlich
www.ullstein.de

ullstein